Guillemette DE LA BORIE

ADJUGÉ, VENDU !

CALMANN LÉVY
territoires

Couverture
Maquette : Raphaëlle Faguer
Adaptation : Le Petit Atelier
Photographie : © Anke Doerschlen/Arcangel Images

ISBN 978-2-7021-8841-5

PREMIÈRE PARTIE

1

Videz tout !

« Pour essayer de comprendre les hommes,
il faut creuser jusqu'aux racines. »
Philippe Claudel

— Videz tout !

Jusque-là, le directeur de la très select agence immobilière s'était montré parfait gentleman, facilitateur en toutes choses. Désormais, le ton était plus sec : il affichait l'assurance d'un champion ès châteaux-invendables. Bien décidé à empêcher que le moindre grain de sable n'enraye la mécanique. C'était son exploit. Depuis que le compromis de vente était signé, ce n'était plus envers elle, la vendeuse, qu'il devait se montrer aux petits soins ; son client était désormais l'acquéreur.

— En Périgord, il y a vingt ou trente propriétés à vendre en ce moment ; et chacune est une merveille ! Avec internet, le marché est devenu mondial : vous savez, lorsqu'on hésite entre une île bretonne, un palais en Toscane et un château périgourdin, il y a beaucoup de choix…

Chacune de ses phrases s'accompagnait d'un soupir discret, pour souligner les difficultés de sa mission.

— Mais des clients pour ce type de bien, il n'y en a pas beaucoup dans le monde, continuait-il. J'ai trouvé l'oiseau rare, une licorne de la tech, solide sur ses bases, qui a les moyens d'investir à fonds perdus durant des années. Acheter un vieux château comme celui de V, c'est une aventure bien plus risquée que d'investir dans un hôtel particulier à Londres, ou un loft à New York ; et cela n'arrive tout simplement pas au Texas. Mais soyez heureuse, avec la rénovation que va entreprendre l'acheteur, la propriété sera armée pour traverser un nouveau siècle. Et sans doute revendue à la mort de son acquéreur ; ce genre de caprice ne dure pas plus d'une génération.

Re-soupir, plus long, plus puissant, du bas du ventre jusqu'au sourire forcé affiché pour se montrer plus convaincant.

— Alors, je vous en prie, videz tout !

Jusque-là, il n'avait même pas été question du mobilier du château. Un angle mort dans les discussions, un « détail » qu'on verrait plus tard pour l'agence, focalisée sur la vente.

Elina croyait pourtant en avoir terminé avec toutes ces démarches ; ces décisions à trancher sur le vif, ces discussions toujours à égale distance entre l'obséquiosité et le cynisme.

Monsieur le directeur, cachant à peine son dédain pour le contenu du château, insistait de nouveau :

— Ces Américains lanceront de grands travaux pour constituer un cadre de vie selon leurs goûts. Ils achètent de la beauté, un décor pour créer des souvenirs, une histoire, des racines. Ils réalisent un rêve d'enfant, cherchent un endroit pour être heureux ; ou bien ils s'offrent un statut social…

L'homme devenait professoral.

— Chaque pays a son propre mauvais goût : la *way of life* d'un Français, d'un Belge, d'un Anglais ou d'un Américain n'est pas du tout la même, croyez-moi ! Celui qui achète doit trouver place nette, et même pouvoir retourner la terre pour y planter ses propres racines. Videz tout !

Un leitmotiv. Elle non plus n'en voulait surtout pas, de tous ces meubles, ces objets, ces tableaux. Elle aussi voulait se débarrasser du poids de la poussière et des souvenirs accumulés ; laids ou beaux, qu'importe.

Et pourtant les mots posés dessus la dérangeaient. Simplement parce qu'en les employant, l'homme crachait sur des siècles de bonne économie domestique, dont elle était imprégnée malgré elle. Où l'on utilise tout jusqu'au bout du bout, en réparant ce qui peut l'être, et en accumulant le reste au grenier. Où l'on cire les façades des meubles, tout en laissant les vers s'occuper du reste ; où l'on fait briller les ors des tableaux et l'argenterie de famille plutôt que de remplacer des robinets.

V n'était pas un musée, mais une maison habitée depuis les siècles des siècles. Si souvent dans sa vie on lui avait répété de faire attention à ceci ou cela, de précieux, joli, ancien, fragile, chargé d'histoire…

Et voilà que maintenant, il faut tout bazarder !

Jusqu'ici, en surjouant son rôle d'originale, d'artiste, elle avait réussi à se protéger des multiples exigences de l'agence. Par bonheur, l'homme dégainait déjà sa solution :

— Si vraiment vous souhaitez ne rien garder…

— Rien, rien, surtout pas !

— Alors faites donc appel à un commissaire-priseur : il liquidera tout en salle des ventes. Heureusement, il y a toujours des gens contents d'acheter un petit bout de château, à travers une paire de chandeliers ou un guéridon. Pour des professionnels, c'est l'affaire de quelques jours et autant de camions, en passant par la benne. Vous ne vous en sortirez pas autrement, je vous l'assure ! Et dites-vous bien que maintenant chaque jour compte avant la signature…

La menace du grain de sable, toujours. En l'occurrence, le caprice d'une vieille dame en dehors de toute réalité.

— J'aimerais en parler d'abord à un ami antiquaire.

Tiens, un peu d'énervement dans l'air, tout d'un coup.

— Ce n'est pas votre intérêt, croyez-moi ! Votre ami – il appuyait sur le mot, comme pour lui dénier toute réalité – vous achètera l'ensemble au forfait, c'est-à-dire le moins cher possible. Et encore, en vous laissant sur les bras tout ce qui est invendable. Tandis que vos intérêts et ceux d'un commissaire-priseur sont les mêmes : vendre chaque pièce ou chaque lot au meilleur prix. Une estimation d'expert n'est jamais une science exacte.

Il avait raison, une fois de plus. L'antiquaire consulté avait récusé même une visite exploratoire :

— Ma pauvre, pauvre amie ! De nos jours, non seulement les meubles ne valent plus rien, mais ils ne se vendent pas… Si vous aviez des chinoiseries du XVIIIe siècle, ou des masques africains du XIXe, ce serait autre chose…

Non. À la connaissance d'Elina, dans la famille, personne n'avait guère dépassé les limites de la province. C'était peut-être là le problème, d'ailleurs.

Le commissaire-priseur conseillé par l'agence avait bien voulu se déplacer de Bordeaux. Pour dire à peu près la même chose : un fonds de maison, rien d'extraordinaire, prévoir trois semaines pour établir le catalogue entier.

Il était prêt à déléguer tout de suite à V une jeune femme clerc « formidable » pour faire ce travail. Le toboggan s'accélérait.

Allons, c'est la dernière étape du parcours du combattant.

Par un printemps décidément exécrable, où la pluie ne semblait vouloir aucunement cesser de tomber, il fallait de nouveau revenir sur place pour accueillir le commissaire-priseur et sa collaboratrice annoncée. Un énième voyage vers le vieux château où elle établirait un campement sommaire dans la chambre couleur chocolat qui avait été celle de sa grand-mère, un quart de siècle auparavant, et qui possédait le dernier chauffage fonctionnel. Alors Elina était venue s'installer provisoirement, avec sa petite valise à roulettes, près de ce radiateur électrique antédiluvien.

C'est une vraiment très jeune femme qui avait débarqué, ponctuelle, aimable, enthousiaste… et seule ! Elle s'appelait Pia, arborait le dress code d'un mini-commissaire-priseur, tailleur-pantalon marine, et assurait être ravie de sa mission. Elle rendrait compte à son patron régulièrement, annonça-t-elle, sûre d'elle.

— Nous sommes prêtes ?

Encore une fois, visite du château. Le hall d'entrée, le grand salon, la bibliothèque, la cuisine au sous-sol, puis retour au grand escalier, les deux ailes en équerre, la lingerie, le cabinet des archives, les anciennes chambres des domestiques dans les combles…

Pia avançait, lestée de sacoches en bandoulière, jouant alternativement de son appareil photo et d'une tablette. Le tout en assurant Elina de son bonheur – oui, oui du bonheur ! – à crapahuter ainsi. À travers ces pièces froides, figées, où personne n'entrait plus, dans l'humidité de ce printemps pourri, elle semblait presque s'amuser.

Le dernier printemps ici, enfin ! se réjouissait la propriétaire des lieux, à l'idée de ne bientôt plus l'être.

Une pluie battante se déchaîna d'un coup sur le parc.

— Vous voulez vraiment tout voir, même la chapelle ?

— Je ne voudrais pas vous fatiguer, mais…

Alors, va pour la chapelle, sans parapluie par l'allée détrempée, et les communs aussi, puisqu'on y est (écurie, bûcher, grange, resserre jusqu'au chenil au bout de l'allée…).

Une fois qu'Elina avait pris la décision de vendre – il n'y en avait pas d'autre possible –, il avait fallu, selon la formule de l'agence, rendre la mariée le plus belle possible. C'est-à-dire accueillante, bien entretenue ; parquets cirés et bouquets de fleurs compris. Elle devait être habitée d'une âme, d'une histoire. Prête à commencer une histoire d'amour avec son nouveau propriétaire. Que le futur châtelain puisse « se projeter », comme disait l'entremetteur, poser là sa brosse à dents, même s'il y avait des millions de travaux à prévoir. Mais jamais il n'avait été question de tout vider !

— Enlevez juste ce qui est trop personnel, par exemple les photos où apparaît votre nom de famille. Et lors des visites, je vous conseille vivement d'être absente…

L'agent immobilier connaissait son métier : ces conseils étaient des ordres. Justement, elle ne demandait que cela, disparaître, ne plus jamais revenir ! Elina avait donc entrepris sans trop d'émotion la chasse aux cendriers remplis de monnaie périmée, aux livres accumulés sur les tables de nuit ; aux innombrables cadres d'argent sur les manteaux de cheminée. Grand ménage, les deux douzaines de volets ouverts, chauffage à l'intérieur et arrosage à l'extérieur, selon le cycle des saisons.

Épuisant ! L'épreuve avait duré trente-huit mois interminables. Trente-huit mois à maintenir au niveau la grande propriété. Et, faute de « touche » sérieuse, recommencer à la saison suivante, à nouveaux frais. Sept visites, en tout et pour tout, autant de montées d'adrénaline dans les coulisses. Pour rien.

Jusqu'à cet Américain qu'elle n'avait jamais vu, et souhaitait ne voir jamais. Lui, d'ailleurs, ne s'était même pas déplacé : sa société au sigle imprononçable, basée à Los Angeles, s'occuperait de tout. L'offre était parvenue à l'agence, sur la seule foi des vidéos réalisées deux années auparavant.

— C'est une société qui achète ?

— Oh, c'est une façon classique pour l'acquéreur de ne pas se dévoiler tout de suite, à travers une société qu'il contrôle. Fiscalement, cela peut aussi être plus intéressant. Mais rassurez-vous, jamais je ne vais plus avant sans prendre de garanties.

L'acquéreur était donc une licorne de la tech ; un vrai gros poisson, qui achetait cash, sans conditions suspensives. Et pouvait donc imposer toutes ses volontés.

— Vous avez peut-être vu ses dessins animés ? plastronnait le directeur, bardé de ses garanties. Des séries diffusées dans le monde entier, m'a dit son factotum. L'homme est d'origine française, paraît-il, ce qui explique son choix. En tout cas, c'est miraculeux ! On ne trouvera pas deux profils comme cela : une chance unique à saisir !

Bien sûr, il fallait en rabattre un peu sur le prix. « C'est vraiment symbolique : en général, un homme d'affaires négocie toujours un peu, histoire de montrer à sa *trophy woman* qu'il est le meilleur… »

Une société n'a pas d'épouse ni de compagnon. Cela lui convenait bien que l'acquéreur n'ait même pas de visage. De toute façon, après ces trente-huit mois, Elina était usée, et elle avait besoin de cet argent.

— Le prix d'un appartement parisien ; avec cette négociation, on retranche à peine l'équivalent d'une chambre de bonne. Que vous récupérerez en partie avec le mobilier !

Banco, le compromis de vente avait été accepté, par signature électronique. Une réussite pour l'agence ; qui, elle, ne rognait pas sur sa commission. Et le compte à rebours vers la vente définitive s'était enclenché.

— Début juillet, si tout va bien, l'acquéreur a l'air vraiment très pressé ! annonça le notaire, lui aussi un partenaire de l'agence.

Heureusement, la clerc, avec ses airs de jeune fille de bonne famille, sa politesse un peu précieuse, son vocabulaire d'experte, ressemblait à la déesse Shiva aux mille bras, le sourire et la méthode en plus.

— Votre maison a un charme fou ! Je comprends si bien qu'on en tombe amoureux…

Son rôle, avait-elle expliqué, était d'établir le catalogue de la future vente aux enchères. Estimer la valeur de chaque lot, mais aussi construire pour chacun un storytelling. Sous le contrôle, toujours, du commissaire-priseur.

— Il faut redonner à chaque meuble, chaque bibelot, chaque livre son histoire, sa charge d'émotions, et donc du prix à la vente. Chacun a sa personnalité propre, une manière d'habiter l'espace, de raconter un univers…

Elle partait donc à l'abordage de chaque pièce comme d'un nouveau monde à découvrir. Cliquant et recliquant sur sa tablette, son téléphone, son appareil photo, son télémètre laser. Elina suivait comme elle pouvait, étourdie par le rythme, et ces tombereaux d'histoires embrouillées dont elle ne voulait plus rien savoir.

Miss Shiva se plantait tout d'un coup devant un tableau :

— Le portrait de votre arrière-grand-mère maternelle ? Une sacrée personnalité, semble-t-il.

— Je n'en sais rien…

Maintenant que V était vendu, ces questions n'avaient plus lieu d'être.

Et pourtant…

Le crissement d'une porte, un parfum exhalé d'un tiroir, d'un rideau, et surtout les sons renvoyés par chaque pièce, tous différents, variant selon le temps et le moment de la journée… La maison résistait. Déployait ses charmes, comme sensible à l'hommage rendu par la professionnelle à de si longues vies d'étoffes, de bois, d'argent ou de peintures. Comme si elle tentait de faire de l'œil à celle qui avait pris la décision de les déloger. Mais c'était bien trop tard.

Il pleuvait toujours, sauf brèves exceptions, et la machine était lancée.

— Trois semaines et on en aura fini…

Jour après jour, la jeune femme arrivait dans sa petite voiture de location, pour aller d'instinct se garer loin derrière l'écurie, à côté de la vieille 2 CV utilisée par Elina. Afin de ne pas gâcher par sa ferraille la perspective de l'avenue, vue du salon. Même si désormais il n'y avait plus personne pour l'admirer, tous volets fermés.

Chaque matin, elle revenait comme au chevet du mobilier de V. À la fois tendre et cruelle, prenant son temps. Elle palpait, caressait longuement un motif ou une courbe, examinait des détails improbables. Prenait sans pitié des photos en gros plan des ébréchures, usures, éraflures, vermoulures.

À tout seigneur tout honneur, les hostilités avaient débuté par le grand salon, sous les ampoules faméliques de la suspension.

— Ce lustre vénitien a été magnifique ! Dommage qu'il manque beaucoup de bobèches.

La jeune femme ôtait une à une, respectueusement, les housses fantomatiques des fauteuils.

— Un ensemble d'époque Louis XV tout à fait remarquable : un canapé, et voyons, quatre... cinq fauteuils, il doit en manquer un. Savez-vous d'où ils proviennent ?

Elle inspectait à la loupe les bois dorés, comme pour en déchiffrer l'histoire.

— Figurez-vous qu'ils sont estampillés Tillard ! Un ébéniste au service du garde-meuble de la Couronne dans les années 1750. La tapisserie est ravissante, ce sont des illustrations des *Fables* de La Fontaine ; mais hélas leur restauration coûterait très cher.

Du tréfonds de la mémoire d'Elina, malgré elle, remontaient des histoires qu'elle croyait ignorer, pour ne les avoir jamais vraiment écoutées :

— Je crois que c'est un cadeau de mariage offert à une de mes aïeules, qui avait été présentée à la cour de Versailles sous Louis XV.

— Très intéressant. Hélas insuffisant pour donner de la valeur à l'ensemble. Bien sûr, s'il avait été offert par le roi lui-même à l'une de ses favorites, ce serait différent ?...

Et Pia, professionnelle, de laisser planer un silence interrogatif. Pour reprendre :

— Ce guéridon de marqueterie est très original, avec des ornements de bronze magnifiques. Ah... un pied brisé, vaguement recollé parce que personne ne sait plus le réparer. Hélas, si on le changeait, le meuble perdrait son statut d'antiquité.

Elle pianotait avec frénésie, remplissait des lignes de tableaux Excel ; fronçait les sourcils quand sa connexion internet faiblissait. Concluant, l'air penché, après une énième vérification :

— Il n'y a vraiment pas de marché pour tout cela. Que voulez-vous en faire dans un appartement moderne, les modes de vie ont tellement changé...

Elina avait fini par comprendre que ses déclarations d'amour allaient toujours de pair avec des estimations décevantes.

Même verdict pour les coffres à bois du hall, ou l'horloge monumentale.

— Aujourd'hui, n'importe quel téléphone indique l'heure à la seconde, sans qu'on doive remonter les poids chaque semaine. Et encore, estimez-vous heureuse, vous n'avez pas ici de piano à queue désaccordé et intransportable !

— Non, hélas ! répondait Elina, la mine encore plus sombre. C'est une maison où je n'ai jamais entendu de musique…

Et Pia de commenter, comme si elle le regrettait personnellement :

— Le mobilier des années 1950, même de qualité médiocre, se vend mieux aujourd'hui que les styles classiques. Si seulement vous aviez dans vos greniers de belles pièces brutes, qui servent à mettre en valeur, par contraste, le design contemporain…

D'évidence, ce n'était pas le genre de la maison !

Conciliante, elle reprenait ses expertises avec entrain.

— Bien sûr, ce sont les matières, et ceux qui les ont fabriquées, choisies, utilisées, qui font toute la valeur des choses…

Ensuite venait le verdict. Concentrée, méditative, la clerc choisissait une minuscule vignette de couleur, y inscrivait chiffres et lettres cabalistiques, et l'apposait en évidence sur l'objet, d'un geste extrêmement doux, précautionneux. Avec souvent une dernière caresse, comme au moment de quitter un amoureux.

Très vite, Pia avait écarté poliment la propriétaire.

— Je ne veux pas vous déranger plus longtemps, madame, et peux tout à fait me repérer seule… Revoyons-nous en fin de journée ?

Elle continuait à lui donner du « madame » avec tout le respect du monde.

— Très bien, mais je m'appelle Elina !

Elina, soulagée, se retranchait dans la chambre, collée contre le radiateur. Avec l'ambition de venir à bout de papiers administratifs ; en réalité, elle se noyait surtout dans des cantates de Bach, assorties à son humeur.

Pendant ce temps, Pia arpentait les lieux en terrain conquis, sans compter sa peine et ses pas. En fin de journée, elle venait se réchauffer avec un thé à la bergamote – un goût commun bienvenu ! – et posait des questions, tant de questions.

À son corps défendant, Elina se laissait soutirer des souvenirs ténus sur tel ou tel meuble, en se perdant dans les méandres de sa mémoire. Un détail en appelant un autre, elle remontait les généalogies, rassemblait les morceaux disséminés d'un gigantesque puzzle. Tout était déposé en elle comme sur des étagères, à disposition, avec les mots et les inflexions de ceux qui les avaient prononcés.

La grande cuisine, dans son environnement noir de suie, évoquait la sonnette impérieuse de sa grand-mère. Un fauteuil branlant ressuscitait la voix haut perchée de celle-ci, son vocabulaire suranné, ses intonations qui tout d'un coup s'accéléraient pour signifier qu'on n'allait pas perdre son temps sur ce sujet. Sans doute lorsque ses propres souvenirs lui déplaisaient.

« Bref… »

Signe qu'elle allait faire long. Cette femme née dans un XIXe siècle finissant se faisait un devoir de présenter à sa petite-fille du milieu du XXe un monde parfait, inaltérable. Un âge d'or, une famille « où tout le monde était là », entouré de domestiques « extrêmement dévoués ». Les femmes surtout étaient toujours « extraordinaires », les hommes souvent passés sous silence. Ces récits ressassés s'étaient fixés tels quels dans l'esprit de la petite Elina, sans hiérarchie ni recul, sans articulations entre les époques, dans un ordre aléatoire plein de trous et d'invraisemblances.

« C'est invraisemblable ! » s'exclamait d'ailleurs la dernière comtesse de V quand quelque chose la dérangeait. Et donc souvent.

— Aucune importance si vous vous trompez, insistait Pia en lui posant de nouvelles questions. La mémoire est toujours un filtre déformant, et tous les souvenirs ont leur valeur, même s'ils se retissent différemment au fil de la même vie.

— De toute façon, il n'y a plus personne pour me contredire ! s'amusait Elina en reprenant une tasse de thé et le fil de son récit.

Au bout de deux semaines de ciel gris et de pluie, le commissaire-priseur n'avait pas remis les pieds au château, et presque chaque lit, table de bois blanc, chaise percée ou prie-dieu, chaque gravure, album, potiche, crucifix… semblait répertorié, mis en fiche, historié et pourvu d'une gommette de couleur. Prêt à divorcer de son cadre de vie de plusieurs siècles.

Malgré des litres de thé, et le plaisir que prenait Pia à cet exercice, le résultat final était accablant.

— Tout ça pour ça…

En espèces sonnantes et trébuchantes, rien ne valait rien, ou si peu. Quelques milliers d'euros pour le grand salon, idem pour tous les tableaux de famille alignés dans le hall, quelques centaines pour l'argenterie, dont sa grand-mère était si fière, et pour chacun des meubles « intéressants », quelques dizaines pour des objets « recherchés ».

Quant au reste, un très gros reste de livres, de vaisselle, de lampes branlantes :

— Peu de valeur, on constituera des lots avec ce qui en vaut la peine…

Le spectre de la benne se précisait.

D'autant qu'il fallait aller vite. La date de la vente définitive était fixée au 8 juillet.

« Veuillez nous confirmer rapidement vos disponibilités », avait insisté lourdement le directeur de l'agence.

Pia aussi se démenait.

— Ça y est, les camions sont commandés !

Il restait donc quinze jours pour solder l'histoire de plusieurs siècles. La vente se ferait à distance, par la grâce de l'informatique. On lui avait assez expliqué le travail que cela représentait en amont pour l'agence, d'organiser la venue d'un acquéreur étranger !

— Ce genre de client attend qu'on s'occupe complètement de lui. L'argent n'est pas un problème, parce que les fonds sont là, disponibles, après la vente d'une entreprise ou d'une villa californienne. Mais pas question de lui faire perdre son temps : il faut aller le chercher à l'aéroport, le loger là où il le souhaite, même en pleine saison touristique, répondre immédiatement à toutes ses questions sur la fiscalité, l'architecture, les commodités sur place…

C'est alors qu'était arrivé le fameux grain de sable tant redouté par l'agence, avec cette liste inattendue, transmise directement par le notaire.

« Chère Madame,

La société qui acquiert votre bien souhaite conserver un certain nombre de meubles et d'objets présents dans le château, dont elle m'a transmis la liste, que vous trouverez ci-jointe. Je vous serais obligé de m'indiquer rapidement si vous acceptez de les céder, et dans quelles conditions financières. »

— Bien sûr, tout ce qu'il veut !

Devant l'écran de son ordinateur, Elina a interrompu net un andante de Haydn. Et parlé toute seule.

Curieusement remplie de reconnaissance envers cet acquéreur désincarné, qui désirait conserver des objets promis à la benne. Petite revanche sur le dédain.

À l'apparition de Pia, toujours ponctuelle, Elina a agité son téléphone, tendu l'écran où figuraient dix-sept lignes exactement.

— Voici ce que je viens de recevoir…

Au fil du temps, la jeune femme bien apprêtée des débuts simplifiait sa tenue de travail : elle en était rendue aux jean-baskets, avec un épais col roulé pour affronter l'humidité.

Polie toujours, Pia s'est imperceptiblement fermée en lisant le message. S'abritant derrière son patron, le commissaire-priseur expéditif :

— L'usage, dans ce cas-là, veut que les biens en question passent en salle des ventes ; l'acquéreur, s'il le souhaite, sera le dernier enchérisseur. C'est votre intérêt et c'est le nôtre, pour atteindre la valeur véritable de chaque lot.

— Ah ?

Tiens donc, ce qui ne valait presque rien a tout de même un certain prix !

Pia ânonne la liste du bout des lèvres, d'une façon qu'on jurerait condescendante, elle qui l'est si peu.

— Un solitaire de diamant…

Lève les yeux au ciel.

— Mais vous n'avez aucun bijou ici ! Même chose pour la montre de gousset. Un ours en crin, oui, vu ! Une table marquetée représentant des monuments romains : elle est dans le grand salon, en très mauvais état. Médaille de la Légion d'honneur... Peut-être dans les bricoles que nous n'avons pas encore triées ? Une collection de cannes, oui aussi ! Et l'armure, bien sûr. Une grande table en noyer ? Je ne vois que celle de la salle à manger... Quoi, un jeu de croquet ?

S'arrête, perplexe.

— Quelle drôle de liste ! Une collection de curiosités, complètement hétéroclite, sans aucune pièce de valeur. En général, c'est le gros mobilier meublant qui est demandé, parce qu'il fait corps avec les pièces. Mais là... Votre Américain n'est vraiment pas un connaisseur.

Reprend en fronçant les sourcils :

— Tiens, il veut aussi les albums de photographies des XIXe et XXe siècles : encore un qui a envie de s'inventer des racines !

Et tenant la propriétaire sous l'autorité de ses yeux sombres, lâche d'une voix scandalisée :

— Vous n'allez tout de même pas les lui laisser ?!

En moins de deux semaines, elles avaient interchangé les rôles. À force de travailler à V, Pia s'était approprié son contenu, au point de refuser de le céder. Tandis qu'au contraire Elina s'en détachait chaque jour un peu plus, à mesure que la vente approchait.

— Nous pouvons au moins faire le tour de ce qu'il demande ? suggère-t-elle, conciliante.

Il ne faudrait pas qu'un grain de sable, même aussi charmant que Pia, l'empêche d'en finir, enfin.

2

Un solitaire de diamant

« Objets inanimés,
avez-vous donc une âme ? »
Lamartine

— En tête de liste, il y a une bague, un « solitaire monté sur griffes de platine ».

Pia détache les mots en lisant, la bouche en cul-de-poule. Polie, certes, mais pas que…

— Comment a-t-il pu voir un diamant sur les vidéos, celui-là ? Vous vous souvenez des bijoux de votre grand-mère ?

Elina plisse les yeux pour être précise.

— Oui, on me les a remis après son décès, avec les papiers du château. Rien d'extraordinaire : deux alliances usées, une chevalière pour petit doigt, et un collier de perles qu'elle tripotait en parlant. Avec une broche sur la veste de tailleur du dimanche… Ils sont toujours dans le secrétaire de sa chambre.

— Chambre que nous n'avons pas encore inventoriée, puisque vous y êtes installée.

De cette pièce sombre et encombrée, le contenu semblait destiné tout entier à la benne : la dernière véritable habitante de V y avait laissé en mourant, un quart de siècle auparavant, tout un désordre de sacs en plastique accumulés, de courrier jamais ouvert, de médicaments périmés. Et le vénérable chauffage électrique, raison de la présence d'Elina là plutôt qu'ailleurs.

— Vous auriez dû m'en chasser pour travailler !

Deux pas en arrière, discrétion oblige, Pia suit Elina. Jusqu'à un secrétaire louis-philippard, dont l'abattant ne ferme plus depuis longtemps.

Gling, gling.

Une enveloppe kraft dégorge son contenu de métal qui s'entrechoque sur le cuir usé.

Pia dégaine sa précieuse loupe, où elle colle son œil pour examiner les bijoux renversés.

— Le collier de perles ne vaut pas grand-chose, malheureusement : une centaine d'euros quand même, grâce à la couleur et à la taille des perles ; il y a une jolie chute et un fermoir en or. Les alliances… on peut les vendre au poids. Quant à la broche, c'est un bijou fantaisie, sans valeur marchande. La chevalière est aux armes de votre famille, vous devriez la garder…

Avec insistance, Pia lui met la bague sous le nez.

— Non !

Épisode terminé ; mais l'œil inquisiteur parcourt encore la pièce.

— Ce serre-bijoux ?

Un meuble minuscule, terriblement kitsch, garé derrière la porte du cabinet de toilette et qui disparaît sous un amoncellement de boîtes et de sacs. Elina reconnaît cette habitude reptilienne qu'avait la comtesse de V de tout conserver, objets, habitudes, souvenirs, rancunes, le tout soigneusement emballé. Peut-être est-ce pour cela qu'*a contrario* elle-même désire tant faire le vide autour d'elle.

— Puis-je ? s'enquiert Pia.

À deux, elles remplissent prestement un sac-poubelle bleu électrique avec tout ce qui traîne, au milieu d'un nuage de poussière. Et déménagent le « serre-bijoux » au milieu de la pièce, sous une ampoule faiblarde.

Pia s'est saisie de sa tablette, et de son expertise sur le XVIIIe siècle.

— La reine Marie-Antoinette a lancé la mode de ces petits meubles ; toutes les dames de haute condition désiraient posséder le même. Regardez ces fleurs, ce bois de rose et ces plaques d'émail, quelle finesse ! Mais la mode en est passée aussi vite que la reine, personne ne sait plus ce que c'est…

— Je l'ignorais moi-même.

— Une estimation à plusieurs centaines d'euros, certainement. À rajouter au catalogue. On va regarder le contenu ? Pour l'ouvrir, je crois que…

Sous deux doigts professionnels, un mécanisme se déclenche, le bois de rose s'efface en grinçant. Apparaît un amalgame d'écrins, de bourses, cuir, soie et carton…

Elina en reste bouche bée.

— Un trésor oublié ? Cela m'arrangerait !

Elle n'y croit pas vraiment, et Pia non plus.

— Hélas, s'il y avait eu dans la succession des bijoux de valeur, vous le sauriez. Mais nous pouvons peut-être trouver de jolies choses, que vous serez heureuse de conserver ?

Douche écossaise. Non justement, Elina ne veut rien garder. Rien.

Elles alignent des formes variées d'écrins, font jouer les fermoirs, les poussoirs, les agrafes, mettent au jour des lits de velours, de satin. Souvent vides, mais pas toujours.

— Beaucoup de choses cassées. Plusieurs autres colliers de perles.

En habituée, Pia fait rouler les perles sur le velours mité.

— Celles-ci ont vraiment perdu tout leur éclat… Autrefois, les jeunes filles du beau monde recevaient un collier de perles pour leurs dix-huit ans, ou leur premier bal, et le gardaient toute leur vie : il y en a donc beaucoup sur le marché, et c'est complètement passé de mode.

Méthodique, elle aligne les bijoux. *Clic* et *clic*, prend des photos, de plus en plus vite, sans émotion.

— Les chaînes giletières comme celle-ci sont assez demandées, on peut en faire de jolis colliers. Mais je ne vois pas la montre de gousset qui allait avec… Une épingle à chapeau, des boutons de manchette : en général, c'est seulement du plaqué or.

Clic, *clic* et *clic*, les lignes se multiplient sur son tableau Excel.

— Des camées, deux, trois, cinq en tout ! Celui-là, sur fond de nacre, est assez original. Ah, des pierres semi-précieuses, voyons… des grenats, une agate, une opale. En attente, sans doute, d'être remontées. Un collier d'ambre jaune… L'ambre était très prisé des vieilles dames, car souverain contre les douleurs.

La jeune femme passe en revue chaque objet à toute vitesse ; elle a dû en découvrir souvent, de ces fonds de cassettes sans grande valeur. Se relève, ôte sa loupe oculaire.

— Nous pouvons ajouter certaines choses au catalogue, mais aucun diamant dans tout cela !

Restent au fond quelques boîtes plus ou moins écornées, que Pia considère sans indulgence.

— Des médailles commémoratives en bronze, sans valeur. Inutile d'en faire l'inventaire précis.

Elina, elle, regarde : l'une est un hommage à Clemenceau, une autre frappée en l'honneur de la visite du tsar de toutes les Russies, encore une, célébrant l'anniversaire d'une société d'infirmières, puis la gloire d'un illustre Émile...

Pia la laisse farfouiller, commente aimablement, comme si elle avait tout son temps.

— Ce sont des petits bouts de la toute petite histoire du XXe siècle, qui n'intéressent guère aujourd'hui. À part moi !

Et encore une minuscule boîte de carton, remplie d'une boule de coton hydrophile jauni, desséché.

— Ouhlala ! s'émerveille Elina.

— Le voilà, le diamant ! s'écrie Pia au même moment. Au moins quatre à cinq carats, et la bague est extrêmement lourde. Quelle chance de le retrouver dans ce fourbi, sans l'écrin d'origine !

Cette jeune femme peut donc parfois perdre son flegme.

Elina plus encore, qui met un moment à balbutier :

— La bague de ma mère ! Elle la portait quand j'étais toute petite. Il y a plus de soixante-dix ans... Je ne l'avais jamais revue, je l'avais tout à fait oubliée.

Le silence se répand au-dessus des boîtes et des écrins ouverts, il semble les envahir un par un, lentement. Sans doute par délicatesse, Pia finit par l'occuper, en déroulant un discours technique.

— Votre mère a dû se marier au milieu du XXe siècle ? Cela correspond bien à l'époque : cette bague tank, très massive, tient son nom de la période où elle a été créée. Pendant la guerre, les bijoutiers éprouvaient des difficultés à s'approvisionner en métaux précieux, et l'on fondait des bijoux anciens pour en fabriquer de nouveaux. En or jaune ou rose, à l'opposé des bijoux gris Arts déco. C'était aussi une valeur refuge, qui permettait d'emporter toute sa fortune sur soi…

Elina se tait toujours. Pia visse de nouveau sa loupe à l'œil, tout en tapant compulsivement sur sa tablette.

— Taille ancienne coussin, en serti clos, épaulé de brillants. Cette bague est très belle, votre mère avait bon goût ! Mais pour évaluer la fluorescence, d'éventuelles inclusions ou brisures que je ne vois pas *a priori*, il faudrait la soumettre à un gemmologue. Je note une valeur provisoire autour de 20 000 euros, au bas mot.

Bien mieux que toutes les estimations précédentes !

Elina ne réagit même pas au chiffre, mais murmure :

— Un de mes premiers souvenirs… La main de maman qui s'agitait devant moi, en produisant des reflets d'arc-en-ciel.

Puis s'arrête ; qu'est-ce qui lui prend de raconter cela devant cette fille…

Pia fixe les mains un peu tremblantes d'Elina, articule lentement pour être bien comprise :

— Ce n'est pas du tout le solitaire indiqué sur la liste : celui-ci n'est pas monté sur griffes. Si cette bague appartenait à votre mère, elle n'a aucune raison de figurer dans la succession de votre famille paternelle. À votre place, je la mettrais tout de suite à mon doigt. Et nous indiquerons le solitaire comme manquant, ou indisponible.

D'un clic, sans attendre de réponse, elle supprime la ligne « diamant » sur son ordinateur, description et estimation comprises.

***

— Et sur celle-ci, vous est-il possible de consentir un effort ?

— Cher monsieur, une pierre de couleur bleue naturelle de 4,31 carats, accompagnée de son certificat ! Provenance des mines de Beers, Afrique du Sud, taille effectuée par un cabinet israélite réputé d'Anvers, en cinquante-sept facettes. Une pièce tout à fait exceptionnelle. Non, vraiment, le prix est justifié, nous ne pouvons accorder le moindre déduit. Mais nous nous ferons un plaisir d'offrir gracieusement la monture...

M. Hyvert, qui aimait la négociation, prit tout le temps de réfléchir avant de toper là, satisfait. Promettant d'envoyer dès le lendemain son comptable pour boucler la transaction. Puis il souleva son chapeau et, d'humeur joyeuse, quitta la maison Mellerio, place Vendôme, à Paris. Ses affaires étant terminées, il pouvait rentrer chez lui, à Beauvais, par la ligne de la Compagnie des chemins de fer du Nord.

C'est ainsi que Mme Hyvert reçut de son époux, peut-être pour leurs noces d'argent, un très beau diamant monté en solitaire sur huit griffes de platine, dans un écrin bombé de cuir rouge signé Mellerio. Toute la ville allait bientôt l'admirer à son doigt.

Est-ce ainsi que cela s'est passé dans les années 1860 ? L'histoire n'est pas certaine, mais vraisemblable. De toute façon, le récit a sans doute évolué en se transmettant de génération en génération.

Pourtant, Jeanne avait passé l'âge des coquetteries, et il ne lui manquait rien qu'elle désirât vraiment en matière de parure. Forte femme avisée, blonde et rose, désormais un peu couperosée, elle savait bien qu'il s'agissait avant tout d'un investissement ; après la rivière de grenats de leurs débuts, les émeraudes en boucles d'oreilles pour la naissance de leur fille, le triple rang de perles de ses trente ans, etc. Une manière indispensable et somme toute agréable de signifier leur réussite. Durant cette longue vie conjugale, la fille d'un maître chapelier picard avait su se transformer en dame, tenant salon en son hôtel, près la cathédrale Saint-Pierre-de-Beauvais.

Elle eut donc l'intelligence de recevoir le cadeau pour ce qu'il était aussi, un hommage de son époux à la longue complicité qui les unissait, chacun tenant sa place sans faiblir depuis un quart de siècle. Léon, reconnaissait Jeanne en son for intérieur, avait enfin transformé en simple nostalgie cette blessure longtemps saignante entre eux : l'absence d'un fils, héritier naturel des sucreries familiales.

Il y avait encore une autre raison à ce magnifique joyau : M. Hyvert, qui avait toute sa vie prouvé un sens aigu des affaires, discernait que les temps changeaient, et qu'il fallait envisager différemment l'avenir de la maison familiale, investir autrement.

L'invention du procédé de cristallisation par le chimiste Delessert, en 1812, avait permis à son père de développer Hyvert & Fils, et d'être parmi les premiers : culture de la betterave sucrière dans les terres riches, profondes et bien fumées du Beauvaisis, associée à des fabriques pour transformer et vendre le sucre raffiné en direct, conservant ainsi l'ensemble des bénéfices. Et ce, au moment où le blocus continental instauré par l'empereur des Français évitait de subir la concurrence anglaise. Or, désormais, depuis la chute de l'Empire, l'Angleterre revenait en force. Le moment était venu pour Hyvert & Fils de se retirer de ce marché-là. Léon Hyvert avait déjà commencé à prendre des intérêts dans les chemins de fer, et s'en trouvait bien.

Le solitaire de diamant, à l'annulaire de son épouse, participait à ce plan : il fallait, pour céder l'affaire familiale dans de bonnes conditions, afficher une prospérité, une réputation financière, une vie de dignité et de faste mesurés. Et bien marier leur fille unique : les Hyvert étaient déjà reçus dans l'aristocratie picarde, et Angélina – un prénom victorien selon l'anglomania en vigueur – était élevée au couvent du Sacré-Cœur, rue de Varenne, à Paris. Elle avait ainsi noué des amitiés avec la moitié des jeunes filles de la bonne société parisienne, l'ancienne et la nouvelle.

Restait à attendre les occasions sur ces deux sujets d'importance. Elles n'allaient pas tarder.

On murmura d'abord à l'oreille de Jeanne la proposition de Mme de Sannois, laquelle cherchait à établir l'un de ses neveux.

« L'absence de quartiers de noblesse n'est pas un obstacle... », assurait la dame, d'une mine condescendante qui contraria Mme Hyvert. Jeanne portait au cœur la fierté de générations successives de travailleurs.

Le jeune homme n'était pas picard : le comte Amédée de V, ancien zouave pontifical, de retour de Rome, vivait dans son château ancestral du Périgord.

Hélas !

Une rencontre fut cependant organisée autour d'une tasse de thé à Paris, dans l'hôtel particulier de la plaine Monceau où Mme de Sannois venait passer l'hiver auprès de sa sœur. Amédée de V ayant perdu ses parents et sa sœur aînée, ces tantes âgées étaient son unique famille.

Le jeune homme était charmant, charmeur, et brillant causeur. Mais selon le perspicace Hyvert, pétri également d'idées baroques, antibonapartiste de façon irraisonnée. Et participait à cette caste militaire héritée de l'Ancien Régime, qui méprisait les affaires en se privant ainsi d'avenir. De plus, M. de V ne semblait pas imaginer s'établir à Paris. Or, c'est dans la capitale que les époux Hyvert avaient le projet de s'installer, alors que les pourparlers avec une maison anglaise concernant les sucreries arrivaient à leur fin ; à proximité de la Bourse du palais Brongniart, où Léon avait déjà ses habitudes. Ils n'imaginaient pas mettre une telle distance entre eux et leur unique enfant.

Cette après-midi-là, d'un commun accord, M. et Mme Hyvert s'étaient donc retirés rapidement, au bout d'un temps approprié pour une simple visite de courtoisie. En remerciant aimablement et en entraînant leur fille. Ils se connaissaient assez l'un l'autre pour en juger sans se concerter : Angélina, dite Elina, bien dotée, pouvait espérer meilleur parti que ce Périgourdin.

Et pourtant... La jeune fille avait brillé ce jour-là comme jamais, et conquis M. de V autant qu'elle avait été conquise. Élevée dans l'atmosphère du Sacré-Cœur, qui était alors le centre de la société royaliste, elle avait trouvé, elle, ces vieilles dames et leur neveu en uniforme tout à fait intéressants ; découvrant chez eux mille liens de parenté ou d'affinité avec ses amies de couvent.

Ses parents en furent d'abord abasourdis, puis peinés. Mais ils se turent, sachant d'expérience à quel point l'harmonie d'un couple est importante dans la vie. Quand arriva la demande d'Amédée, il leur était devenu impossible de reculer. Elina, qui affirmait déjà un fort caractère, savait ce qu'elle voulait de la vie ; et vers où son cœur la portait.

Angélina Hyvert devint donc comtesse de V sous un long voile en dentelle de Calais, le 8 mars 1872, en l'église Saint-Eustache, à Paris.

Les clichés d'un album photographique de cette époque-là, signés d'un studio parisien de renom, l'attestent : à dix-huit ans, elle était grande, mince et élégante. Une fille du Nord au regard clair, posant à côté de son époux à l'œil et la barbe sombre, rigoureusement de la même taille qu'elle, mais à la stature avantagée par le képi, le sabre et le sarouel des zouaves.

La nouvelle comtesse aurait aimé faire un « voyage à la façon anglaise », nec plus ultra des pensionnaires de la rue de Varenne. Visiter Rome, par exemple, où son époux venait de passer tant d'années. Mais Amédée refusa catégoriquement, car la ville était passée aux mains des Garibaldiens.

— Quel dommage, mon ami...

Après un court séjour parisien – théâtre, concerts et promenades au bois de Boulogne –, le jeune ménage s'installa en Périgord pour la vie entière.

Cette époque est bien documentée par la correspondance d'Elina, que Jeanne conservait et qui a été réunie dans le cabinet des archives de V. Elle décrit à ses parents, d'une plume enlevée, lucide, enthousiaste ou ironique selon les moments, le château familial, la vue sur la rivière Dordogne, la société de hobereaux qui l'accueille – pas très bien, semble-t-il, mais elle s'en moque – ainsi que les mœurs arriérées de cette province du Périgord. La jeune épousée est effarée de découvrir les murs bruts verdis d'humidité, la cuisine quasi moyenâgeuse, les domestiques aux pieds nus, transportant des bassines d'eau en inondant la pierre du sol. Très vite, elle énumère avec détermination tous les aménagements nécessaires pour en faire une demeure confortable. Jeanne, maîtresse de maison avertie, répond longuement, assortissant ses conseils d'adresses de fournisseurs et d'échantillons d'étoffes, qui ont été conservés aussi.

D'autant que, déjà, un « heureux événement » s'annonce ! Avec moult circonlocutions pour l'évoquer : mère et fille semblent proches, mais ne disposent pas des mots de la sexualité, ce qui donne beaucoup de périphrases et de non-dits : la distance géographique entre elles pèse vraiment trop lourd !

Une année plus tard, en juin 1873, les Hyvert font à leur tour le voyage vers le Périgord. Grâce au chemin de fer de la compagnie Paris-Orléans, dans laquelle Léon, enthousiasmé, investit aussitôt.

Ils viennent baptiser Robert, leur premier petit-fils ; et s'installent à V pour les mois d'été, avec deux domestiques, la jeune Adèle et Clovis, valet à tout faire. Clarisse, que Jeanne avait formée pour suivre sa fille, en profite pour rendre son tablier : elle n'arrive pas à se faire à ce pays si sale et à ses habitants qui n'usent que de leur patois.

Les Hyvert découvrent le charme du vieux château, et son confort plus que sommaire : ce sont eux qui financent les gigantesques travaux entrepris par Angélina. Entre les naissances rapprochées des enfants – sept en tout, de 1873 à 1888 –, ils y passent bientôt l'essentiel de leur temps, ne revenant à Paris que pour l'hiver.

Mme Hyvert y meurt en novembre 1882, après une très courte agonie. À cinquante-huit ans, elle n'avait jamais été malade, et cache jusqu'au bout à sa famille la gravité de son état. Aucun détail dans les lettres de condoléances reçues par Elina ne laisse deviner de quoi Mme Hyvert est morte.

Le veuf, stupéfait d'être ainsi abandonné, renonça à son installation parisienne et demeura chez sa fille jusqu'à sa mort, six années plus tard. Elina put ainsi garder auprès d'elle toute sa vie « la fidèle Adèle », ancienne femme de chambre de sa mère, pour remplacer la Périgourdine « peu capable » qui elle-même remplaçait Clarisse.

Au soir de la mort de Jeanne, seule à veiller sa mère, Elina, tout naturellement, retira le diamant de l'annulaire de la défunte, et le mit au sien. Plus jamais elle ne l'enleva. Au contraire des camées italiens offerts par son mari, en pendentif, broche, bracelet, qu'elle ne portait jamais.

Est-ce sous le coup du chagrin qu'elle s'est approprié ce souvenir de sa mère ? Connaissait-elle la valeur du bijou ? Il y a sans doute eu un legs oral, bien naturel.

En tout cas, aucun document n'en fait jamais état, le solitaire n'a fait partie d'aucune succession, à aucun moment il n'a été revendiqué ou estimé, et on a fini par l'oublier.

Elina était sans doute d'autant plus attachée à cet héritage personnel qu'elle n'avait aucun pouvoir sur sa dot, ni plus tard son héritage, pourtant substantiel. Ils étaient gérés par Amédée, lequel s'était très vite habitué à être riche.

Tout le monde, à commencer par ses enfants et les domestiques, conserve cette image de la comtesse s'exprimant avec autorité en tournant et retournant le chaton de son énorme bague autour de l'annulaire, déployant des éclats de lumière autour d'elle. Comme pour s'assurer du poids du diamant, de la force de sa position. Une sorte de talisman ? Les plus jeunes redoutaient la griffure du solitaire, à l'occasion de ses gifles éducatives.

Car Elina n'était ni douce, ni pédagogue. C'était plutôt une entrepreneuse et une stratège, qui a pris très vite la barre pour tout ce qui concernait la conduite de la famille. « La Maison », au sens royal du terme, pierres, enfants et gens compris, est l'occupation principale de sa très longue vie : un devoir d'État. Au fil du temps, elle est devenue plus V que les V, plus châtelaine que mère. Avec pour priorité d'assurer l'avenir du château à travers la famille, autant que l'inverse. Dans son testament, rédigé après la mort de son époux, c'est-à-dire assez tôt dans sa vie, elle écrit : « Je porte la même affection à chacun de mes chers enfants. Plus qu'un égal partage, mon désir suprême est de maintenir après moi le patrimoine familial. Comtesse de V. »

Tout était dit, ou plutôt écrit !

Peut-être faut-il que je fasse un peu de généalogie familiale, puisque vous dites mal la connaître ?

Accrochez-vous, ce sera un peu long, et compliqué ! Je détaillerai plus tard l'histoire de ceux qui ont marqué V de leur personnalité.

Des sept enfants d'Angélina et Amédée de V, Robert, Thérèse, Auguste, Antoinette, Marguerite et enfin Charles, grandissent à V. D'après les photos, ils ont pris avec une étonnante égalité les traits physiques de leurs parents, mais différemment assortis : il y a trois bruns et trois châtains plus clairs, trois grands et trois plus massifs, trois paires d'yeux clairs et trois autres très sombres. Seul Thaddée, mort au lendemain de sa naissance – on ne sait de quoi –, ne figure sur aucune photo et pour cause !

Ils vivent en autarcie sur le coteau de V, dans une apparence de paradis : la grande maison et ses dépendances, remplies de secrets et de cachettes, le parc où l'on joue au croquet, les bois où l'on se perd, avec des chênes et des hêtres où grimper, une tour abandonnée transformée en cabane de jeux ; des grottes dans la falaise au-dessus de la Dordogne où s'enfoncer loin dans les profondeurs de la terre ; un point de vue imprenable sur la vallée, d'où l'on surveille les gabares descendant la rivière. Des générations de chiens plus ou moins chasseurs, qui portent toujours les mêmes noms. Un âne aussi – ou plutôt des ânes successifs, évidemment toujours appelés Cadichon – et sa charrette pour transporter les pique-niques. La référence aux romans de la comtesse de Ségur, publiés trente ans auparavant, est permanente et incontestée ; tous connaissent par cœur ses héros, comme autant de cousins à imiter.

Les principes d'éducation sont sommaires : beaucoup de morale, guère d'exigences intellectuelles ou manuelles ; une attention limitée de la part des adultes. Du moment que les enfants sont à l'heure aux repas, en salle d'études, pour la prière, mains propres et cheveux coiffés... Personne ne se penche sur les avis ou les états d'âme des enfants, ce qui rend parfois difficile d'interpréter ce qui s'est passé à V au cours du XXe siècle. Les parents sont des figures lointaines, les institutrices, souvent remplacées – il faudrait se demander pourquoi –, les domestiques à leur dévotion. Dans cet univers très codifié, que l'on croyait sans danger ni violence, des clans se forment et se reforment sans cesse : filles contre garçons, petits contre grands, enfants contre grandes personnes, domestiques autochtones contre « nordistes », pour ou contre les maîtres, précepteurs contre domestiques...

Les garçons sont les seuls autorisés à s'échapper ; ils nouent des alliances de circonstance avec les petits drôles des métayers, dans les fermes disséminées sur le coteau, acquièrent des savoirs inconnus au château : dénicher des oiseaux, ouvrir la bonde des tonneaux de piquette entreposés dans les granges, et se frotter aux ragots du pays. Robert se sait déjà l'héritier de tout cet univers ; Auguste fait volontiers bande à part, élève des geais, disparaît pour lire ou observer les biches. Le petit Charles, resté plus longtemps que les autres dans les jupes de sa bonne, connaît tout le monde sur le coteau, et participe aux travaux agricoles. L'éducation des garçons est déléguée au collège jésuite de Sarlat, qu'Amédée, fidèle à sa jeunesse très catholique, subventionne largement grâce à l'argent de sa femme. Puis, poussés par les bons pères autant que par la tradition familiale, ils effectueront leur service militaire en tant qu'officiers.

Les filles, elles, sont plus rigoureusement assignées à l'intérieur, à coups de leçons d'écriture, de broderie, piano ou catéchisme... Thérèse, née dix mois après Robert, a une santé déficiente. On parlerait aujourd'hui de tuberculose osseuse, affectant sa colonne vertébrale. En somme, elle est bossue, et le deviendra de plus en plus en grandissant. Les cadettes, Antoinette et Marguerite, fortes d'une presque gémellité, sont les reines du monde enfantin de V avant 1900. Elles s'entendent très bien, savent tout sur tout, décrètent et orchestrent, se liguant facilement contre leur aînée, d'humeur moins gaie.

La comtesse de V, considérant qu'il n'est jamais trop tôt pour préparer l'avenir de ses enfants, favorise une certaine vie sociale : on fête un anniversaire de la construction du château médiéval, réel ou supposé, on inaugure la chapelle, on reçoit des cousins lointains, pour des chasses au trésor ou des pique-niques dans les bois. « Les filles », expression qui exclut tacitement Thérèse, s'emparent avec gourmandise de ces occasions : elles y apprendront le sens de l'organisation, la capacité à décider et à emmener leurs troupes.

Angélina semble n'avoir jamais beaucoup frayé avec ses voisines des châteaux périgourdins, y gagnant une réputation de snobisme, au moment où le terme commençait à être utilisé, *sine nobilitate...* : ses origines petites-bourgeoises ne s'effacèrent des esprits provinciaux qu'à la génération de ses petits-enfants, juste au moment où l'on y accordait moins d'importance !

En revanche, elle a gardé toute sa vie des relations épistolaires avec ses amies du couvent ; du moins, celles dont les alliances royalistes créent une proximité de cœur. À travers la France, une myriade de femmes correspond ainsi, au rythme de nombreuses heures chaque jour : faire-part de naissances, mariages et deuils appelant des lettres de condoléances et de félicitations… Tout cela est conservé, et raconte beaucoup de choses. Ces dames, en se réjouissant des publications de Charles Maurras, ou se désolant des élections républicaines, dans une langue très convenue, avouent aussi ce qu'elles veulent bien d'elles-mêmes et de leur vie. La comtesse de V et ses correspondantes, réparties dans les provinces françaises, forment à la fin du XIXe siècle un redoutable réseau de marieuses. Car Elina a retenu de ses parents l'art des stratégies matrimoniales, et s'en préoccupe très vite : il lui faut à la fois faire pousser droit la branche maîtresse, l'héritier de V, et couper, c'est-à-dire établir ailleurs et autrement, les rameaux surnuméraires de sa famille nombreuse.

Ses enfants sont de beaux partis, elle le sait, alliant titre, château, terres par leur père, et fortune par leur mère. Grâce aux excellents placements de Léon Hyvert, aux intérêts encore accrus après sa mort, les revenus familiaux semblent alors exponentiels. De ces tractations, il demeure des paquets et des paquets de lettres : demandes de renseignements, précieuses premières photos, évaluation des patrimoines de chaque partie, enrubannées de l'écriture penchée des élèves du Sacré-Cœur.

Thérèse est assez vite exclue du jeu. Même l'entrée en religion s'avère impossible, pour raison de santé ; il est décidé qu'elle consacrera sa vie à la vieillesse de son grand-père maternel, qui lui fait dans ce but une donation particulière. Pour les garçons, rien ne presse, ils se marieront après la trentaine, à l'exemple leur père. Les efforts se concentrent donc d'abord sur les cadettes.

Le double mariage d'Antoinette et de Marguerite, en 1898, représente un apogée de l'histoire familiale.

Monsieur et Madame de V, entourés de leur couronne d'enfants, sont au faîte de leur maturité, et le château, dans toute sa splendeur moderne. L'ensemble faisant corps, tirant leur force les uns des autres.

Le diamant, certainement, y brille de tous ses feux. Et d'autres bijoux aussi : c'est l'époque où, dans les traditionnelles corbeilles de mariage, on remplace parures, châles, argenterie... par une bague d'importance, remise à l'occasion des fiançailles. Antoinette devient vicomtesse Octave Latour de Rocque, en épousant l'héritier d'un domaine viticole à Cognac : elle reçoit une bague dite Pompadour, saphir ovale facetté en serti clos, entouré d'un pavage de quatorze brillants. Marguerite est mariée au baron Raoul de Survigny, militaire tourangeau promis à un bel avenir, qui lui offre une bague de famille d'époque Napoléon III, trois très beaux rubis montés sur or jaune. De très beaux bijoux, mais qui ne valent pas le solitaire.

Ces jours heureux, immortalisés par des photographies familiales sur le perron, se terminent officiellement avec la mort d'Amédée, l'année suivante. Une longue période de deuil commence, car, à V, on ne plaisante pas avec les rites : robes noires, bijoux de deuil en jais et onyx, brassards noirs aux bras des hommes, enfants et domestiques compris. Hormis le diamant d'Angélina qui continue à scintiller à son annulaire presque toute la première moitié du nouveau siècle : elle ne le donnera à personne, ni à ses filles ni à sa belle-fille.

Quand la comtesse douairière de V s'éteint, un soir de l'hiver 1942, durant la Seconde Guerre mondiale, à quatre-vingt-huit ans, la fidèle Adèle est seule à veiller dans la grande maison désertée. Après s'être signée, elle ferme les yeux de la défunte, retire l'alliance et la bague du doigt encore souple, et pose le tout dans le tiroir de la table de chevet. D'où elle extrait le chapelet déjà prêt à entrelacer les mains de Mme la comtesse pour l'éternité.

Henriette, sa belle-fille, récupère les bijoux après les obsèques. Elle sait bien que le solitaire aurait dû depuis longtemps être à son doigt à elle. L'affaire est soldée maintenant, elle n'a aucune idée de sa valeur et n'a jamais aimé cette bague trop lourde, liée à trop de mauvais souvenirs avec sa belle-mère. Encore quelques jours pour retrouver l'écrin de cuir rouge signé Mellerio au fond d'une commode, et ranger l'ensemble dans son serre-bijoux. Adèle meurt à son tour quelques semaines plus tard, son service terminé. Personne n'en parlera plus.

Cinq ans après la Libération, le diamant fait sa réapparition.

Jehan – il faut prononcer « Jean » –, le dernier fils d'Henriette et Charles, est follement amoureux d'Élisabeth Savary. Face à cette femme brillante, plus âgée que lui, il n'est pas très sûr de lui. Mais on lui a inculqué des usages, et il sait comment déclarer sa flamme : se mettre à genoux, demander la main de la belle et exhiber une bague dans son écrin.

Il s'adresse donc à sa mère, comme il en a l'habitude.

Henriette s'inquiète beaucoup de ce coup de foudre pour une jeune fille dont elle ne connaît pas la famille, le pedigree, et qu'elle n'a pas choisie elle-même. Décidément, cette guerre a tout changé, se dit-elle. Mais Élisabeth est auréolée d'une histoire tragique qui attendrit sa future belle-mère, ou du moins l'empêche de se montrer désagréable : lors des bombardements américains de mai 1944 dans la Somme, la maison des Savary a été incendiée, ses parents et sa petite sœur qui s'y trouvaient n'ont pu s'échapper.

Henriette ressort donc du serre-bijoux l'écrin de sa belle-mère : cette bague pourrait faire l'affaire ! Personne, au moment de la succession de Charles, en 1938, n'a songé à inventorier les bijoux de sa veuve, qui n'en portait guère. Mais elle hésite encore : logiquement, le bijou devrait aller à la future épouse de son fils aîné, Baudouin, l'héritier de V.

Consulté, celui-ci éclate de rire :

— Ma pauvre maman ! La France est à genoux, le monde est à reconstruire, et vous vous inquiétez de la destination d'un caillou... Je n'ai pas le temps de me marier tout de suite, vous savez !

Baudouin en profite pour annoncer son départ pour l'Indochine : la scène restera gravée au fer rouge dans l'esprit d'Henriette, associée à l'affaire du diamant, décidément synonyme de malheur.

Jehan empoche donc l'écrin en remerciant à peine ; ces choses-là ne l'intéressent pas. Mais bientôt il avoue à sa mère, mi-penaud, mi-déterminé : ce diamant est magnifique, seulement l'anneau est si usé qu'il est près de casser. Et Élisabeth, forte de ses études artistiques, voit très précisément la bague de fiançailles qu'elle souhaite : quelque chose de plus original que cette monture griffue à la mode du second Empire.

— On doit pouvoir retrouver quelque part des médailles de baptême, des bracelets cassés qui ne servent plus à personne pour faire remonter ce diamant ?

Manifestement missionné, Jehan prendrait tout ce qui est possible. Et, précise-t-il, le dessin étant déjà fait, il n'y aurait qu'à payer la façon d'un bijoutier en chambre.

— Inutile d'aller chez Mellerio, tellement cher, Élisabeth n'a pas d'habitudes de luxe !

Henriette est heurtée par ces manières – dans la vie, on prend ce qu'on vous donne ! –, mais pas très fière de s'accrocher à son or. Elle ouvre de nouveau le serre-bijoux.

La fiancée vient pour la première fois à V en 1952, pour préparer le mariage. Arborant sa bague « tank », comme elle dit, un gros rectangle d'or rose où s'enchâsse le diamant, épaulé par trois brillants de part et d'autre. Ils ont été dessertis d'un bracelet trouvé aussi dans le serre-bijoux. En tendant sa main pour faire admirer le bijou, Élisabeth remercie gentiment sa future belle-mère.

Henriette trouve la monture épaisse, affreuse. Ses critères esthétiques en sont restés au XVIIIe siècle classique, finesse et discrétion.

Rien que ce terme de « tank », mon Dieu...

Elle n'en dit rien tout haut, bien sûr.

S'applique, comme toujours, à faire ce qu'il faut, avec les moyens du bord. Rassembler pour la cérémonie tout ce qui compte de hobereaux périgourdins, et tout ce qu'il est possible de leur offrir, car les restrictions ne sont pas terminées.

Le jour J, les tourtereaux, blonds sous le soleil de juin, rayonnent sur la photo traditionnelle du perron. La mariée a une grâce indéniable : elle a cousu elle-même sa robe, jupe bouffante et décolleté bateau, dans un coupon couture apporté de Paris. Une création personnelle qu'elle porte avec les dentelles de Calais de la grand-mère de V, joliment accommodées. Il flotte ce jour-là un appétit de bonheur, on salue la renaissance du pays et les invités sont heureux de se retrouver pour la première fois après des années difficiles.

Les dames s'extasient devant Jehan sur la bague de fiançailles, qui renvoie le compliment au dessin original :

— Élisabeth a un talent fou !

Et les V tiennent toujours leur rang, pensent les mêmes.

La fête finie, une vie nouvelle commence pour le jeune ménage.

Juste avant son départ pour l'Indochine, Baudouin a proposé un arrangement à son frère cadet : prendre la place du très vieux régisseur de V, et tirer de quoi vivre du domaine, en gestion directe. Il s'agit pour l'aîné de se faire pardonner sa désertion ; et peut-être aussi de sauver l'exploitation agricole. Mais Jehan peut-il être l'employé de son frère, et s'est-il jamais intéressé à l'agriculture ? Sous le regard angoissé de sa mère, il cherche sa place à V.

Et Élisabeth, dite Zabeth, réalise vite ce qu'elle a perdu, en échangeant son statut de petite main dans une galerie d'art de la rue Bonaparte pour celui de châtelaine en Périgord. Dès le mois de septembre suivant, elle décide de terminer par correspondance ses études à l'école du Louvre, interrompues depuis l'Occupation. Cette décision a provoqué chez Jehan une colère homérique, première d'une longue série. Pour lui, cela signifie surtout des heures de travail, des livres d'art hors de prix, et des voyages à Paris encore plus chers.

À quoi peut servir ce coûteux diplôme, dans la vie qu'ils mènent ? Il est jaloux de ce monde parisien qui lui ravit sa femme, et peut-être s'ennuie quand elle n'est pas là.

Zabeth passe outre, prend l'habitude des allers-retours. Goûte beaucoup ces bulles de liberté qui lui deviennent indispensables : les retrouvailles avec les amis du Nord, les vernissages où elle est encore invitée, les soirées d'étudiants dans le studio de son frère, qui joue de la guitare... Prudemment, dans le train ou le métro, elle retourne la pierre de sa bague tank vers la paume.

Heureusement, au début de l'année 1953, la jeune femme se découvre enceinte. Les futurs parents sont fous de joie, et Henriette respire : tout finira par rentrer dans l'ordre.

Sur la ligne inconfortable du train Paris-Agen, dans les amphithéâtres de cours, et sur l'étroit divan du studio, elle transporte son ventre arrondi. Sa belle-mère, habituée des fausses couches, tremble en silence à chaque voyage.

— Il ne faut pas tenter le diable...

Ce n'est pas de là, mais d'ailleurs que surgira le drame, avec la mort de Baudouin en Indochine, en service commandé. Une épreuve qui fragilise toute la famille, alourdit terriblement l'atmosphère de la maison.

Jehan, devenu « chef de famille », comme le répète sa mère, s'attelle avec une forme de fureur à la gestion directe des terres de V. L'antique système de métayage est à bout de souffle. Sur les conseils d'un de ses cousins, qui réussit très bien comme chef d'exploitation viticole à Cognac, il a entrepris de développer la culture du tabac sur les terres limoneuses des bords de Dordogne. Un contrat avec la Société d'exploitation industrielle des tabacs et des allumettes assurerait des rentrées d'argent régulières. Pour la première fois de sa vie, et le premier de sa famille, Jehan est assujetti à un travail effectif, avec des cahiers des charges et des délais. Sa mère est affolée, et sa femme, dont il admire tant l'énergie, refuse de prendre sa part du travail à ses côtés. Elle ne s'imagine pas du tout en comptable du domaine !

Le bébé, une magnifique petite fille de quatre kilos, voit le jour au mois de juin 1953. Quelques jours après les derniers examens de sa mère.

— Ce sera Elina, dit Jehan, le diminutif du prénom de ma grand-mère.

— Pourquoi pas ? admet Zabeth, qui ne l'a pas connue.

Tout en caressant les minuscules petons de sa fille, sa bague scintillant au soleil. Elle nage dans le bonheur, elle a réussi sa licence avec mention.

La petite Elina sourit à la vie, dort bien et mange bien. On la baptise dans la chapelle de V début juillet, et les frères d'Élisabeth défilent pour l'admirer, lui chantent des sérénades, jouent de la guitare pour l'endormir !

Le père, lui, ne profite guère de sa petite fille cet été-là : il a du mal à trouver des bras pour ramasser le tabac, alors que les jeunes hommes partent chercher du travail en ville et que les derniers prisonniers allemands quittent le pays. Animé d'une passion nouvelle, Jehan passe ses jours et ses nuits dans les champs, prend plus que sa part du travail, torse nu comme ses ouvriers.

Élisabeth a bien compris que désormais, sa vie est attachée à sa fille et à V. Ligotée ? Pas du tout. Sa belle-mère, avec Léonie, la vieille bonne, la déchargent largement des soins maternels. Henriette peine à surmonter le deuil de son fils aîné, et se console avec cette joyeuse petite Elina. Qui heureusement ne ressemble pas du tout à l'aïeule !

Il y a bientôt de nouveau des fêtes à V, tant le château est fait pour cela. La jeune mère a retrouvé sa ligne et sa vitalité, et apprécie la société qui fréquente la région – surtout durant l'été. Elle y fait briller sa bague, sa joie de vivre et ses robes originales. Dans la lingerie, sur l'antique machine à coudre à pédale, elle imagine, coupe et pique des tenues décoiffantes.

Jehan apprécie, redevient plus serein, et l'atmosphère autour de lui aussi : la première livraison à la manufacture des tabacs, fin octobre, est une réussite. Zabeth déborde de projets pour ce vieux château qu'elle apprend à aimer. Rien ou presque n'y a bougé depuis plus d'un demi-siècle et les grands travaux d'Angélina.

Enlever les tentures poussiéreuses, les meubles sombres et les bibelots disséminés partout, retrouver la beauté nue de la pierre taillée, recouvrir de blanc les papiers peints ; et installer une cuisine au rez-de-chaussée, car il n'y a plus guère de domestiques pour monter les plats...

— Plus tard, élude son mari, priorité aux investissements agricoles.

Élisabeth se heurte donc aux réticences conjuguées de son mari, de sa belle-mère, de la gouvernante et du jardinier, tous gardiens autoproclamés des traditions de V.

Silences et petites phrases s'enchaînent. La jeune femme n'est pas patiente et la cohabitation devient difficile. Henriette, qui n'a jamais rien connu d'autre, ne comprend pas.

Moins de trois ans plus tard, la lourde bague tank vole entre les deux époux. Sur un énième emportement de Jehan, Élisabeth la lui a lancée à la figure, manquant l'éborgner.

Le lendemain, elle prend le train pour Paris avec sa fille de quatre ans sous le bras, et ses livres d'art remplissant une unique valise. Personne n'imagine que ce sera définitif.

La bague privée de son écrin – dans la précipitation, Élisabeth l'a gardé au fond d'une trousse de toilette – est de nouveau rangée au fond du serre-bijoux, dans un cocon de coton hydrophile, faute de mieux. En attendant.

C'est ainsi que le diamant y passe presque un demi-siècle encore. Avant sa redécouverte, et la décision d'Elina, deuxième du nom, de le mettre à son doigt.

3

Un tableau de style naïf représentant le château de V

« Il n'est de richesse que par le savoir. »
Émile Zola

— On continue la liste : je ne savais même pas qu'il existait un tableau du château ! s'exclame Elina.

— Euh, ce n'est pas vraiment un tableau, plutôt une esquisse sur carton, et ce n'est pas naïf, plutôt une évocation poétique de V…

— Vous l'avez déjà repéré ?

— T 49 au catalogue, annonce Pia. Bizarrement, cette esquisse est accrochée au fond du couloir des domestiques. Pas vraiment une place d'honneur…

— Allons-y !

Fin du thé à la bergamote, déjà refroidi, et de la pavane qu'elles écoutaient ensemble, avec un intérêt inégal.

Les deux femmes montent sous les combles par l'escalier en colimaçon, parcourent le long couloir, finissent par localiser un petit rectangle coloré fixé à un simple clou par une ficelle.

— Voilà notre croûte : elle a un certain charme ! s'exclame Pia. Les proportions sont bonnes, on voit bien le corps de logis, avec les sculptures de la corniche, les deux ailes en équerre, les tourelles, le porche, un bout du chenil… L'estimation est à 100 euros : l'œuvre est de petite taille, sans cadre et non signée. Je l'ai rattachée à l'école de Paris, à cause du style de trait : elle rassemble les peintres qui se voulaient d'avant-garde, et y ont travaillé de 1900 à 1960. La peinture à l'huile est bien encrassée : on pourrait la faire nettoyer, si le travail en valait la peine…

— Eh bien moi, je trouve que oui. Les couleurs ont dû être très gaies, cela me plaît. J'ai bien envie de le garder… Si j'arrive à glisser le carton bien à plat dans ma valise…

Cette petite valise à roulettes en attente dans la chambre chocolat, le symbole de son dernier voyage avant la vente, et de sa libération.

Pia la fixe de ses yeux sombres, hésitant entre surprise et regret.

— Dommage ! Cela aurait fait un joli petit lot, qui pourrait grimper aux enchères…

***

L'histoire m'a été racontée plusieurs fois comme exemple du caractère impérieux d'Angélina, qui pouvait tourner à la tyrannie. Et surtout comme une occasion ratée, une de plus, de sauver V grâce à une nouvelle pluie d'argent.

On est alors autour des années 1900, à la fin du grand chambardement initié par la nouvelle comtesse de V.

Première rénovation du vieux château massif depuis le passage des maçons italiens au XVIe siècle, ceux qui ont agrandi les lucarnons de la bâtisse médiévale et sophistiqué la façade, avec tous ces délicieux ornements de démons, sorcières, acrobates sculptés sous la corniche. Ils ont agité l'imagination de générations successives d'enfants.

Deux tours à échauguettes d'inspiration néogothique viennent flanquer le corps de logis principal, pour bien signifier qu'il s'agit d'un vrai château, et loger de nouveaux escaliers en colimaçon. Mais les proportions, l'harmonie particulière des grands toits, le châtelet d'entrée du XVIIe siècle survivent à la révolution intérieure. Avec la chaleur de la pierre dorée au soleil, et la qualité de matériaux faits pour traverser les siècles.

Régulièrement, des curieux s'engagent dans l'avenue, grimpent un ou deux lacets puis s'arrêtent à couvert pour admirer l'ensemble sans être vus. C'est ainsi qu'un grand jeune homme brun, veste tachée et attirail de peintre à l'épaule, était arrivé à V au soleil couchant. Franchissant toutes les limites interdites mais non signifiées, puisque tout le monde alentour les connaissait. Attiré par un chant, il s'était présenté à l'arrière, à la cuisine.

La jeune aide-cuisinière de l'époque – elle s'appelait Berthe Roumagnol, selon les livres de comptes – est seule à ses épluchages, et pousse la chansonnette pour s'encourager.

Sans doute, essuyant ses mains au tablier, s'est-elle avancée pour recevoir le visiteur. Offrant comme il se doit une chaise à la table de la cuisine, un verre de piquette, et un peu – beaucoup – de conversation. Berthe était considérée comme très bavarde : une lettre en fait mention, c'est dire !

Passant par là à ce moment précis, Adèle, en qui Madame avait toute confiance, s'était empressée d'aller la prévenir de la présence d'un inconnu à la cuisine. Elle l'a peut-être accusé de conter fleurette à Berthe, ou de la distraire de son travail.

Comme on ne sait pas exactement à quelle date l'histoire se tient – le tableautin n'est ni signé, ni daté –, il est impossible de deviner où se trouvait Angélina. Sous le tilleul de la terrasse, à recevoir la visite d'une cousine périgourdine ? C'est possible, c'était l'été. À la nursery, en conciliabule avec Léonie à propos des enfants ? Ou bien dans le parc pour décider des plantations avec Clovis, le valet devenu jardinier après la mort de M. Hyvert ? On sait en tout cas qu'elle n'aimait ni broder ni tricoter, encore moins se tenir au salon, inoccupée. Peut-être est-elle chez elle, dans la chambre d'honneur, avec vue diagonale sur le porche d'entrée ? C'est bien possible, et même probable, car pour chaque naissance Elina respectait scrupuleusement quarante jours de lit avant ses relevailles : si l'on multiplie par sept ces plus ou moins deux mois de couches, elle a passé beaucoup de temps allongée pendant les quelque cinq années qu'ont duré les travaux ! Sans rien perdre de son énergie : elle dirigeait le train de maison depuis ses oreillers. D'où l'importance d'Adèle, ayant l'œil à tout, transmettant à sa façon les ordres, assortis de commentaires rugueux, sans doute avec un accent chti prononcé qui la rendait difficile à comprendre pour les Périgourdins.

Les gens du pays, mi-admiratifs, mi-compatissants, plaisantaient sur « ces femmes du Nord qui accouchent comme des lapines ! ». Avec une once d'ironie, dans ce Sud-Ouest où l'on prend soin de limiter les héritiers, pour ne pas diviser les patrimoines familiaux, qu'il s'agisse d'un champ ou d'un royaume.

Une légende de Noël a traversé les générations, que je ne résiste pas à vous raconter, même si cela n'a rien à voir avec le tableau : la nuit de Noël 1875, le comte et la comtesse de V assistaient à la messe de minuit au village. Au premier rang, Angélina, droite et monumentale dans ses fourrures, ne manquant aucun répons, s'agenouillant et se relevant pieusement aussi souvent que le voulait le rituel. À la fin des deux ou trois heures d'office, les époux avaient reçu saluts et révérences, échangé encore des vœux avant de remonter en voiture.

Arrivée au château, Elina convoque la fidèle Adèle pour faire monter de l'eau chaude. Signal d'un accouchement imminent, à cette époque où l'on n'aurait pas imaginé parler en public de perte des eaux ou de contractions.

Amédée aussitôt se retire chez lui, pour ne pas déranger les femmes. Et le cocher repart dare-dare dans la nuit chercher la matrone, qui arrivera trop tard. Ce cadeau de Noël, c'est Auguste. Qui n'a que dix mois et demi d'écart avec son aînée, Thérèse, et vingt-quatre avec sa cadette, Antoinette. Un écart d'âge qui s'explique par la mort précoce de Thaddée, né entre les deux.

Que ce soit en direction de la chambre, de la terrasse ou de la bibliothèque, Adèle traverse la maison en hâte pour dénoncer l'intrus.

— Cet homme voudrait peindre le château, dis-tu ? Ma foi, si ça lui chante de croquer la façade arrière... Mais qu'il n'entre pas, surveille-le de près, n'est-ce pas ?

L'intérieur de la maison, c'est le domaine réservé de la comtesse. Un domaine très féminin, si on le compare aux maisons fortes qu'habitent alors les cousins de la famille en Périgord. Son époux n'a guère eu voix au chapitre : la jeune Mme de V a reproduit les décors de sa jeunesse, sans toucher à la structure ; somme toute avec une certaine humilité, la conscience de n'être que de passage dans les lieux. Par fierté familiale et légitimiste, Amédée a tout de même défendu l'ancienne salle d'armes, devenue vestibule puis hall. Avec les hallebardes, épées, lances, pistolets et autres armes de toutes les époques exposées sur les murs, et la collection de portraits d'ancêtres leur faisant face, au garde-à-vous. Les trophées de chasse et les lourds coffres à bois demeurent aussi. Son joyau, c'est l'armure – complète ! – sur un socle de bois ciré : les enfants de toutes les générations s'en approchent avec crainte ou fascination.

Ailleurs, les transformations effectuées par Angélina obéissent aux canons architecturaux de son Beauvaisis natal. Des carreaux de ciment tout en arabesques ont remplacé les larges dalles de pierre polie par le temps : ils viennent de Saint-Quentin et recouvrent toute l'Europe élégante ; même la reine Victoria, paraît-il, en a décoré ses châteaux. De nouveaux vitraux de couleurs néogothiques soulignent les ouvertures à meneaux d'époque Renaissance, qui heureusement demeurent inchangées.

Au sud-ouest, dans les pièces de réception, les fenêtres ont été élargies, et c'est tant mieux, car elles captent la lumière du couchant, et offrent une vue nouvelle, époustouflante, sur la vallée de la Dordogne qui sinue en contrebas.

Le peintre ne verra pas ce magnifique point de vue, car il lui a été interdit par Adèle de franchir le châtelet pour entrer dans la cour ! *A fortiori* dans les pièces de réception.

À main gauche, dans ce qu'on appellera désormais la bibliothèque, le second Empire est entré en force : des boiseries de chêne pour masquer les pierres nues, des rideaux pour filtrer les courants d'air, des fauteuils où l'on s'enfonce, d'épais tapis qui assourdissent les pas ; mais interdisent désormais l'entrée aux chiens de la maison. On a donc construit pour eux, derrière, un magnifique chenil, avec des airs de château lui aussi.

À droite, dans le grand salon qui traverse le corps de logis, Elina a choisi des tentures écarlates damassées, assorties aux embrasses de rideaux à pompons. Elle a caché les tables massives par des juponnages de dentelle, avec une inflation de bibelots : c'est l'époque où l'on s'offre mutuellement des statuettes de bronze, des médailles dans leur présentoir, des soliflores, des cadres d'argent chantournés. À V, ils sont disposés en rangs serrés !

Il y a des miroirs pour renvoyer la lumière nouvelle de l'extérieur, et des abat-jour pour la filtrer. Les chers souvenirs romains d'Amédée sont mis à l'honneur, Elina n'a rien contre, au contraire : un lustre vénitien, une table à marqueterie de marbre, un vase monumental en albâtre, une vierge à l'Enfant et un immense tableau de la campagne romaine au XVIIIe, paré des habituelles ruines antiques.

La salle à manger ouverte sur la cour intérieure, l'office, les commodités sont aussi revisités, deviennent plus pratiques et « décoratifs ». Dans les étages, les chambres ont été multipliées par trois, parquetées, additionnées de cabinets de toilette, de lingeries et débarras qu'on n'appelait pas encore dressings, et obéissent à la même inspiration victorienne fleurie.

Le nouvel escalier en colimaçon logé dans la tour mène à un palier desservant les appartements des enfants – qu'on baptise « nursery », bien sûr : deux immenses chambres aux lits de fer peints de blanc, avec une autre pour la bonne en charge des enfants. Un cabinet de toilette avec un tub, une salle d'études et une grande lingerie ensoleillée.

En revanche, la cuisine, l'arrière-cuisine, les réserves et celliers restent au sous-sol, inchangés, au bout d'un escalier noir et raide. C'est tout ce que le peintre a le droit de voir, selon Adèle.

— Eh oui, consigne de Madame !

L'homme et la jeune Berthe en avaient pouffé ensemble, dès qu'Adèle avait eu le dos tourné. Puis il était reparti vers son chevalet, déployé à bonne distance de la façade arrière, pour la vue d'ensemble.

Avant de monter mettre le couvert, par curiosité autant que par obligeance, Berthe apporta au visiteur un autre verre de vin, deux tartines de pâté et du raisin muscat.

— Alors ?

Il remercia d'un clin d'œil et d'un sourire.

— Je vous montrerai tout à l'heure !

Et la jeune fille s'en revint à la cuisine, toute réjouie d'avoir aperçu ces traits simples et ces couleurs vives.

À la fin du service, l'homme était toujours là. Berthe, faisant sa vaisselle, porte ouverte sur les parfums du soir, l'entendit rapporter verre et assiette.

— Merci beaucoup ! Diantre, que votre pâté était bon ! Mais j'ai perdu trop de temps à bavarder. Est-ce que je peux laisser ici mon carton, qui n'est pas sec ? Je reviendrai demain, et m'attaquerai à la toile...

L'aimable Berthe, mains mouillées, acquiesça et désigna du menton une étagère dans l'arrière-cuisine, évitant de donner une autorisation qui n'était pas de son ressort.

Le lendemain, c'est Adèle qui la première vit arriver le peintre, alors que l'aide-cuisinière était au potager, partie cueillir des salades.

Juste au moment où il s'apprêtait à entrer dans la cuisine pour récupérer son carton.

Adèle avait bien vu la veille comment s'étaient passées les choses, et dans son français rêche lui intima l'ordre de déguerpir, toujours au nom de Madame.

L'homme le prit de haut, refusant d'être traité comme un vagabond. Et plutôt que de parlementer, il tourna les talons.

— Vous le regretterez...

A-t-il vraiment dit ces paroles prémonitoires ? Pas certain...

Maurice Utrillo, peintre déjà reconnu, effectuait alors un voyage à travers le Sud-Ouest, de village pittoresque en paysage magnifique. Logeant chez l'habitant, goûtant aux spécialités gastronomiques du pays, posant son chevalet au gré de son inspiration. Il y peignit de nombreuses œuvres, plus joyeuses et colorées que celles de Montmartre, où il vivait.

On le sait, car Utrillo a laissé sur place quelques-uns de ces tableaux, offerts au fil de ses rencontres ; les autres sont aujourd'hui dispersés dans des collections du monde entier. Notamment au Japon.

Jamais l'homme ne revint chercher son carton. Berthe, un peu plus tard, le monta à l'étage des domestiques. Autant pour désencombrer l'étagère que parce qu'elle l'aimait bien. Après avoir demandé l'autorisation à Madame, qui jeta un regard de biais sur les aplats de couleurs et grimaça :

— C'est très mal dessiné, et d'un criard... Quelle horreur, ma pauvre Berthe ! Fais-en ce que tu veux, pourvu que ce soit loin de mes yeux.

Elina n'avait pas la vista !

La jeune fille bricola une attache en ficelle de cuisine à l'arrière du carton, et l'accrocha face à la porte de sa chambre.

— Une manière de me lever du bon pied le matin !

Quand elle quitta son poste pour se marier, elle n'osa pas l'emporter : cela se serait vu, en laissant une auréole sur le mur.

L'histoire se perdit ainsi très vite à V. Elle perdura pourtant dans les Charentes, à travers Antoinette, qui avait été une petite fille adorant écouter aux portes. Et sachant le raconter !

Rêvons un peu... Si Utrillo avait terminé – et surtout signé ! – son esquisse, exécuté la toile qu'il projetait, et enfin offert le carton à V, en échange de quelques tartines de pâté supplémentaires, le château aurait fait la une des journaux d'art, avec cette œuvre inconnue retrouvée par hasard.

Car la dernière transaction d'un tableau signé Utrillo frise la centaine de milliers d'euros.

4

Un guéridon en marqueterie de marbre

« Le musée transforme l'œuvre en objet. »
André Malraux

— Un guéridon en marqueterie de marbre ? C'est celui du salon, devine Elina.

— Oui, E 13, il est bien dans l'inventaire : « Une table type guéridon en bois d'ébène, à trois plateaux marquetés, avec incrustations de marbre, nacre et lapis-lazuli. Vraisemblablement de fabrication étrangère. Sur le plateau supérieur, représentation du Colisée au centre, avec médaillons de ruines secondaires. À l'intermédiaire, vue générale du Forum, et des ruines de ses principaux monuments en médaillons. Plateau inférieur, fontaine de Trevi. Enrichi en encadrements de bronze doré à motif de feuillage. Pieds galbés, l'un d'entre eux cassé et fragilisé, car recollé de manière provisoire. »

La jeune femme reprend son souffle après cette longue tirade.

— J'ai eu des hésitations, car je ne suis pas spécialiste du XVIIIe siècle italien, mais j'en ai référé à notre expert. Le travail est merveilleux, mais vraiment très abîmé, avec des décollements et des taches. Je vous l'ai dit, ces meubles d'époque ont perdu beaucoup de valeur ; il n'y a pas vraiment de demande. J'ai indiqué une estimation de 800 euros, mais je doute fort qu'il les atteigne, hélas.

Pia, du plat de la main, palpe le guéridon, à petits coups répétés.

— Il n'y a vraiment plus une seule surface vraiment plane, il est inutilisable. Alors, laissez-le donc à votre acheteur, qu'il en fasse ce qu'il voudra !

— *Alea jacta est !*

Sur ce coup-là, les deux femmes, contentes de trouver enfin un terrain d'entente, échangent un sourire satisfait.

— On avance…

***

Amédée de V a acheté cette petite table, ou *tavolo*, en 1868, chez un antiquaire de la via dei Coronari, à Rome. Au cours d'une de ses promenades préférées, quand il quittait son cantonnement du Janicule, traversait le Tibre par le ponte Sant'Angelo, puis rejoignait la piazza Navone, pour aller retrouver des amis en ville. Ce jour-là, un lot venait tout juste d'être déballé, provenant du palazzo Farnetti. Des chandeliers baroques, une collection de miniatures et un buste féminin de marbre… Le marquis – Il Marchese, disait le marchand avec respect – avait sans doute perdu gros au jeu !

Le jeune zouave pontifical était tombé en pâmoison devant la finesse du travail de la table, les reflets des pierres semi-précieuses. Et le *signor* marchand l'avait bien compris.

— Marbre de Carrare, lapis-lazuli bleu nuit à taches dorées venu de Russie, onyx translucide à bandes blanches et noires...

Ajoutant d'un clin d'œil :

— La pierre qui donne plénitude et paix intérieure, pour *la principessa* !

Il n'y avait pas encore de princesse dans la vie d'Amédée, mais une passion pour la Ville éternelle.

— Le temple de Vénus, l'arc de Septime Sévère, l'escalier des Gémonies et la maison des vestales... un concentré de splendeurs !

Le jeune homme murmurait pour lui-même, s'encourageant à dépenser pour ces splendeurs bien plus que de raison.

Son œil s'était affiné, à force de chiner chez les antiquaires de l'ancienne Rome, et de fréquenter les *tombaroli*, ces pilleurs de ruines perdues dans la campagne romaine.

Amédée de V s'était engagé dès 1859 dans le corps des zouaves pontificaux – ces troupes de volontaires étrangers venus défendre l'État pontifical –, entraîné par un ami rencontré chez les Jésuites de Sarlat. Les deux jeunes hobereaux n'espéraient aucun avenir sous l'Empire, où la noblesse d'Ancien Régime avait été évincée de ses places et privilèges. Ils étaient de parfaits exemples de ces catholiques légitimistes qui trouvèrent à Rome une cause à défendre, le trône de Saint-Pierre et le pape Pie IX, pour continuer autrement la lutte contre les idées de la Révolution française.

Arrivé au plus fort de la croisade contre les chemises rouges de Garibaldi, le jeune comte s'enrôla aussitôt sous le commandement du général de Lamoricière. Mais il ne combattit jamais, dans cette armée pontificale qui livra peu de batailles. En congé en France pour enterrer son père lors de celle de Castelfidardo, il avait « les fièvres », c'est-à-dire la malaria, au moment de Mentana. Le siège final de Rome, il l'accomplit comme sentinelle, à attendre des ordres d'assaut qui ne vinrent jamais.

Qu'importe ! Il avait manifestement vécu dans la Ville éternelle ses plus belles années, entre les *caffè*, les *palazzi* de la noblesse noire, et les villages historiques du Latium, où les jeunes gens s'adonnaient volontiers à l'archéologie. Frappé du syndrome de Stendhal, fasciné par les lumières, les richesses et l'histoire de la ville, Amédée avait pris la pose, en uniforme de zouave, devant tous les panoramas romains, basiliques, pins parasols de l'Aventin, colonnades antiques...

C'est ainsi qu'il y a, rangés dans la bibliothèque de V, de nombreux albums photographiques de cette époque, avec les premiers daguerréotypes. Amédée, de bonne taille, est un garçon brun au regard droit. Son uniforme est inspiré des zouaves d'Algérie, bien adapté au climat romain : képi carré, courte veste bleue soutachée sur larges pantalons bouffants, et ceinture rouge. La tiare et les clés croisées de Saint-Pierre gravées sur les boutons de cuivre. J'en ai trouvé qui restaient encore dans les tiroirs de V !

C'est sans doute un bon camarade, car il vit en compagnie sur ces photos : bandes viriles de jeunes militaires altiers, dont les noms sont soigneusement notés en légende, avec tous leurs titres ; ce sont ceux de la vieille noblesse française. Amédée fut nommé successivement officier dans l'ordre de François Ier de Naples, puis de Saint-Sylvestre et du Saint-Sépulcre, et enfin chevalier de Malte. Au fur et à mesure, les décorations s'alignent sur sa veste bleue, et plus tard sur ses costumes de cérémonie, car il ne cessera jamais de les porter.

L'année 1870 marque la fin de cette période enchantée. Amédée a désormais enterré père et mère, qui ne lui ont rien laissé d'autre qu'un donjon amélioré à la Renaissance, posé au sommet d'un coteau périgourdin ; très loin de l'Italie. Et voilà que la chute de Rome et la disparition des États pontificaux entraînent le licenciement du régiment des zouaves. Comme ses camarades, Amédée devient *persona non grata* dans cette ville où ils ont été si glorieux, si heureux, si joyeux. Les plus convaincus partent aussitôt se réengager dans l'armée de la Loire pour défendre la France, qui bientôt capitule à Sedan. Beaucoup mourront face aux Prussiens, à la bataille de Loigny, en décembre 1870.

Mais le comte de V est plus idéaliste que va-t-en-guerre. Et il a un autre devoir à accomplir : dernier héritier de son nom, il se doit de perpétuer un lignage qui remonte au XIIIe siècle et s'est illustré aux croisades. C'est ce qu'il écrit à sa tante de Sannois, sœur cadette de son défunt père : il cherche « la meilleure et la plus charmante des épouses », en détaillant ses états de service et les fameuses décorations, et en précisant que ses années italiennes ont coûté cher. La commande est claire.

La vieille dame, veuve d'un gentilhomme solognot, passe cet hiver-là claquemurée dans la capitale française, qui se remet tout juste du siège des Prussiens et des violences de la Commune. Elle habite un grand appartement de la plaine Monceau, à bonne distance des stigmates de l'incendie des Tuileries, et prend à cœur cette mission de marieuse. La lettre est conservée, comme toutes celles qu'elle reçoit. Par testament, elle les rendra à leurs expéditeurs ; celle-ci en particulier rejoindra après sa mort les archives de V, par les soins de son neveu.

En attendant, Amédée rentre au château avec ses uniformes, ses albums de photographies et des caisses d'antiquités. Tout cela, enseveli dans la paille, arrive en Périgord sans passer par aucune douane. Il y a une vierge à l'Enfant qui pourrait passer pour un primitif florentin, une toile roulée datant vraiment du XVIIIe siècle, le *tavolo* marqueté, une colonne d'albâtre, un lustre de verre vénitien. Ces trophées sont aussitôt installés dans la salle d'armes de V, ce qui ne la rend pas moins sinistre. Plus tard, son épouse placera le guéridon dans l'embrasure d'une des portes-fenêtres du nouveau salon, pour faire jouer dans la lumière les reflets des pierres. Monsieur de V aimait à en détailler pour ses invités les splendeurs et les détails, occasion de mettre en scène sa geste romaine :

– Ah, ce *tavolo*, regardez le Forum tel que je l'ai connu autrefois...

Toute sa vie, Amédée de V a émaillé sa conversation de mots italiens, comme si c'était sa véritable langue maternelle, et le Vatican son pays de cœur.

Né sous la monarchie de Juillet, traumatisé par les barricades de 1848, jamais rallié à l'Empire, ni *a fortiori* à la République, Amédée est resté profondément royaliste. Pour lui, la France était perdue, parce qu'elle avait perdu ses valeurs. Il préférait habiter ses souvenirs, sa jeunesse et ses passions romaines, plutôt que le présent. Sans doute s'est-il beaucoup ennuyé à V et dans sa vie conjugale, durant quelque vingt-cinq années. Ce que sa vie était devenue semblait l'assommer, tout autant que ses enfants. Il ne s'animait qu'en société, et passait le plus clair de son temps au salon, toujours bien mis, à attendre d'éventuelles visites en lisant.

Sur le *tavolo*, des journaux, des cartes à jouer, sa pipe, les cendres afférentes ; et des tasses de café dont les soucoupes ont laissé de multiples taches circulaires. Il y poursuivait ses lectures savantes, recherches archéologiques et travaux de généalogie, ainsi qu'une correspondance assidue avec ses anciens camarades.

Méditant parfois aussi devant le tableau de la campagne romaine, observant les reflets des verreries de Venise… Cette vie très sédentaire, et au fond déprimée, l'avait comme desséché au fil du temps, en même temps que « les fièvres » l'abattaient sporadiquement ; ce qu'on appelle aujourd'hui paludisme, souvenir des marais pontins. En prenant de l'âge, cet homme solide et altier, réputé pour sa bonne humeur, rétrécissait, se taisait toujours plus, ne conversant qu'avec ses chiens. Les photographies en témoignent, où même son regard semble vouloir s'échapper de la scène. C'est une injustice : au fil du temps, lui a dépéri en maigrissant, tandis que sa femme s'est alourdie en s'agitant, de plus en plus gênée par son poids et les rhumatismes. On dirait aujourd'hui plutôt l'arthrose, transmise dans la famille à toutes les femmes.

Alors qu'Elina avait la main sur la conduite des affaires familiales, Lacoste, le jeune régisseur, s'occupait du domaine agricole. Un domaine alors au plus haut de son histoire, couvrant une centaine d'hectares, selon les plans cadastraux de l'année 1900. Six métairies : Boisserie, Fages, Fromental, La Ladière, Coulerouze, Malmussou. Plus Le Logeau, qui servait de maison de gardien, et La Faval, héritée d'un vieil oncle. L'organisation agricole n'avait guère changé depuis l'Ancien Régime, les livres de comptes en témoignent : à la Saint-Michel, en septembre, on fait les comptes ; dans chaque ferme, céréales, noix, cochons, volailles sont partagés à demi. C'est aussi le moment où l'on répare les toitures et les charrues, achète à la foire du Bugue les bœufs de labourage et les vaches à lait ; celui où les métayers peuvent partir s'ils le souhaitent, en entassant tous leurs biens dans une charrette, pour aller chercher un meilleur maître, de meilleures terres. Mais à V, rien ne bouge, sauf quand un fils ou un gendre prend la ferme à son nom. Il suffisait à Amédée d'une promenade à cheval de temps en temps pour faire le tour des questions concernant les terres, les bâtiments et les gens.

Y a-t-il un secret à chercher dans la vie intime d'Amédée et d'Elina ? Aucun témoignage, aucun éclat ne filtre. Alors qu'on finit par deviner les mésententes familiales au travers des lettres conservées, d'eux demeurent seulement des photos hiératiques, encadrées d'argent. Le comte et la comtesse de V faisaient chambre à part, menaient des vies largement parallèles, mais en cela ils n'étaient peut-être guère différents de leurs contemporains. Et ils devaient bien se rencontrer de temps en temps, en témoigne la naissance de sept enfants ! A-t-il jamais été séduit par sa femme, qui, elle, l'a choisi ? Je ne peux m'empêcher d'imaginer ce qui se cache d'ambitions partagées, de complicités, de déceptions ou de rancœurs, de compagnonnage obligé et de fierté du chemin accompli, derrière ce mariage de convenance – et d'argent ! Comme je ne peux m'empêcher d'évaluer leur responsabilité dans ce qui a suivi : quelle part personnelle, originale, ont-ils chacun imprimée aux destins de leur descendance ?

Monsieur est donc au salon, où Madame ne met guère les pieds que les jours de réception : partage subtil des territoires. C'est Adèle, grande prêtresse de l'Ordre et du Ménage, qui est seule chargée d'entretenir la pièce. Elle apparaît régulièrement avec ses armes – balais et chiffons –, chasse monsieur le comte, qui doit obéir, et faire place nette sur son *tavolo*. Une petite victoire !

Un plumeau en plumes d'autruche pour épousseter avec précaution, de l'huile de lin pour nourrir les incrustations de pierre, de la cire d'abeille pour faire briller le bois, et du jus de citron salé pour les bronzes. Adèle, à sa manière, a sans doute aimé ce guéridon autant qu'Amédée. Elle en connaît aussi bien que lui les détails, tout en ignorant évidemment tout de Rome.

La fidèle Adèle... À seize ans, elle qui n'avait jamais quitté sa Picardie natale, rejoignit seule les Hyvert en 1876, au moment de leur installation définitive à V. Un aller sans retour par le train de Paris, via Limoges et Périgueux. Avec son accent traînant, ses manies et ses douze tabliers, à bavettes brodées, festonnées, ornées de jours et de volants. Adèle aura accompagné tour à tour la maladie de Mme Hyvert, la vieillesse de Monsieur, en défendant farouchement leurs intérêts face aux Périgourdins ; elle vivra encore plusieurs décennies au service de leur fille, tirant sa révérence de ce monde juste après elle. On ne lui connaît pas d'autre vie que celle-ci, elle n'a rien laissé que quelques tabliers pas encore usés. Et pourtant, elle a imprimé sa marque dans toute la maison, jusqu'à la fin du XXe siècle, et peut-être au-delà.

Amédée, lui, mourut avec le siècle, à la fin de 1899, en s'effondrant sur son cher *tavolo*. Aucune cause du décès n'est citée, mais on voit bien qu'il s'affaiblissait depuis longtemps. Cancer, ou conséquence des « fièvres » ? Encore un souvenir de Rome.

Quelques jours après le décès, au moment de recevoir la famille pour les obsèques, Elina repoussa le guéridon vers le fond du salon : un pied s'était cassé dans la chute mortelle, qui symbolisait sans doute pour elle le malheur s'abattant sur sa famille. Adèle, en cela encore fidèle à sa maîtresse, renonça aussitôt à l'entretenir. Quelques années plus tard, puisqu'il n'était toujours pas réparé, on le glissa sous le juponnage d'une table ronde. L'honneur était sauf : c'était celle où étaient exposées les photos de famille, morts et vivants mêlés, autour d'un portrait agrandi d'Amédée jeune et beau, en uniforme des zouaves.

Durant le siècle suivant, les pierres semi-précieuses de la marqueterie eurent tout le temps de se ternir sous la poussière accumulée, et le placage de bois précieux de se fendre en mille fines craquelures. Lorsque le salon cessa d'être occupé régulièrement, dans les années 1980, des souris trouvèrent à leur goût cet antre chaud et sombre, bien protégé sous la table, et se multiplièrent dans un nid fait de débris de molleton. Recouvrant de leurs crottes oblongues tout le plateau inférieur. Des araignées se chargèrent de tisser leurs toiles entre les deux autres plateaux.

Branle-bas de combat en 2020, lorsque la vente du château est décidée. Il fallait que la mariée soit la plus belle, avait dit l'agence : une entreprise spécialisée fut chargée d'un ménage professionnel. Deux jeunes magasiniers exhumèrent le guéridon de dessous la table, avec des mines dégoûtées. Le tirèrent sur la terrasse pour le nettoyer, l'oublièrent à la fin de la journée et se dépêchèrent de le rentrer le lendemain matin, couvert de rosée. De minuscules moisissures se développèrent alors dans les interstices, faisant peu à peu gonfler le bois et sortir les nacres de leurs interstices. Les colonnes de l'arc de Septime Sévère et les coquillages de la fontaine de Trevi se mirent à rebiquer curieusement, sur un fond d'ébène pourrie.

Le sort du guéridon inutilisable était donc scellé : il ne serait pas présenté au catalogue, et resterait à V.

5

Une table à ouvrage en acajou

« Les cœurs des femmes sont comme ces petits meubles à secrets, plein de tiroirs emboîtés les uns dans les autres. »
Gustave Flaubert

— Ah, je vois très bien…, murmura Pia.

Il y avait de quoi s'y perdre, parmi toutes les tables à ouvrage disséminées partout, dans cette maison où avaient vécu tant de femmes. Mais l'œil professionnel avait repéré celle-ci en particulier, à cause du bois précieux d'acajou.

— On appelle ces petits meubles des « travailleuses ». Un hommage, pour une fois, au travail que les femmes accomplissaient devant. Couture, broderie, raccommodage, crochet, tricot… Elles n'arrêtaient jamais, sauf le dimanche, jour du Seigneur.

— Quel féminisme ! se moque Elina, *mezzo voce.*

Clic sur la tablette, description d'une voix neutre :

— G 7-22 : « Travailleuse d'époque Restauration, bois d'acajou, fabrication régionale soignée, ornements de volutes, palmettes et rinceaux en bronze. Pieds cambrés en X, façon curule, de section carrée. Une entretoise de piétement en double balustre tourné les relie. Sous le plateau à abattant est fixé un miroir, tain abîmé. Les multiples casiers servent de rangement aux travaux de couture. De petites tablettes latérales escamotables montées sur charnière supportent un bougeoir ainsi qu'une pelote à épingles. »

— Combien ?

— 600 euros. Parce que ces petits meubles peuvent facilement se caser dans un appartement. Mais elle pourrait atteindre plus, jusqu'à 1 000 euros peut-être. Cela intéresse un certain public, par exemple des femmes sensibles aux produits d'antiquaires, ou aux loisirs créatifs. Regardez ces tiroirs partout, ce sont presque des cachettes. Je croyais l'avoir vidée, mais il reste des bricoles dans le double-fond : une paire d'aiguilles à tricoter rouillées, une bobine vide, des papiers…

Pia empoche distraitement les fameuses bricoles, dans un geste de propriétaire. Ajoute :

— C'est vraiment dommage de ne pas la mettre au catalogue !

Elina a déjà pris l'habitude de ces reculades, devant chaque objet préempté par l'acquéreur. Sourit sans répondre, agite la liste encore longue, qu'elle a fini par faire imprimer.

— On continue !

***

Qui, à V, savait que cette « travailleuse », juchée sur ses pieds courbes, avait appartenu à Hortense de V ?

Il faut revenir en arrière, car si personne ne semble en avoir conservé le souvenir, c'est normal : tout avait été fait pour oublier Hortense. Son nom ne figure même pas sur l'arbre généalogique de la famille. Mais c'était l'usage, pour les célibataires sans enfants comme pour les religieux, sauf ecclésiastiques d'importance.

Jusqu'à ma découverte : cette lettre soigneusement pliée en huit, tout au fond du double-fond de la travailleuse. Elle n'est certainement pas arrivée là par hasard.

Hortense, sœur aînée d'Amédée restée célibataire, était née sous Louis-Philippe, et morte jeune, au début du second Empire. C'est-à-dire avant que la photographie arrive au fond du Périgord, et l'habitude à V d'immortaliser régulièrement les membres de la famille sur le perron. Il n'y a donc aucune image d'elle, ni de trace dans ce château où elle a vécu presque toute sa vie. Juste, dans un carton à dessin, le crayonné d'une enfant sage assise sur une chaise, boucles brunes et lingerie blanche, légendé : « Hortense à huit ans ». Et cette table à ouvrage, remplie à ras bord de pelotons de laines, fils, coton à broder ; de ciseaux et d'aiguilles, plus quelques canevas et napperons ajourés. Mais dans ce fouillis féminin, qu'est-ce qui a appartenu à Hortense, avant de passer à Thérèse ?

Les enfants d'Amédée ne savaient rien de leur tante Hortense, effacée de cette lignée familiale dont on faisait pourtant grand cas. Mais Thérèse était une fouineuse : où a-t-elle trouvé cette lettre relatant l'affaire ? Impossible de le savoir. Est-ce après sa lecture qu'elle a jugé bon de récupérer la travailleuse, vraisemblablement mise au rencart lors de la grande transformation du château ? En tout cas, Thérèse, aînée de la fratrie, se considérait volontiers comme dépositaire de l'histoire de la famille. Et c'est elle sans doute qui a conservé – ou caché – le document.

Il s'agit d'une sorte de confession écrite par la comtesse de V, mère d'Hortense, à l'intention de l'évêque de Périgueux, monseigneur Dabert. Lequel l'a renvoyée à l'expéditrice, le cachet de cire rouge en témoigne, avec son absolution sous condition. Une histoire terrible, horrible, racontée de manière très sobre.

Fille de hobereaux, Hortense menait à V une vie à peine différente des petites paysannes de l'époque. Elle possédait trois chèvres qu'elle menait brouter le long de l'avenue du château, le curé montait lui apprendre à lire et écrire ses prières, et sa mère se chargeait de lui montrer les travaux d'aiguille. D'où la travailleuse, offerte peut-être à la fin de son enfance ? L'écurie de V, qui ne sert plus depuis longtemps, abritait alors plusieurs chevaux de monte ; dont une paisible jument qu'elle menait en amazone. Car Hortense était assez hardie, curieuse de tout, et aimait galoper sur le coteau dominant la Dordogne, depuis les hauts plantés de châtaigniers, jusqu'aux terres de plaine inondables, et au village blotti contre la falaise. S'arrêtant volontiers pour saluer une métayère, un petit berger, ou le sorcier du village. Capable de reconnaître un ciel d'orage ou des traces de sanglier. Heureuse, en somme.

C'est ainsi qu'elle était tombée dans les rets – ou sous le charme ? – d'un garde-chasse. Qui disparut du pays en laissant la petite enceinte de ses œuvres. Hortense avait seize ans, ne savait rien de la vie, et parla ingénument à sa mère de ce qui lui arrivait. Dans la lettre, les mots de la comtesse insistent beaucoup là-dessus, jusqu'à griffer le papier : sa fille n'a rien prémédité, elle a tout subi et ne mérite pas l'enfer éternel.

— L'innocence des jeunes filles n'est pas un péché, plaide la pauvre mère.

Reste qu'il fallait éviter le scandale : on envoya donc Hortense passer quelque temps dans un couvent de religieuses près de Guéret, dont une sœur de sa mère était la supérieure. Depuis des siècles, les jeunes filles de la noblesse à qui on ne trouvait pas de mari se devaient d'éprouver une vocation religieuse. Dans cette région pauvre, les jeunes hommes disponibles étaient-ils si nombreux à partir à la guerre, et à n'en pas revenir ?

Il faut noter la solidarité, les services que se rendaient entre elles ces deux sœurs, et le pragmatisme dont elles firent preuve. La supérieure s'occupa de tout : d'accueillir sa nièce d'abord, qui mit au monde un garçon – puis de placer l'enfant après sa naissance, la lettre ne dit ni où ni dans quelles conditions. Hélas, trois fois hélas, Hortense n'a vraiment pas de vocation religieuse. Elle refuse absolument de s'enfermer dans un couvent creusois, alors que l'évêque Dabert a prôné une vie de prière et de pénitence. Ce qui aurait sans doute arrangé tout le monde.

La jeune fille aventureuse rentra donc à V après quelques mois d'absence. Mais assignée dans les murs du château, qui devait être terriblement sombre avant l'ouverture des portes-fenêtres. Plus de promenades, plus de chevauchées, plus de rencontres. Cela ne suffit sans doute pas à arrêter les rumeurs, ni à restaurer la réputation familiale, puisque personne jamais ne demanda sa main. Hortense passa le reste de sa courte vie seule, à part, à entretenir le linge de la maison ou à broder devant cette travailleuse. Elle a dû être horriblement malheureuse et mourut peut-être de chagrin et d'ennui, si jeune, à moins de vingt ans. Elle n'est pas enterrée au cimetière du village.

Est-ce parce que le scandale rejaillissait sur toute la famille que son frère Amédée s'en alla au même moment jusqu'à Rome chercher la gloire... ou l'oubli ? Abandonnant ses parents à une très triste vieillesse, et ne revenant que contraint et forcé par la chute des États pontificaux, en 1870 ? Au moins, à cette époque, l'histoire était soldée, avec la mort de toute sa famille ; Amédée pouvait envisager un mariage honorable.

Si on ne sait pas où Thérèse a trouvé cette lettre, elle l'a lue, c'est certain, et conservée au fond de la travailleuse. Elle a dû s'identifier, un peu ou énormément, à sa tante Hortense ! Elle aussi, juste une génération plus tard, a vécu toute sa vie à V, assignée à demeure, et plus ou moins au secret. Parce que la marche lui était difficile, et également que ses parents ne tenaient peut-être pas tellement à la montrer avec sa bosse. Surtout au moment de chercher des maris à ses sœurs.

Passées les années de nursery, Thérèse a été logée dans la chambre d'Hortense : une pièce étroite contiguë à celle de sa mère, donnant sur le châtelet d'entrée et au-delà sur l'avenue. Elle y a peut-être trouvé la travailleuse d'acajou, qui n'aurait jamais été vidée après sa mort ?

C'est là qu'elle aussi a vécu sa longue vie, au milieu de tout un arsenal de bibelots, crucifix, statuettes et cadres. Annexant peu à peu les pièces voisines pour en faire un véritable appartement : la chambre du grand-père Hyvert après sa mort, un cabinet de toilette et un débarras attenants, et son bureau transformé en petit salon. Le grand fauteuil à oreillettes où elle a passé l'essentiel de ses dernières années est encore là, entre la cheminée et la travailleuse. Désarticulé, râpé, aujourd'hui passible de la benne.

Cet appartement-mémorial avait l'avantage d'être facilement accessible par le grand escalier, aux larges marches et à la rampe confortable. Après le mariage de ses sœurs, « la demoiselle », comme on disait, en avait fait peu à peu un domaine extraterritorial, où elle vivait à son propre rythme, poursuivant ses propres œuvres. Disposant de ses propres revenus, grâce au grand-père Hyvert, et à ses obligations qui se portaient bien, au moment où les revenus de l'agriculture dégringolaient. Elle le rappelait volontiers, laissant entendre qu'elle favoriserait qui elle voudrait parmi ses neveux.

Déjà peu gâtée par la vie, souvent maltraitée dans sa famille, Thérèse avait adopté très jeune un ton bougon, rugueux, autoritaire. Le monde resserré où elle vivait depuis toujours était fait d'évidences : elle parlait donc beaucoup par sous-entendus, avec des mines, des silences subits, de longs soupirs. En revanche, elle savait ordonner et interdire. Qui s'y frotte s'y pique, tout le monde passait au large ! D'autant qu'à cause de sa mauvaise vue, elle portait une loupe en sautoir, mêlée à ses médailles religieuses, qu'elle brandissait en parlant. Personne n'avait jamais songé à l'emmener à Périgueux pour consulter, et se faire faire des lunettes.

Thérèse, au contraire d'Hortense, a fortement imprimé sa marque sur la grande maison. Malgré ses handicaps, elle était peut-être ce qu'on appellerait aujourd'hui une hyperactive, toujours en mouvement, avec toujours des affaires urgentes à mener : faute d'autre terrain de jeu, elle s'était déployée dans la géographie complexe des relations familiales et domestiques, qu'elle était seule à maîtriser si bien ; elle en jouait, se mêlait de tout, y ajoutait son vinaigre ou son miel. Le reste du temps, pliée dans le grand fauteuil de son petit salon, en tricotant pour ses pauvres, elle recevait une petite cour d'affidés, une cousine de Sarlat, un chanoine de Périgueux, des dames d'œuvres... qui avaient le bon goût de ne la contredire en rien. On saurait bien plus tard la teneur de leurs conversations.

Atout capital à V, Thérèse bénéficiait d'un accès direct à sa mère, qui ne pouvait rien lui refuser. Cette histoire de malheur et d'emprise entre la mère et la fille, étirée en mille conflits larvés, avait commencé bien avant le siècle et s'envenimait avec le temps, capitalisant sur les drames familiaux. On la verrait ressurgir jusqu'au XXIe siècle, avec des conséquences démultipliées.

Dans cette famille peu démonstrative, Thérèse était la représentante officielle d'un « bon Dieu » garant de l'ordre du monde : elle assénait les dogmes, les rites, les préceptes et les devoirs chrétiens, comme autant de leçons de morale qui ne souffraient aucune exception. D'une piété religieuse et familiale sans concession, car exempte de toute expérience de la complexité de la vie. Tant qu'elle pouvait encore descendre et remonter le coteau, ou se faire transporter par Urbain, avec la petite jardinière attelée d'abord, puis l'automobile de son frère

Charles, Mademoiselle Thérèse avait eu de nombreuses activités à la paroisse du village : elle s'occupait des bouquets pour l'église, des nappes d'autel, choisissait les enfants de chœur et les chants. Supplantant rapidement sa mère, que cela ennuyait, en tant que bienfaitrice de l'école des sœurs ; et éminence grise : c'est elle qui décidait des admissions et des renvois, des prix d'honneur, des bourses d'études. Elle a fait le catéchisme, la grande affaire de sa vie, aux enfants du village, de 1892, l'année de ses dix-huit ans, jusqu'en 1942. Soit un demi-siècle sans interruption !

Quelque part au cours de l'entre-deux-guerres, son corps la lâcha vraiment, elle ne pouvait plus se déplacer que sur quelques mètres, cassée en deux, appuyée sur des cannes. Portant toutes ses affaires autour du cou, ou dans ses larges poches. Mais Thérèse ne renonçait jamais.

— Les enfants du catéchisme n'ont qu'à monter au château !

Mademoiselle était indispensable, incontournable : personne n'avait osé s'insurger contre cette invasion. Ni le curé, qui perdait le contrôle de ses jeunes ouailles, ni sa mère, l'inflexible maîtresse de V. Un certain nombre d'enfants de métayers habitaient sur le même coteau, mais n'avaient jamais franchi le châtelet d'entrée. Ils s'y empressèrent.

La préparation d'une procession de Fête-Dieu eut donc lieu dans la cour intérieure, autour des tables de fer forgé disposées là durant l'été. À l'automne, quand de grosses pluies balayèrent le coteau. Thérèse fit entrer les enfants dans la salle à manger. L'habitude était instaurée pour vingt ans.

6

Croix de la Légion d'honneur

« Le rite a pour objet de rappeler à Dieu sa promesse. »
Jean Daniélou

— « Croix de chevalier de la Légion d'honneur, époque Première Guerre mondiale »... Ouh ! Des décorations, on en trouve à la pelle dans les vieilles maisons, de toutes les époques. Mais ici, je ne suis pas encore tombée dessus. C'est vraiment bizarre... comment votre Américain a pu repérer une décoration sur les photos, et pourquoi veut-il celle-là en particulier ?

Ni l'une ni l'autre ne pouvant répondre à la question, elles partent en exploration.

— Au moment du grand ménage, on a débarrassé une vitrine cassée dans la bibliothèque. Il y avait dedans une boîte à cigares remplie de médailles. Elle est restée sur une étagère, en attendant de savoir quoi en faire...

— Et bien, maintenant vous savez : cadeau au nouveau propriétaire !

La voix de Pia est guillerette. Voilà un objet à céder sans dommage pour son précieux catalogue.

Le coffret à cigares est toujours là, perdu au milieu d'autres boîtes, d'autres cendriers, d'autres cadres empilés.

Ouvert, il exhale encore un fort parfum de tabac. Et révèle un enchevêtrement d'émaux ternis, de rubans décolorés, brûlés par le temps ; des cachets de bronze, aux armes des V, avec leurs bâtons de cire desséchés. Ainsi que de minuscules enveloppes, au format des cartes de visite d'autrefois, jaunies et boursouflées.

Verdict immédiat de Pia, et recours à la tablette :

— Tout cela n'a pas grande valeur. En général, sauf éléments remarquables, on les présente par lots dans le catalogue, pour des professionnels qui les revendront aux collectionneurs.

Elina tente de démêler les objets enchevêtrés, les expose à plat sur une table, devant Pia.

Moue dubitative.

— Ce sont des décorations étrangères que je ne reconnais pas. Blanc et noir, peut-être l'ordre de Malte ? Une croix de guerre TOE, théâtre des opérations extérieures. Et là, ces deux anges tenant des lances, je crois que c'est l'ordre du Saint-Sépulcre.

Sur une des enveloppes, seulement une date : *1917*.

— Voilà ?

Bingo ! Elle contient une décoration, assortie d'un papier si fin et léger qu'il plane un instant entre elles, avant d'atterrir sur le tapis.

Aussitôt, *clic* et re-*clic*, Pia crée une ligne et décline :

— « Croix de la Légion la d'honneur : une étoile à cinq rayons doubles, surmontée d'une couronne de chêne et de laurier. Le centre est émaillé de blanc, entouré de branches de chêne et de laurier, avec l'effigie de la République. Au revers, deux drapeaux tricolores et la devise de l'Ordre, "Honneur et Patrie" ».

Pendant qu'Elina récupère le minuscule billet, format et épaisseur de papier à cigarette, recouvert d'une écriture microscopique. Et s'acharne à décrypter.

— C'est une citation : « Avec un remarquable courage et le plus grand calme a aidé au sauvetage des blessés et leur a prodigué ses soins pendant le bombardement et l'incendie de l'hôpital, le 20 août 1917. Sa présence et son attitude au milieu du danger ont été pour tout le personnel un bel exemple féminin de courage et de sang-froid. S'est de nouveau signalée pendant le bombardement du 4 septembre au cours duquel elle a été mortellement blessée. » Nomination de chevalier de l'Ordre national de la Légion d'honneur, signée le 7 octobre 1917 par Paul Painlevé, sur rapport du ministre de la Guerre.

Et se tait, souffle coupé. Puis, pragmatique, pour se débarrasser de l'affaire :

— Première Guerre mondiale, cela colle très bien…

Pia, elle, s'étonne.

— Il s'agit d'une femme ! À cette époque, c'est assez surprenant. Vous en aviez déjà entendu parler ?

— Pas du tout, et il n'y a aucun nom…

***

Le 24 octobre 1898, c'est jour de fête à V. La photographie ne peut pas le montrer, mais on imagine que l'unique cloche de la chapelle, baptisée Thérèse du nom de sa marraine, sonne à toute volée.

Deux jeunes couples entourés de leur famille posent devant une chapelle néogothique encore flambant neuve, bâtie au bout d'une allée, sur le souvenir d'un ancien oratoire. « Moderne » disait-on, puisqu'elle a été terminée moins de dix ans auparavant. C'est, à la manière de l'époque, une réduction des orgueilleuses cathédrales médiévales du Nord, nantie d'une crypte pour accueillir les défunts de la famille. Les mauvaises langues y voient une médiocre copie de la cathédrale de Beauvais ; bien différente en tout cas des ravissantes églises romanes d'Occitanie, disent-elles.

Les deux mariées sont les filles du comte et de la comtesse de V. Elles se ressemblent, et pourraient être des communiantes tant elles ont l'air jeunes. Quasiment la même robe : taille étranglée sur une jupe à petite traîne, corsage boutonné jusqu'au cou et manches gigot. Antoinette a vingt ans, Marguerite, juste dix-neuf. Leurs époux, de part et d'autre, sont physiquement très différents, et sensiblement plus âgés. Tout aussi raides dans leurs uniformes : Gustave Latour de Rocque est un brun râblé, déjà un peu enveloppé, qui démissionnera bientôt de l'armée pour exploiter ses terres cognaçaises. Raoul de Survigny domine l'ensemble, très grand, le poil blond, épaulettes dorées et galons ; il se destine depuis toujours à la carrière des armes, arbore déjà le grade de capitaine.

Dans la solennité du moment, personne ne s'avise de sourire. Mais à la discrète allégresse des visages, on devine qu'ils se plaisent, que l'avenir est rose : des unions bien arrangées pour devenir des mariages d'amour. Jusqu'à présent, les jeunes gens ne se sont rencontrés que trois fois dans un cas, deux dans l'autre.

Au second plan, difficile de reconnaître qui est qui, car les noms ne sont pas indiqués. À l'époque, c'était évident pour tous ! Toutes les dames disparaissent sous de larges capelines, et tous les hommes portent la même moustache, la même redingote, le même chapeau de soie. L'un d'entre eux, au premier rang, arbore une rangée de médailles sur son habit, dont le collier de chevalier de Malte : c'est donc bien d'Amédée, père des mariées, qu'il s'agit.

La fête sera joyeuse, et fastueuse, c'est ainsi qu'elle est demeurée dans les mémoires. Les documents relatifs à ce double mariage ont été conservés aussi : comptes et commandes aux fournisseurs, personnel de service en extra : quarante-deux chevaux furent reçus dans les écuries durant ces jours-là, et le double de bottes de paille rentrées pour l'occasion. C'est l'apothéose de la renaissance de V. La même famille règne sur son coteau depuis près de six cents ans, le châtelain sur une fortune bien assise ; il a une maîtresse femme à son bras, et l'on compte six enfants autour d'eux. Trois garçons et trois filles, le choix du roi. Ce qui a permis d'oublier vite dans le décompte Thaddée, le petit mort-né.

Les frères des mariées sont là aussi, entourant Thérèse qui se voûte tandis qu'eux grandissent. Robert, Auguste et le petit Charles, tous cravatés, sont encore loin de l'âge réputé raisonnable pour se marier. Mais ils participent de bon cœur à la diplomatie matrimoniale de leur mère, et s'inclinent devant les jeunes filles d'une manière un peu trop protocolaire :

— Voulez-vous m'accorder cette danse ?

La comtesse de V, assise en majesté dans le grand salon, tournant et retournant le chaton de sa bague aux mille feux, reçoit les compliments. Darde son regard bleu sur d'éventuelles futures épouses adéquates.

Robert, l'héritier de V, se plie parfaitement au rôle. Assez beau garçon, il a pris le regard de sa mère et la stature brune de son père, avec une bonne humeur qui n'appartient qu'à lui. Ce n'est pas un travailleur acharné au collège, mais un bon camarade. Et d'après certains sous-entendus, un gai luron qui plaît aux jeunes filles de toutes les conditions.

Auguste, le deuxième fils de la famille, est plus blond, plus fin ; très grand, un peu dégingandé. Moins présent sur la piste de danse, il disparaît tout à fait du paysage familial entre ce moment de grâce et une photographie familiale datée de 1903, où sa silhouette s'est évanouie entre ses deux frères. Quand, pourquoi ? Je n'ai trouvé aucune archive qui permette de le deviner. La correspondance d'Elina, si prolixe en détails, ne parle jamais d'Auguste. Sans doute les informations confidentielles étaient-elles transmises par d'autres canaux ? Subsiste, seule, la réponse sibylline d'un vieil ami romain du comte de V, à une interrogation « concernant ton fils Auguste ». Il s'agit d'un passage à retenir sur un paquebot en partance. Mais depuis quel port, et pour quelle destination ?

De Charles, le dernier, on ne parle pas beaucoup non plus. C'est un enfant facile, niché dans le rôle confortable d'un benjamin à qui on ne demande rien. Léonie avait déversé sur le dernier bébé dont elle avait eu la charge des trésors de tendresse, le protégeant de tout danger, de ses aînés, et même des principes éducatifs de ses parents.

Le destin des sœurs presque jumelles qui se marient ce jour-là va s'écarter autant qu'il est possible.

Aussitôt après la cérémonie, Antoinette rejoint la propriété familiale de Cognac au bras de Gustave. Elle sait ce qui l'attend, elle qui a vu sa mère diriger une lourde maison ; sa belle-mère l'a prévenue aussi, qui habite sur place.

À Javerzac, petit manoir charentais posé au milieu de ses vignes, on n'est pas vraiment à la campagne, mais plutôt au centre d'une fourmilière d'activités à la veille de devenir industrielles. La dot d'Antoinette sera aussitôt employée, à l'exemple de la génération précédente, à rendre la maison plus confortable : le progrès ne s'arrête pas, il s'agit maintenant de faire venir partout l'électricité, l'eau courante et les tuyaux d'un calorifère. Antoinette prend de bonne grâce sa place dans la société de la petite ville, soutient vaillamment son mari dans ses projets agricoles. Gustave a de grandes ambitions pour son vin de Cognac, doublement distillé, et élevé en fût de chêne. Qui déjà, au début du siècle, s'exporte dans toute l'Europe.

En digne fille de sa mère, Antoinette « accouche comme une lapine », et donne naissance à Joseph, l'année même de son mariage, qui sera suivi d'Antoine, puis d'une fille, Amélie, et de François, qui succombera à une scarlatine à deux ans. Christine, la seconde fille, ne vivra pas non plus, et enfin Xavier. De 1898 à 1909, une famille nombreuse est bâtie, en même temps que l'entreprise de distillation de cognac prend son essor !

Chaque été, Antoinette, suitée de sa smala, bonnes d'enfants et chiens compris, revient passer les mois d'été chez ses parents, dans sa chère campagne périgourdine. Tous considèrent V comme un pays de cocagne avec ses ciels toujours bleus, la cuisine roborative d'Albertine et les fruits d'été en abondance. Les enfants investissent la nursery, redécouvrent le jeu de croquet et les cachettes de verdure, refont connaissance avec Léonie, Urbain et Cadichon. Dans les premières années du XXe siècle, une dizaine d'enfants vivent à demeure à V durant la belle saison. En liberté dans un univers à leur mesure, parallèle à celui des « grandes personnes », peuplé de légendes et de fantômes. Un monde immuable où chaque chose est à sa place, où ils mettent exactement leurs pas dans ceux de la génération précédente, et grandissent en s'appuyant sur elle. Cela les marquera durablement ; comme un paradis perdu, justement.

Marguerite et Raoul de Survigny ont aussi quitté V juste après leur mariage, pour un séjour en Touraine, dans la propriété familiale de Raoul, et des présentations à la bonne société tourangelle. La jeune mariée y découvre avec plaisir ce qu'est le véritable chic, loin des éternelles robes sombres à col blanc de sa mère. Elle profite de la couturière à demeure pour se refaire un trousseau, et devient aussitôt très élégante.

Le nouveau ménage rejoint ensuite Chalon-sur-Saône, où Raoul est en garnison, par le chemin des écoliers. C'est leur voyage de noces : ils visitent la Bourgogne, l'abbaye de Cluny, le château de Bussy-Rabutin, le palais des ducs à Dijon... Marguerite, qui n'avait jamais voyagé, est ravie de tout, et envoie à sa famille des descriptions enthousiastes. C'est très amusant à lire : elle n'était jamais allée au restaurant auparavant, et trouve le concept de choisir son menu personnel fort intéressant !

Les années passent, de garnison en garnison, Libourne, Abbeville, Fontainebleau… avec des séjours réguliers à Paris, où les Survigny font l'acquisition d'un grand appartement rue du Bac, à proximité de l'École militaire. Car Raoul a un plan de carrière, et espère être bientôt appelé à l'état-major parisien. Sans le dire bien sûr, un militaire doit servir et se taire.

La pétillante baronne de Survigny accompagne son mari dans ses ambitions, tient salon, organise des tombolas de charité, offre de jolis cadeaux de baptême aux épouses des officiers servant sous les ordres de son époux. Lequel reçoit en 1909 ses galons de lieutenant-colonel, et acquiert sa première automobile.

Les permissions se déroulent en Touraine, après ce que tous deux appellent leurs « virées » de tourisme à travers la France, occasion de lettres enthousiastes à la famille. Lorsqu'ils s'installent à Libourne, en juin 1911, le chauffeur des Survigny remonte l'avenue de V dans une Panhard-Levassor A, sous les cris de joie des enfants et les aboiements des chiens.

Car Marguerite passe à V le reste des étés. Pour son plaisir sans doute, par habitude évidemment, mais officiellement par devoir : elle assiste sa mère dans ses tâches de maîtresse de maison, surtout après la mort de son père. Elle tient compagnie à Thérèse – les relations ne sont pourtant pas apaisées entre elles, depuis les disputes de l'enfance, il en reste des traces ! – et surtout elle retrouve sa chère Antoinette, sa presque jumelle.

Ainsi que ses neveux : tante Margot est la marraine de Joseph, que les autres lui envient.

En réalité, les deux sœurs continuent à organiser ensemble la vie à V, et donner le tempo de la maisonnée. Les garçons, durant ces années-là, ne font que passer, entre service militaire et voyages en Italie, sur les traces de leur père défunt. Angélina se fait un devoir d'accueillir ses nombreux petits-enfants, mais s'intéresse peu à chacun d'eux. Antoinette, de grossesse en grossesse, est souvent fatiguée, tandis que Marguerite, elle, est toujours là : elle organise les pique-niques, offre des bicyclettes, emmène la petite bande se baigner dans la Dordogne, une nouveauté...

Durant toutes ces années, pas de naissance chez les Survigny. Cela ne suscite aucun commentaire, hormis quelques petites phrases relevées dans la correspondance d'Angélina. Sans doute aussi des conversations entre les dames, ponctuées de soupirs. Cette absence n'est certainement pas volontaire, Marguerite ne saurait sans doute pas comment s'y prendre ! Et l'exemple de sa sœur, après sa mère, montre que dans la famille, on ne limite pas la fécondité. Comment a-t-elle vécu ces années d'attente déçue ? On n'en sait rien. Sauf à se référer au catéchisme enseigné par Thérèse aux enfants du village : les épreuves sont envoyées par Dieu. Il faut les accepter, et sans s'épancher.

Malgré leurs vies si différentes, les deux sœurs resteront proches toute leur vie, en attestent les liasses de courrier échangé, dont une partie seulement est à V ; l'autre est précieusement conservée à Javerzac, et se complète exactement. Mais on n'y trouve guère de réflexions personnelles, aucune confidence : elles écrivent invariablement sur le temps qu'il fait, l'actualité des enfants, les soucis de santé des uns et des autres, s'épanchent sur la disparition de Clovis, jardinier très aimé, qu'Urbain va remplacer, sur les délices des confitures de mûres, etc. Toinon ose des allusions au caractère autoritaire de leur mère, que Margot tempère, et voilà tout.

À l'été 1914, Robert, Thérèse, Antoinette et Marguerite sont réunis à V autour de leur mère, par un temps exceptionnellement chaud. Charles, comme ses frères avant lui, effectue un *grande giro* italien, sur les traces de son père ; il se passionne pour les opéras de Giuseppe Verdi, et décrit depuis l'Italie les concerts de la Scala et de la Fenice. *Nabucco*, *La Traviata*, *Rigoletto*... Sous le tilleul de la terrasse, on lit distraitement les lettres de Charles. Ce qui ne concerne pas V ne passionne pas Angélina !

Mais les V suivent les événements dans les journaux venus de Paris. Pour eux, l'assassinat du couple héritier d'Autriche-Hongrie à Sarajevo est une réactualisation du traumatisme de la grande Révolution française : après le roi de France, on s'en prend au futur empereur germanique ! Comme dans tous les châteaux de la région, l'idée générale est qu'il faut châtier les Prussiens, et que ce sera vite fait.

Arrivent début août, au milieu des moissons, la déclaration de guerre et la mobilisation générale. Robert, aspirant de réserve, rejoint son régiment de cavalerie à Limoges. Charles annonce son retour précipité pour obligations militaires. En Charente, Gustave Latour de Rocque est rappelé dans la Territoriale : en tant que soutien de famille, il est affecté à l'arrière, pour la réquisition et le transport de chevaux dans la région d'Angoulême. Antoinette décide donc de rester à V avec sa progéniture. On sait que le torchon brûle souvent avec sa belle-mère, et sans doute préfère-t-elle éviter un face-à-face dans ces conditions difficiles.

Depuis plusieurs mois déjà, le lieutenant-colonel de Survigny est en garnison à Bar-le-Duc, où se rassemble la 4e armée. Il commande un régiment au 94e d'infanterie. À la fin de l'été, son épouse quitte le Périgord pour lui rendre visite. Marguerite, avec son chauffeur et sa femme de chambre, traverse en automobile le Massif central, puis des régions déjà désorganisées, pour rejoindre les frontières de l'Est. À ce moment, la bataille de la Marne a déjà fait une centaine de milliers de blessés. Raison sans doute pour laquelle au retour (aucune lettre ne parle de ce voyage...), en octobre, elle s'engage à la Société de secours aux blessés militaires.

Ce n'est pas un choix original : dans l'élan patriotique, beaucoup de jeunes filles et femmes de la bonne société, sans enfants sur les bras ni nécessité de gagner leur vie, ont ainsi proposé leurs services. Après une formation de quinze jours, elles se retrouvent par bataillons dans les hôpitaux de l'arrière, avec leurs voilettes blanches et leurs impeccables tabliers croisés. Elles font ce qu'elles peuvent avec dévouement, donnent à boire aux blessés, refont des pansements et tiennent les mains des mourants. Mme de Survigny, depuis Paris, va jusqu'à l'hôpital de Meaux pour visiter Charles, son frère, qui vient d'être blessé à la jambe et hospitalisé. Elle écrit une lettre rassurante à V : « Charles est bien soigné, bien entouré ; il est question de temps et de patience, mais il ne gardera aucune séquelle... »

Plus âgée que les autres infirmières, plus motivée peut-être par le monde militaire, dotée d'un solide sens de l'organisation, et on dirait aujourd'hui d'un vrai leadership, Marguerite prend très vite des responsabilités parmi les « anges blancs ». Ce qu'on ne sait pas alors, c'est le serment que se sont fait les époux Survigny : « Si l'un de nous disparaît, l'autre entrera au couvent. » Est-ce au moment de leur première séparation, en juin 1914, ou après l'expérience des premières batailles meurtrières ? Il est sans doute évident que c'est lui, le soldat, qui risque de mourir au combat, et elle qui deviendra religieuse. À cette époque, ils semblent donc tenir pour acquis qu'ils n'auront jamais d'enfants.

Mais voilà. La guerre, qui devait être si courte, se prolonge et s'intensifie, les hôpitaux sont saturés. Face aux plaies infectées et à la montée croissante des fièvres pendant les transports de blessés, on installe les premiers hôpitaux mobiles sur le front, au plus près des batailles. Marguerite rejoint l'hôpital temporaire n° 12 situé à Vadelaincourt, près de Verdun dans la Meuse. Les blessés du secteur du Mort-Homme, de la Côte-du-Poivre, de Vaux et de Douaumont y sont envoyés : des milliers et des milliers. Les archives médicales du ministère de la Guerre recensent « 10 080 blessures par éclats d'obus, 453 par balles, 247 par grenades. Il est fait état de 2 670 plaies de la face, dont 429 plaies du cerveau et 390 plaies des yeux, 979 plaies du thorax, 278 de l'abdomen ; 935 décès sont enregistrés, soit 8,6 % des entrants. La gangrène gazeuse est 147 fois la cause du décès. 592 trépanations du crâne, 115 thoracotomies, 371 amputations ont été pratiquées par les équipes chirurgicales ».

On imagine tout ce que Marguerite a vu, et tout ce qu'elle ne raconte pas lors de ses séjours à V. Car les traditions demeurent, immuables : en 1915, 1916 et 1917, la baronne traverse la France pour revenir y passer plusieurs semaines d'été. En train, car elle n'a plus de chauffeur, et la Panhard a été réquisitionnée. Comme d'habitude, on se tient sous le tilleul, on joue au croquet, et on tricote pour les poilus, aussi. Chaque enfant a un filleul de guerre.

À V, la Première Guerre mondiale est vertigineuse de drames successifs : après la blessure de Charles, Robert disparaît durant la bataille des frontières, en Ardennes ; la certitude de sa mort s'impose à la fin de 1915. Début 1916, Gustave Latour de Rocque est tué dans le bombardement d'un train du côté de Béthune, dans le Nord. Sa femme le croyait toujours à Angoulême, à compter les chevaux réquisitionnés, et personne n'a pu dire ce qu'il faisait si près du front. C'est seulement plus tard que les Territoriaux seront versés dans les unités combattantes. Alors, affaire d'espionnage non élucidée ou désir du réserviste de prendre une part plus active à la défense de son pays ?

À l'été 1917, on s'accroche décidément aux habitudes, un photographe venu de Périgueux immortalise encore le groupe familial rassemblé sur le perron, avec les domestiques. Mais il n'y a plus que des femmes et des enfants en deuil. La comtesse de V s'impose de toute sa masse sombre, avec ses filles et belle-fille autour d'elle : Thérèse de plus en plus bossue, Antoinette et Marguerite toujours très jumelles et très dames, et une nouvelle venue, Henriette, la femme de Charles, à demi cachée. Toutes sont engoncées dans des robes noires, où se reflète le grand soleil des étés périgourdins. Devant, les six enfants d'Antoinette par ordre de taille, en costume marin et brassard de deuil au bras gauche : Joseph est déjà un petit homme au regard sérieux, Amélie a de très longues nattes. Pierre a bougé devant l'objectif, etc. Sur le côté, une domestique est éclairée par des dentelles blanches dans ses bras : la petite Marie-Louise, la nouvelle-née. Adèle, grande et droite ; et le régisseur Lacoste baisse la tête, il vient de perdre coup sur coup ses deux fils à la guerre. Peut-être ce cliché a-t-il été pris pour saluer le départ de Marguerite ?

Car le 20 août 1917, elle est de retour à Vadelaincourt. Un bombardement déclenche un incendie dans la maison qui sert d'hôpital. Le soir, elle écrit longuement à son époux pour le rassurer, décrit l'évacuation des blessés, puis le retour dans la nuit quand le feu est maîtrisé, « sans avoir perdu un seul homme ». Une copie de cette lettre, qui commence par « Mon cher et tendre ami » est conservée à Cognac : Il y a dans le ton quelque chose de la camaraderie des combattants.

Le 4 septembre, nouveau bombardement. Marguerite est gravement blessée dans l'effondrement d'un pavillon, en même temps que plusieurs de ses patients. Elle meurt le 9 septembre, on n'en sait pas plus sur ses dernières heures. La veille, déjà perdue, elle a reçu du commandant de l'hôpital la croix de chevalier de l'ordre de la Légion d'honneur.

Sa famille n'apprendra tout cela que plus tard, dans la lettre écrite par Raoul à sa belle-mère pour annoncer le décès de Margot. Une belle et longue lettre, où les sentiments affleurent derrière les formules obligées. Mais qui ne donne aucun détail concret sur les circonstances : « tuée au champ d'honneur », comme les soldats.

Le colonel – il vient d'être promu colonel plein – a tout juste eu quatre jours de permission pour ramener le corps de sa femme en Touraine, avant de revenir à son poste. Marguerite a été enterrée dans l'intimité, mais « avec tous les honneurs dus à sa conduite héroïque », insiste le veuf. Sa légion d'honneur reposait sur un coussin rouge, au centre du cercueil. Sur sa pierre tombale aussi est gravée l'étoile à cinq rayons doubles, surmontée d'une couronne de chêne et de laurier.

Aucun membre de sa famille n'a donc pu assister à la cérémonie. De toute façon, un tel voyage en temps de guerre aurait été difficile. Et puis à V, c'est une mort tragique de trop ; il n'y a plus de larmes pour la pleurer. Peut-être aussi les Périgourdins ont-ils été trop dépossédés de cette disparition lointaine pour l'éprouver vraiment ? La nouvelle en tout cas glisse sur le château, sans qu'un moment ou un hommage quelconque la signale. Ce qui enlève toute occasion de parler de Marguerite, et des circonstances de sa mort. Même les lettres de condoléances barrées de noir sont peu nombreuses ; ses correspondants ont déjà écrit trois fois à la comtesse de V, en moins de deux ans !

Après la guerre, le veuf fera envoyer à V une plaque de marbre rose semblable à celle de Touraine, pour la sceller dans la crypte de la chapelle familiale. Ce sera accompli à l'été 1920, au cours d'une cérémonie comme il s'en déroule partout en France. À la plaque rose s'ajoute une autre de marbre gris, commandée par Charles : on réunit dans une mémoire commune Marguerite, son frère Robert, et Gustave son beau-frère. Il va sans dire que la perte de l'héritier de V pèse bien plus lourd que celle des autres. D'Auguste, il n'est pas question : était-il mort ou vivant à cette époque ? La décoration de Marguerite, accordée par un ministre de la République, est aussi passée sous silence.

Entre-temps, la génération suivante s'est multipliée et grandit : aux enfants Latour de Rocque, Joseph, Antoine, Amélie, Pierre et Xavier, se sont ajoutées Marie-Louise, Marie-Paule et Marie-Edmée, filles de Charles et Henriette. Tous les enfants assistèrent dans un silence relatif à la pose des plaques, et s'amusèrent beaucoup ensuite. Pour les enfants Latour, c'est la énième célébration de leur père, Toinon y veille. Leurs cousines ont à peine connu ces oncles et tantes, ne s'en souviennent plus. Mais tous gardent un souvenir précis de ce jour-là, et le raconteront. Preuve que les lieux et les rites servent bien la mémoire !

Bien plus tard encore, en 1953, à la mort du colonel-abbé-baron de Survigny, la propriété de Touraine revint à son neveu, faute d'héritiers directs. Lequel, prenant possession des lieux, par respect, renverra à V tous les souvenirs de Marguerite, cette célèbre tante par alliance morte avant sa naissance : il y a une cape d'infirmière, une correspondance importante, et la légion d'honneur avec citation.

Henriette, veuve de Charles, qui vivait alors seule à V, reçut le paquet, et jeta aussitôt au feu la cape de laine mangée par les mites.

— Quelle idée de faire voyager toute cette vermine, vraiment !

De cette sœur aînée de son mari, mariée au loin, elle n'avait qu'un vague souvenir ; sa belle-mère parlait si peu de tous ses morts. Et elle-même, à ce moment précis, était ravagée par la mort brutale de son fils Baudouin, et incapable de s'occuper d'autre chose.

Henriette déposa sans l'ouvrir une minuscule enveloppe dans la vitrine dite « des décorations ». Celle où, comme pour perpétuer d'avance sa propre légende, Amédée de V avait artistement exposé ses trésors, croix de Malte et collier du Saint-Sépulcre, médaille de Castelfidardo, en regard d'autres médailles plus anciennes, reçues par des aïeux du XVIIIe siècle, dont la signification et les couleurs s'étaient perdues. Charles y avait joint aussi la croix de guerre posthume de Robert ; mais pas la sienne. Il souffrait de l'absence de son frère, et répugnait à occuper sa place.

Après Henriette, personne n'ouvrit sans doute plus jamais cette vitrine. Jusqu'au jour où une femme de ménage, d'un coup de balai maladroit, fit exploser la vitre trop fine, qui éclaboussa tout le contenu de ses brisures. Affolée, elle se dépêcha de secouer chaque breloque, puis mania l'aspirateur tout autour pour faire disparaître les éclats de verre. C'était une tout autre affaire de reconstituer le décor tel qu'il était auparavant, et elle y renonça, se contentant de rassembler toutes les décorations dans une boîte à cigares vide.

— Pourvu que personne ne s'en rende compte !

Henriette, qui passait beaucoup de temps dans la bibliothèque, seule pièce bien chauffée avec sa chambre, l'avait certainement remarqué. Mais elle s'en fichait tellement !

Exit donc le souvenir de Marguerite à V, et de sa conduite héroïque pendant la guerre. C'est à travers Antoinette qu'il demeure, à Javerzac où elle n'a jamais mis les pieds. C'est là que j'ai reconstitué son histoire.

Il faut, pour comprendre, revenir aux lendemains de la Première Guerre mondiale : dès sa démobilisation, le colonel Raoul de Survigny fait une longue visite à sa belle-sœur. Il vient de démissionner de l'armée, après une guerre sans gloire, et sans passage par l'état-major. Peut-être son deuil lui a-t-il évité des postes exposés, et des missions plus importantes ?

À cette époque, Antoinette se débat dans d'énormes difficultés : la disparition de Gustave l'a laissée seule à mener la distillerie, avec cinq enfants encore jeunes. Aucune reconnaissance de l'État puisque son mari n'était pas officiellement en service commandé ; les emprunts russes qui constituaient sa dot ne servent plus aucun intérêt. Après la guerre, l'entreprise peine à redémarrer. Surtout, sa belle-famille ne lui fait pas confiance pour gérer le domaine familial, et elle doit défendre l'héritage de ses enfants contre son beau-frère, soutenu par sa belle-mère.

Raoul et Toinon, tous deux veufs de guerre, évoquent longuement les souvenirs heureux, écrasent des larmes discrètes, se réconfortent mutuellement. Quelque chose vibre entre eux.

Mme Latour de Rocque avait demandé des souvenirs de sa sœur chérie : attentionné, ou toujours éploré, Raoul en a apporté une malle entière. Elle y trouve, très joli cadeau, une copie exécutée spécialement pour elle du tableau *Marguerite en robe bleue*, qui avait été peint en Touraine juste après le mariage. Également un poudrier de nacre retrouvé dans les ruines de la chambre de Vadelaincourt, de nombreuses photographies, dont une du cercueil prise au moment des obsèques, les livres de leur enfance, son cahier de recettes de cuisine, des lettres, beaucoup de lettres… Et encore, enveloppées dans du papier de soie par la dernière femme de chambre de Marguerite, les très jolies toilettes de sa sœur.

— Vous vous ressemblez tellement, vous aviez la même taille… j'ai pensé que vous pourriez les porter…

Antoinette redouble de sanglots retenus. Elle essaye une robe, qui exhale encore un peu du parfum de sa sœur, eau de Cologne de Worth. Se présente ainsi à Raoul, qui lui aussi tremble d'émotion.

— Elle vous va très bien, en effet…

Le compliment lui rend un peu de sa jeunesse, de ses espoirs. Elle se prend à rêver de s'appuyer sur l'épaule de ce presque frère. Et peut-être plus si affinités… Lui qui peut si bien la comprendre, lui dont l'expérience et la fortune la mettraient à l'abri, avec ses enfants. Les sentiments affleurent de part et d'autre.

Mais Raoul garde ses distances. Il repart à la date prévue, en les embrassant tous, et en les assurant de ses prières. Mme Latour de Rocque doit de nouveau serrer les dents.

Une femme seule avec cinq enfants en bas âge, sous le toit d'une belle-mère difficile, à la tête d'une exploitation agricole qui doit désormais les faire vivre tous, n'a guère de temps pour la nostalgie. Elle a dû apprendre tous les métiers dont se chargeait Gustave : le choix des cépages et des distillations, les relations avec les fournisseurs, le négoce, la constitution d'un portefeuille de clients…

— Ma chère, une veuve est une proie si facile..., lui rappelle sa belle-mère à toute occasion.

Elle fait accrocher le portrait de Marguerite dans sa chambre, accumule les souvenirs sur sa commode, dans ses tiroirs, son armoire. Face à son grand lit de veuve, elle dresse comme un autel avec les photographies de ses chers disparus : Gustave bien sûr, François et Christine ses enfants, dont elle a dessiné elle-même les visages au pastel, Marguerite, Robert, et encore tant d'autres morts de la Grande Guerre... Comme un cimetière de papier, qu'elle garde sous ses yeux tous les jours de sa vie, pour se donner du courage.

Des lettres témoignent qu'Antoinette ne peut pas compter non plus sur sa propre famille : à ses appels au secours, sa mère ne répond pas. De V, où on a gardé le train de vie d'avant-guerre, Elina ne peut pas se rendre compte de la situation. Elle n'imagine pas plus d'aller à Javerzac entourer la jeune veuve. Antoinette, écartelée entre ses devoirs familiaux et les nécessités du moment, doit renoncer aux étés indolents d'autrefois : avant les vendanges, il faut demeurer nuit et jour auprès des vignes, pendant aussi, et encore plus.

La comtesse de V prend l'absence estivale de sa fille pour un affront, pire peut-être, un manque de savoir-vivre : elle refuse toute aide financière à Antoinette. Thérèse, toujours jalouse de ses sœurs, y est sans doute pour quelque chose. C'est une rupture familiale silencieuse, recouverte de formules d'affection. Antoinette ne met plus les pieds à V, au regret de ses enfants. Elle n'y retournera que pour les obsèques de son frère Charles, pas pour celles de sa mère.

Mme Latour de Rocque reprend peu à peu le dessus, il le faut bien. Avec la même énergie, le même esprit d'initiative, le même sens de l'organisation qu'elle déployait autrefois pour réussir les fêtes de V, elle travaille à « mettre du beurre dans les épinards ». Formule récurrente chez elle, qui montre bien ses préoccupations.

Elle invente des activités nouvelles, une chaîne d'embouteillage dans des flacons de verre armoriés « Latour de Rocque », la vente sur place, un élevage de chiens de chasse dans les communs, l'accueil d'hôtes payants. Ses enfants sont très vite mis à contribution : ils participent à la conduite des chais, à l'amélioration des cépages, à l'éducation canine. Deviennent des adolescents, puis des jeunes adultes actifs et débrouillards, au caractère forgé dans les difficultés. Ce qui ne tue pas rend plus fort !

Toute une vie passe ainsi, où les bonnes années alternent avec les mauvaises, au gré des orages de grêle et des crises économiques, des événements familiaux. Les jolies robes de Margot sont restées dans l'armoire : Toinon n'a aucune occasion de faire des élégances. Et de toute façon, elle ne rentrerait plus dedans !

Sa silhouette s'alourdit d'année en année. Comme sa mère, à qui elle ressemble de plus en plus ; sans le savoir, puisqu'elles ne se voient plus. Les jours de mélancolie, elle ouvre l'armoire, caresse les tissus, hume leur parfum éventé...

Jusqu'aux années 1930 où sa fille Amélie, devenue jeune fille, qui a souvent participé à ces moments de nostalgie admirative, demande l'autorisation d'utiliser le tissu d'une des robes, crêpe rose et plis religieuse, pour s'en fabriquer une autre à la mode. Ce qu'on appelle à l'époque une robe charleston !

C'est un crève-cœur pour Antoinette, d'imaginer les ciseaux à la découpe, détruisant le savant plissé... Mais le deuil est dépassé depuis longtemps.

— Ta tante serait tellement heureuse de te l'offrir !

Et voilà comment le crêpe Georgette dansera beaucoup dans les soirées cognaçaises, subira de joyeuses déchirures, et finira dans une malle de déguisements pour la génération suivante. Comme les autres robes de la tante Margot. Il existe à Javerzac des photos familiales des années 1970, les premières en couleur et à tirage instantané, où des petites filles s'entortillent dans des merveilles de soie, juchées sur des talons hauts !

Et Raoul ?

Il avait donc fait le serment d'entrer « dans les ordres » si son épouse disparaissait avant lui. Et va tenir sa promesse, même si personne d'autre qu'eux deux ne connaissait alors cet engagement. Même s'il a peut-être éprouvé la même tentation qu'Antoinette, qui sait ?

Ce n'est pas un couvent qu'il choisit : après presque vingt ans de vie conjugale et trente ans d'armée, il devait être certain de n'avoir pas de vocation contemplative.

Sa biographie, conservée dans les archives de l'armée, signale : « Profondément marqué par la mort de sa femme qui le laisse sans enfants, il entre en 1920 au séminaire Saint-Sulpice à Issy-les-Moulineaux. Ordonné prêtre en 1923 (le parcours de formation a été raccourci pour les anciens combattants !), il est nommé vicaire à Saint-Étienne-du-Mont, à Paris. »

L'abbé y laissera une image de « curé mondain », bel homme interdit, auréolé du romantisme de son histoire d'amour, de la sagesse de l'expérience, et pourvu d'une fortune qui lui permet de tenir son rang. Il habite à moitié dans son presbytère, et à moitié chez lui, rue du Bac, au milieu de ses souvenirs. C'est là qu'il reçoit avec bienveillance ses neveux charentais, les traite comme ses enfants. Un lieu commode et central. Les jeunes provinciaux apprécient cet oncle, et son appartement tellement parisien.

Durant les Trente Glorieuses, la maison de Cognac Latour de Rocque, devenue une marque reconnue, trouve un nouveau souffle grâce aux exportations américaines. Antoinette peut enfin passer la main. Ses enfants, bien formés, peuvent reprendre la direction de l'entreprise.

Elle est charentaise depuis soixante ans, veuve depuis un demi-siècle. Grand-mère puis arrière-grand-mère d'une nombreuse famille, dont elle seule connaît toutes les ramifications. Devenue impotente pour cause de surpoids, comme sa propre mère, elle passe ses journées dans sa chambre, en compagnie de ses chiens – il y en aura parfois jusqu'à cinq à ses pieds –, du téléphone et de la télévision. Dans la collection de photos qui se multiplient sur sa commode, il y a ses chers défunts, anciens ou récents, et les vivants, répartis un peu partout dans le monde, qui se retrouvent l'été à Javerzac.

Sur elle seule désormais reposent les souvenirs les plus anciens. Les rancœurs sont passées, mais l'amertume demeure : Antoinette a transmis beaucoup de choses positives à ses enfants, le sens des réalités, la débrouillardise, l'énergie et la vision de l'avenir. Maintenant elle se laisse aller à se retourner sur sa jeunesse, le paradis perdu de V, et aussi ses années noires. Elle raconte bien, et distille délicatement les coups du sort, les injustices, les trahisons de sa vie. Insufflant ainsi sans le savoir un devoir de mémoire, voire de revanche, chez les générations suivantes.

Marguerite a une place très particulière dans ses récits, de plus en plus à mesure qu'elle vieillit. À cause de leur enfance commune, de leur tendresse partagée, à cause de Raoul aussi peut-être, mort depuis longtemps.

Et puis, les temps ont changé : une femme peut officiellement être une héroïne de guerre ! Antoinette, lestée d'enfants depuis ses vingt ans, traîne le sentiment de n'avoir rien accompli d'exceptionnel dans sa vie. Elle se montre extrêmement fière de la légion d'honneur de sa sœur, dont elle possède une photographie. À la toute fin de sa vie, elle confond même la décoration avec celle que son mari n'a jamais reçue, pour cette mort « inutile » qui a ravagé sa vie. Une consolation intime qu'elle s'offre à elle-même.

— Te rends-tu compte ! dit-elle à Solène, une des filles d'Amélie qui l'écoute volontiers, en montrant la photo du cercueil : ta grand-tante a été une des premières femmes de France admises à titre militaire dans l'ordre de la Légion d'honneur !

Devenue étudiante en histoire, Solène se rappellera cette anecdote familiale. Pour son mémoire de maîtrise, elle choisit de traiter des femmes décorées à titre militaire au XXe siècle. Qu'elle illustre d'un agrandissement repiqué du cliché de Raoul : médaille et ruban de chevalier de la Légion d'honneur posés sur un cercueil, avec la mention « Coll. particulière ». Et tant qu'à faire, développe pour exemple la biographie de Marguerite de S.

En 1976, l'étudiante fraîchement diplômée envoie un exemplaire de son travail à un oncle qu'elle ne connaît pas, Jehan de V, propriétaire du château où a grandi Marguerite. Mais Jehan ne s'intéresse pas à tout cela, il a alors bien d'autres soucis. Est-ce lui qui, dans une velléité de rangement, dépose ce livret sur une étagère de ce qu'on appelle le cabinet des archives ? En tout cas, c'est grâce à lui que j'ai pu raconter aussi précisément l'histoire militaire de Marguerite !

Antoinette s'éteindra en 1979, peu après avoir fêté son centenaire. Entourée de quarante-sept descendants, venus de partout dans le monde, pour célébrer son extraordinaire traversée d'un siècle et de deux guerres.

7

Une douille d'obus sculptée

« Chaque objet est le miroir de tous les autres. »
Maurice Merleau-Ponty

— Une douille d'obus ! Eh bien, votre acquéreur aime décidément la guerre, on tombe dans ce qu'on appelle dans notre jargon des ventes *Militaria*...

Pia sort de son rôle. Se moque carrément des desiderata de l'acquéreur.

— C'est bien une douille, ce qui sert de porte-parapluies dans le hall ?

Les deux femmes se transportent dans l'entrée, la plus jeune suivant respectueusement la plus âgée, comme d'habitude.

— Bon, cela ne porte pas à conséquence... Je l'avais déjà mise au catalogue : « H 22, douille d'obus sculptée guerre de 14-18, 18 centimètres de diamètre et 90 de hauteur. » C'est du laiton, un alliage de zinc parfois appelé bronze jaune.

Et d'un ton plus amène, en revenant sur ses sujets de prédilection :

— Un bel exemple de ce qu'on appelle « l'art des tranchées ». Les poilus récupéraient des douilles usagées – il y en avait plein les champs de bataille – et, entre deux attaques, les décoraient, au couteau de poche ou au stylet. Histoire d'occuper le temps et la tête. On en retrouve dans toutes les maisons qui ont traversé le XXe siècle sans être vidées : des vases, des pichets, des pieds de lampe… et des porte-parapluies ! Celui-là est particulièrement grand, avec un joli travail de ciselure…

— Vous avez mis une estimation ?

— 150 euros, parce que c'est une grosse pièce. Chez un ferrailleur, en tant que matière première, le laiton vaut environ 2 euros du kilo. Mais il y en a tellement…

Pia parle vite. Elle n'a manifestement pas de temps à perdre avec un porte-parapluies. Elina se met à démêler le fatras de cannes, gourdins et bâtons de toutes tailles, parapluies de soie noire délavée aux baleines cassées, entortillées… Un jeu de mikado géant.

— Oh, vous pouvez lui laisser l'ensemble, contenant et contenu.

Il n'y a pas manière plus délicate de dire que tout cela n'a aucune valeur.

— Alors, je retire du catalogue la ligne concernant la douille porte-parapluies ?

***

Autrefois, dans le grand vestibule de V, une jarre oblongue, en porcelaine de Limoges du XVIIIe siècle sans doute, accueillait les cannes de ces messieurs et les ombrelles de ces dames. Personne ne savait d'où elle provenait, ni qui lui avait attribué cet usage mal adapté. Elle avait survécu aux transformations du XIXe siècle et, au fil du temps, les coups de pointes ferrées l'avaient beaucoup ébréchée, fissurée, noircie.

Jusqu'en 1919, où la jarre fut remisée dans les combles et remplacée en grande pompe par la douille d'obus sculptée.

C'était un cadeau inattendu de la métayère de Fages, dont les deux fils avaient été tués à Verdun à moins d'un mois d'intervalle. Elle s'était retrouvée seule, incapable bien sûr de mener la métairie : le malheur à l'état brut.

Un des anciens camarades du cadet, natif de Saint-Yrieix, venait de lui rapporter, plusieurs mois après l'armistice, une cantine « d'effets » du défunt. Des effets encombrants : rien de personnel dedans, mais une dizaine d'obus sculptés, de toutes les tailles. Pendant tout le temps passé dans les tranchées, avant de mourir, le Pierrou avait consacré ses loisirs à les décorer. La pauvre mère ne savait où garer tout cela, dans l'unique pièce d'habitation de la petite ferme, et éprouvait même une forme de rancune envers ces objets qui avaient accaparé son fils loin d'elle et du travail de la terre.

Qui donc lui a suggéré d'offrir le plus grand à la demoiselle Thérèse, en souvenir des années de catéchisme du petit au château ? On ne sait, mais Charles, bien plus que sa sœur, reçoit le cadeau avec respect. En tant qu'ancien combattant, il attache un prix religieux à cette douille d'obus.

— Nous le mettrons à l'honneur dans le hall d'entrée.

C'est-à-dire là où sont exposés les armes, armures et tableaux guerriers de la famille. Un véritable honneur, en effet.

Angélina, qui a en général la haute main sur l'intérieur du château, abandonnant le reste aux lubies de Charles, ne proteste pas. Elle pressent bien qu'il y a dans ce cylindre massif, sombre, jurant avec le reste du mobilier, une signification qui la dépasse.

Car même si matériellement rien n'a changé ou presque dans la vie du château, la guerre est une fracture qui ne se referme pas. Il y a d'abord l'absence des hommes, ceux qui ne sont pas revenus, au château, dans les métairies, au village ; même le curé est grand blessé de guerre. Il faut faire avec ceux qui restent, femmes, enfants et vieux.

Et cette succession vertigineuse de drames, avec leurs bouleversements.

Charles de V est la vigie quotidienne du malheur des temps. Il continue à traîner la jambe, et son caractère est devenu bien sombre. Dès septembre 1914, durant cette bataille de l'Ourcq qui se confondra avec celle de la Marne, l'explosion d'un obus lui a lacéré une jambe et le côté ; un éclat s'est fiché dans son cuir chevelu, impossible à opérer. Des lésions considérées comme bénignes, pourtant ses douleurs, notamment les maux de crâne, ne disparaîtront jamais. Mais peut-être que ces plaies, en s'infectant et se réinfectant, lui ont sauvé la vie, le maintenant allongé durant plusieurs mois de guerre, dans un hôpital auxiliaire de Meaux.

C'est là qu'il a reçu la dernière visite de Marguerite. Là qu'il a appris le premier, et tout seul, la mort de Robert, son aîné, dans la bataille des frontières.

Il n'en dit rien dans ses lettres, bien sûr : à V, cette mort s'imposera après une attente interminable, épuisante et délétère. Qui éclipse l'annonce brutale, inattendue, de celle de Gustave Latour de Rocque, dans des circonstances jamais éclairées.

Durant cette avalanche de mauvaises nouvelles, personne n'a jamais vu Mme de V se plaindre ou pleurer. Mais sa correspondance bordée de noir ne parle plus que de jeunes hommes tombés au champ d'honneur, de fiancées et de mères désespérées. On échange des condoléances et des in memoriam, ces images célébrant les défunts à glisser dans les missels.

Elle tremble désormais pour son dernier fils, renvoyé au front en janvier 1916, encore claudicant, intégré dans un nouveau régiment stationné en Lorraine. L'enfer de Verdun commence pour lui en février : le général von Falkenhayn écrira plus tard de cette période qu'il voulait « saigner à blanc l'armée française ».

De ce que Charles a vécu alors, il n'a jamais parlé : ses lettres cherchent avant tout à rassurer sa famille, avec l'art d'écrire pour ne rien dire. « Nos chefs croient en la victoire », « j'ai rencontré plusieurs Périgourdins qui font preuve d'un grand courage... »

Comme bien d'autres mères dans la guerre, Mme de V fait ce calcul qu'en se mariant, son fils déjà blessé, soutien de famille, serait enfin renvoyé à l'arrière. Peut-être aussi celui, plus sordide, qu'il faut vite un héritier à V, en cas de malheur. Et elle se met à sa correspondance, pour lui trouver une épouse : c'est son combat à elle !

Henriette de Raveilh n'était pas une inconnue à V. Presque vingt ans auparavant, elle avait accompagné ses parents aux doubles noces des sœurs de Charles.

— Permettez-moi de vous présenter notre fille…

Bien éduquée, Henriette avait fait une petite révérence respectueuse à la comtesse de V.

Sur ordre d'Elina, la petite fille avait fait trois pas de danse avec Auguste. Un tour de piste au sens propre du terme : avec une dizaine d'années de moins que lui, quatre quartiers de noblesse et une dot respectable, elle pouvait représenter un futur bon parti. Dans un mariage convenable, il faut un homme mûr et une jeune fille vierge. Et en effet, en 1909, soit dix ans plus tard, Mme de V ayant de la suite dans les idées, des fiançailles sont envisagées. Il existe une correspondance prudente sur ce sujet avec la marquise de Raveilh (ancienne du Sacré-Cœur…), dont la principale intéressée n'a sans doute jamais eu connaissance.

Échec des tractations : le marquis ne souhaite pas donner suite, sa femme l'explique à coups de périphrases que la « Chère Elina » comprend fort bien. Selon les critères d'Ancien Régime, la famille de Raveilh est de plus haute extraction que les V, grâce à une brillante généalogie « par la main gauche », que l'on racontait en baissant la voix : l'arrière-grand-mère paternelle d'Henriette, présentée à la cour de Versailles, avait été une des favorites de Louis XV à l'époque du Parc-aux-Cerfs. Avant d'être mariée précipitamment à un écuyer du roi, lequel fut prié de se retirer dans sa province avec sa jeune épouse. Ce qui fut fait. Il faut noter que ce que la morale réprouvait devenait motif de grandeur et de fierté quand il s'agissait des rois très catholiques !

Une enfant était née peu après de ce couple, restée unique : c'est elle qui, plus tard, épouserait le grand-père d'Henriette, Limougeaud pur jus. Du sang royal coulait donc dans les veines de ses descendants, et personne ne l'ignorait au sein du monde royaliste. Les V, hobereaux périgourdins, alliés à une fortune industrielle, représentaient presque une mésalliance.

Cependant, encore dix ans et une guerre plus tard, Henriette et ses deux jeunes sœurs attendaient toujours, aux confins du Limousin, dans un destin figé par les deuils – nombre des partis dignes d'elles ayant disparu dans les tranchées. Dont un certain sous-lieutenant prénommé Aimery, nom de famille inconnu, dont la jeune Henriette semble avoir été très éprise, de lui ou des rêves qu'il représentait.

— Ah, si Aimery avait vécu !, semblaient exhaler ses nombreux soupirs, même tard dans sa vie.

À la mort de Robert, sous prétexte de condoléances, la marquise reprend la correspondance avec la « Chère Elina », qui voit bien l'ouverture, et de lettres en lettres les réticences tomber. Cette fois-ci, pour son dernier fils.

— Henriette n'a pas une once d'orgueil, souligne la mère.

Malgré la rebuffade ancienne, Elina tient à cette alliance prestigieuse, et jette toutes ses forces dans la négociation. La marquise, elle, s'inquiète de cette mélancolie qui ne passe pas chez sa fille, et des deux cadettes à marier encore. Les deux mères font affaire : dans une longue lettre, Mme de V demande la main d'Henriette pour son fils, vante les charmes de la vie à V, et pour faire bonne mesure promet son diamant, qu'elle qualifie d'incomparable, dans la corbeille. Peut-être aussi le bon sens lui dicta-t-il que son dernier fils claudicant et cette jeune fille malheureuse pourraient mutuellement se comprendre. Cette lettre, je ne l'ai pas vue, mais les filles d'Henriette et Charles me l'ont racontée, pour m'expliquer ce qu'était un mariage arrangé.

Tout cela se fit en dehors de Charles, qui se battait alors en Champagne rémoise. En novembre 1916, il obtint une permission, trop courte pour rentrer en Périgord. Il la passerait à Paris, chez ses cousins Sannois. Aussitôt, les Raveilh et leurs filles reçurent une invitation à prendre le thé rue de Monceau. Tout aussi vite – pour l'époque – fut organisé un prétendu voyage d'agrément de la famille à Paris. Dans un pays en guerre où la plupart des trains étaient réquisitionnés pour le transport de troupes !

Charles et Henriette se rencontrèrent donc pour la seconde fois de leur vie. Sur leur trente-et-un, ils ressemblaient à ce qu'ils avaient été avant guerre, deux jeunes gens élégants. Pas si jeunes en réalité, puisque tous deux approchent les trente ans. Après les présentations, on leur ménagea un moment d'intimité dans un coin du salon rouge. Ils parlèrent des malheurs du temps ; puis, avec honnêteté, en vinrent aux leurs. Se confiant l'essentiel, assez pour se comprendre : le fiancé d'Henriette était mort non loin du lieu où Charles avait été blessé. Et celui-ci avait parlé de l'infirmière dont il était tombé amoureux avant de devoir repartir au front. Aucun des deux, interrogés par leur famille, ne vit d'inconvénient à aller plus loin.

En décembre 1916, l'histoire s'accéléra. Dès la première « grande » permission de Charles, les Raveilh rejoignirent V dans un wagon à banquettes capitonnées et rideaux à pompons, réservé depuis Limoges et accroché à un train de la compagnie Paris-Orléans jusqu'au Buisson-de-Cadouin. Une arrivée remarquée dans la petite gare, où l'on voyait surtout des troisièmes classes à bancs de bois !

Les Raveilh et leurs trois filles sont accueillis par le jeune comte de V, pendant que les domestiques s'occupent de décharger des malles et des malles, des caisses et des caisses : le trousseau de la mariée, ainsi que ses cadeaux de mariage.

Henriette, elle, ne reçut jamais le diamant promis. L'histoire est ubuesque : Charles devait le lui passer au doigt la veille de la cérémonie, en petit comité. Mais l'anneau, à la taille des doigts boudinés d'Angélina, glissait sur l'annulaire d'une frêle jeune fille. Son imposante belle-mère en convint.

— Nous le ferons ajuster par mon bijoutier de Périgueux. Ce sera plus facile, puisque Henriette sera sur place.

Puis elle remit la pierre à son doigt. L'aimable fiancé, qui ignorait tout de la promesse faite, ne pipa mot.

De ce mariage de guerre et d'hiver, sans joie et sans invités, où les absents pesaient si lourd, il n'y a qu'une seule photographie dans les albums. Les époux se tiennent droit, à distance l'un de l'autre, sur fond d'arbres dépouillés. Henriette est d'une joliesse mélancolique, si menue dans une robe sac grège sans élégance ; un nez busqué lui mange le visage, sa fourrure de renard et un lourd chignon brun écrasent ensemble ses épaules. Avec le temps, elle embellira : ses traits se marqueront davantage, ses cheveux exubérants blanchiront très tôt, mettant en valeur le grand front, le profil bourbonien. Mais ce jour-là elle baisse les yeux devant le photographe ; et Charles, qui repartait au front dès le surlendemain, semble ailleurs, insaisissable, les yeux levés au ciel. Comme une supplication de revenir ? Simple supposition !

Peu de temps après commença l'offensive Nivelle, qui devait être celle de la victoire. Mais début 1917, le front se figea entre Reims et Soissons, et toutes les permissions furent suspendues. Charles, de son propre aveu, vécut là une période terrifiante, persuadé qu'il ne sortirait pas vivant de ce Chemin des Dames. Il se résolut alors à invoquer la mort de son frère pour être réformé en tant que chef d'exploitation. En octobre, il fut démobilisé, peu après la naissance de sa première fille, baptisée Marie-Louise. Suivront Marie-Paule, en 1918 – la cloche de la chapelle sonne à la fois pour l'armistice et pour son baptême –, et Marie-Edmée, l'année suivante.

Cette année 1919, justement, où Charles invita la pauvre mère Delpech à inaugurer le porte-parapluies de laiton. On transféra avec le plus de cérémonie possible le contenu de la jarre dans celui-ci. Puis tout le monde leva un verre de piquette à la mémoire du Pierrou, en admirant post mortem son talent. Dans une ambiance qui ne devait pas être très gaie...

Charles de V, nouveau comte de V, était apprécié des gens du domaine, car seul de son espèce au château, il avait souvent participé dans l'enfance aux travaux agricoles. Il n'était pas le dernier non plus à boire la piquette les soirs de gerbaude, ou à sauter par-dessus le feu de la Saint-Jean. Grandi à l'ombre de ses frères, il était entré au collège de Sarlat à huit ans comme eux. Les Jésuites lui avaient ouvert des univers nouveaux, la musique, la peinture, l'astronomie, la gastronomie, qu'il avait goûtés en Italie avant la déclaration de guerre. Mais tout cela, en 1919, c'était fini !

8

Une canne à pommeau d'argent représentant une tête de chien

« On en vient à aimer son désir
et non plus l'objet de son désir. »
Nietzsche

— Continuons, puisque nous sommes là. Il veut tout, décidément...

— Oh, des cannes, il y en a pléthore ! Vous disiez que cela ne portait pas à conséquence ?

Elina fait preuve d'une bonne volonté coupable. Une à une, elle extrait du jeu de mikado géant une canne, puis la suivante. Hausse les poignées sous le nez de Pia, pour qu'elle détecte une tête de chien.

— Peut-être celle-ci, à moins que ce ne soit un loup ? On a le choix : voilà un aigle, un lion... Tiens, une caricature de Napoléon, normal, ici on le détestait !

— On appelle cela un « pommeau milord », rien de canin..., répond la professionnelle.

— Du bois, de l'ivoire, une bille de pierre veinée... certaines vont par deux, on dirait une vraie collection ! Celle-là ?

Pia a décidément un avis sur tout.

— Non. Mais C'EST une collection, bien sûr ! La canne a toujours eu plusieurs fonctions, l'appui, la défense, la parade… Notre époque n'a conservé que la première. Il y en avait pour toutes les occasions : à bout ferré pour marcher dans la campagne, en version canne-épée pour se défendre, etc. Un gentleman ne sortait pas sans sa canne, comme une femme sans chapeau, cela faisait partie de la panoplie du dandy. De quoi se donner une contenance, un peu comme la cigarette aujourd'hui… À vue de nez, je dirais que cette collection a été constituée pour l'essentiel au XIXe siècle, l'âge d'or de la canne. Mais l'Égyptien Toutânkhamon en possédait une, qu'on a retrouvée dans son tombeau, François Ier et Catherine de Médicis aussi, incrustées de pierres précieuses.

— Celui-là !

— Votre chien n'est pas en argent, je pense, il aurait terni avec le temps. Mais aucune importance, s'il veut une canne à pommeau d'argent, cela fera très bien l'affaire !

Pia est donc aussi spécialiste ès cannes. Inutile de répondre !

***

Avant la chute de l'Empire, Léon Hyvert avait l'habitude de traiter certaines de ses affaires à Mers-les-Bains. Il aimait tout de la côte d'Opale, les falaises, le vertige de l'horizon, l'architecture anglo-normande, le casino, les jolies femmes fréquentant l'établissement de bains de mer… et Lily particulièrement !

Dans un même séjour de quatre ou cinq jours, qu'il effectuait régulièrement, il pouvait à la fois rencontrer des industriels de Bath ou de Brighton, ses fournisseurs de machines-outils pour les sucreries, des clients lillois et même parisiens en villégiature. À l'Hôtel du Casino, sur le front de mer, où Hyvert avait ses habitudes, on trouvait toujours à échanger des informations intéressantes sur la situation de l'Empire. Lily y descendait en même temps que lui, pour lui consacrer ses soirées et ses nuits, à l'abri de toute indiscrétion. À la fin du séjour, la direction savait à qui présenter la double note à régler.

Après trois années sans nuages, la jeune femme était arrivée un soir avec cette canne enrubannée à la main, pour annoncer que ce serait là leur dernière rencontre. Elle allait se marier.

Un cadeau d'adieu, aussi élégant que celle qui l'offrait. De fabrication anglaise, bois de palissandre et alliage plomb-étain pour le pommeau ; tête de chien pointer finement sculptée, avec son poil ras, sa longue échine et son museau triangulaire. Léon se l'était tenu pour dit : on ne s'attache pas à une maîtresse, si charmante soit-elle.

Mais, parmi les cannes de sa collection, celle-ci était restée sa préférée. Celle qu'il utilisait le plus souvent, avait-il expliqué à son épouse, à cause de sa légèreté et de son excellente prise en main.

Jeanne, jamais au grand jamais, n'aurait posé de question sur sa provenance. Après les sucreries du Beauvaisis, puis les coursives de la Bourse à Paris, la canne anglaise avait parcouru les allées du parc de V, quand Léon, dans les dernières années de sa vie, les arpentait au bras de la robuste Adèle : de la terrasse à la chapelle, de la chapelle aux écuries, puis retour par le chenil... jusqu'à la mort ou presque.

La canne réintégra le porte-parapluies de porcelaine quand Thérèse, sa petite-fille, s'adjoignit le bureau de son grand-père.

Juste avant la cérémonie d'installation de la douille de laiton, Charles avait passé en revue la jarre de porcelaine, brûlé ou mis au rebut plusieurs vieilles badines, joncs et fouets. Et faite sienne la canne à large pommeau de son grand-père. De lui, il se souvenait à peine, mais savait ce que sa famille lui devait. Et comme il traînait encore la jambe depuis sa blessure, il appréciait la légèreté, l'excellente prise en main de l'engin.

— Merci ! Douky, Jugurtha, nous y allons...

Après guerre, Charles a remplacé les deux boxers d'Amédée, disparus en laissant de nombreux bâtards sur le coteau, par des jeunes golden retrievers issus de l'élevage d'Antoinette. Une timide volonté de maintenir des liens avec sa sœur aînée, voire de l'aider ?

Ils sont le troisième ou quatrième duo du même nom, vivant dans le chenil dirigé par le jeune Urbain, fils du Clovis venu de Picardie, que l'armistice a sauvé de la conscription. Interdiction d'entrer dans la maison, la comtesse douairière est intraitable là-dessus.

— Mes trois inséparables !

Charles inclut celui qui est représenté sur le pommeau d'argent de sa canne.

Chaque jour après le petit déjeuner, dûment cravaté, un haut col de Celluloïd labourant ses joues, il appelle les chiens, déjà lâchés, qui tournent en rond d'excitation autour du perron.

Chapeau et canne sont préparés par Urbain. Qui toute sa vie a éprouvé une véritable dévotion pour son maître, l'ancien combattant de Verdun, comme tant d'autres hommes du pays disparus; personne ne sait quelles conversations tous deux ont partagées.

Le comte de V part faire son « tour de plaine » et le claironne à voix haute.

S'engage avec ses chiens dans l'avenue qui se transforme en chemin avec les bois, jusqu'au bord de la Dordogne, en passant par le village. Soit une dizaine de kilomètres chaque jour, descente et remontée du coteau comprises.

Autant de maisons, de rencontres, de verres d'eau et de conversations : « Moussu » connaît tout le monde et tout le monde le connaît; à la différence des femmes de la famille, qui ne quittent guère les alentours du château, et ne savent de ce qui se passe au-delà, dans les métairies et le village, que ce qu'on veut bien leur en dire.

Charles comprend parfaitement l'occitan – on disait alors le patois – mais ne le parle pas officiellement. Sa mère a fait tant d'efforts pour éradiquer le moindre accent chantant chez ses enfants ! De sa canne à bout ferré, il tâte l'humidité des sillons, le gras d'une vache, que ses chiens reniflent derrière lui. Et peut-être même le postérieur d'un petit drôle, quand sa mère s'en plaint trop devant lui. Surveille le mûrissement des récoltes, remarque parfois le premier le fer qui manque à un cheval. Et sur son chemin en parle au forgeron, qui s'en occupera ainsi plus rapidement.

C'est sans doute son bol d'air, dans cet après-guerre si morose à V. Malgré son mariage, l'armistice enfin, et le traité de Versailles qui donne un sens à tant de massacres, malgré les naissances rapprochées de trois petites filles, au tournant de la guerre et de la paix. Marie-Louise, Marie-Paule, Marie-Edmée, des prénoms composés qui mettent les enfants sous la protection de la Vierge Marie. Déjà un peu démodés, empruntés à des aïeules des siècles passés, et vite transformés.

À part le maître de maison, ne vivent plus dans la grande demeure que des femmes : Angélina, Thérèse, Henriette, et pour les servir Albertine, Adèle et Léonie. Le vieux Clovis est mort, et Urbain, jeune marié, habite ce qu'on appelle « le Logeau », une maisonnette au bas de l'avenue. La comtesse douairière maintient les formes, assurant à la maisonnée une vie matérielle qui n'a jamais cessé d'être confortable, avec un minimum de vie mondaine. On porte toujours « le demi-deuil » de Robert ; en réalité, c'est celui de tous les jeunes hommes du domaine qui manquent tant à V : les deux fils de Lacoste, l'aîné de Clovis, deux hommes à Fages, un à Malmussou ; sans parler des blessés, des gazés dans toutes les fermes... Charles souffre de sa jambe, ainsi que d'acouphènes qui justifient son humeur fuyante ; c'est d'ailleurs celle de tous les anciens combattants. Il entre malgré lui dans son rôle de chef de famille. Henriette, après trois naissances difficiles et rapprochées, s'enfonce dans ce qu'on appellerait aujourd'hui une dépression post-partum jamais soignée.

Loulou, Paule et Edmée grandissent sagement à la nursery, encadrées par des bonnes dévouées.

Si leur père passe plus de temps ailleurs qu'au château, avec sa canne et ses chiens, s'il se met à parcourir ce domaine dont il ne s'était jamais imaginé devenir le maître, c'est officiellement qu'il doit appuyer le régisseur engagé par Amédée avant le siècle. Lacoste est toujours là, dans sa maison des bois, mais ses deuils successifs l'ont dévasté, il se nourrit de piquette et se contente de faire rentrer les sacs de grain. Charles a vu de près les ravages de la guerre dans les industries du Nord, et sait bien que les intérêts des emprunts russes ne seront plus versés de sitôt. Il a même compris sans doute que la mort de ce vieil empereur rassurant qu'était François-Joseph avait changé le monde. Et que même l'univers immobile de V s'en ressentirait. Mais il n'en dit rien, ne remet pas en cause les opinions légitimistes de la famille : lui aussi, à sa manière, entretient sa famille d'illusions.

Charles se tient également à bonne distance de Dieu et de ses œuvres : peut-être a-t-il perdu sa foi dans les tranchées ? À la fin de sa vie, il ne communie plus, a remarqué une de ses filles. Mais laisse Thérèse engloutir une fortune dans l'école de filles tenue par les sœurs de Sainte-Marthe. Lui aussi distribue largement l'argent de sa mère : prêts sur l'honneur jamais réclamés, honoraires du docteur de Saint-Cyprien en cas de maladie, et autres cadeaux. Il fait aussi remettre en état les bâtiments négligés pendant la guerre, pour y loger des mutilés et des veuves de guerre.

C'est avec Charles que le métayage commence à se dérégler à V. Les conditions du partage à demi changent sans cesse, selon les récoltes et les difficultés ; au grand scandale du vieux régisseur.

Mais c'est tout cela qui fait qu'on respecte M. Charles, et qu'on lui pardonne volontiers ce qu'il veut taire. Il arrive aussi qu'à coups de sous-entendus, on le plaigne d'être si mal accompagné dans la vie.

Car tous les jours, en toutes saisons et par tous les temps, Charles pousse sa canne au-delà du village, vers les riches terres inondables et la rivière, jusqu'à atteindre La Faval, à la lisière du domaine. Ce n'est pas une métairie, mais une gracieuse maison de maître posée au bord d'un bras mort de la Dordogne, qui lui appartient personnellement.

Un oncle d'Amédée la lui a léguée, comme à un cadet qui n'aurait pas toujours sa place au château. Peut-être avait-il lui-même connu ce sort-là ? Il est possible aussi qu'Amédée lui ait tenu la main pour écrire son testament, en échange d'une petite rente : cette Faval était trop voisine de V pour la laisser à un étranger.

La guerre a décidé autrement du destin de Charles, mais il sait bien que sa mère dirigera tout au château jusqu'à son dernier souffle. Alors il se concentre sur le domaine agricole, et met tous ses soins à remettre en état La Faval. La maison a une jolie vue sur l'eau, une triple génoise et un salon en boiseries, où trône un piano à queue désaccordé.

C'est autour de la Saint-Michel 1920 que le maître des lieux annonce :

— À La Faval, le toit et les menuiseries seront bientôt terminés. Je vais mettre en location.

— Vraiment ? fait sa mère, surprise et contrariée.

Sans le dire, elle espérait y installer un jour Thérèse, qui devenait de plus en plus difficile à vivre.

— D'ailleurs, l'affaire est déjà faite...

Une jeune dame inconnue dans le pays devait s'y installer bientôt, avec son garçonnet de cinq ans et une bonne.

Les veuves de guerre sont alors si nombreuses, il y a tant de personnes déplacées par les destructions de la guerre, et Mme Daubenton fait si peu de bruit, que dans les années suivantes personne n'en parle beaucoup.

C'est une artiste, avec un statut mal défini : ce n'est pas une paysanne, ni une commerçante, mais ce n'est pas non plus une dame, puisqu'elle n'est pas reçue au château. Elle passe ses journées à peindre dans l'atelier en bord de Dordogne, d'où l'on voit passer les barques de pêcheurs. Charles lui rend visite tous les jours, hormis le dimanche. Ses chiens courent devant lui en arrivant, entrent en habitués dans la maison, certains d'y trouver une gamelle d'eau fraîche, et un autre golden retriever, issu de la même portée qu'eux.

Il pose sa canne, ôte son chapeau, soupire de fatigue peut-être. Quelquefois admire une peinture inachevée sur un chevalet, caresse la tête de l'enfant, demande une compresse d'eau fraîche quand sa tête lui fait trop mal. Clémence se met alors au piano pour jouer une berceuse en mineur.

Puis, au bout d'un moment, Charles tire sa montre de gousset pour vérifier l'heure, siffle les chiens et reprend sa canne pour attaquer l'ascension du coteau.

Respectueux des usages, de sa mère et de son épouse, le comte de V presse le pas pour atteindre le château avant que ne résonne le premier coup de cloche donné par Abel. Il n'est pas interdit de penser qu'Abel attend lui-même de voir apparaître le maître pour sonner. Charles a encore le temps de se rafraîchir avant de passer à la salle à manger.

À table, entre ses silences, il raconte ce qu'il a appris durant sa course du matin. N'oublie pas de féliciter

Albertine pour ses petits plats, de signaler à sa mère telle femme malade qui aurait besoin d'être aidée, à Thérèse une fillette qui grandit et ferait une bonne élève chez les sœurs.

On l'écoute, et, la plupart du temps, on suit ses avis, faute d'en avoir d'autres. Henriette, son épouse, s'est souvent fait excuser, et monter un bouillon dans sa chambre. Qu'elle commence une grossesse avec des nausées, qu'elle se remette d'une « espérance » inaboutie, ou de la naissance d'un de ses cinq enfants, son absence, à force d'habitude, se remarque à peine.

9

Jouet ancien : ours en crin

« Les hommes prisent l'objet
qu'ils ne possèdent pas
bien au-delà de sa valeur. »
William Shakespeare

— De plus en plus bizarre, cette histoire ! Qu'est-ce que votre acquéreur peut faire de ce jouet abîmé ?

« L'acquéreur », dans la bouche de Pia, mérite une grimace.

— Je l'ai mis à l'inventaire parce qu'il existe des collectionneurs d'ours en peluche : on les appelle des arctophiles, figurez-vous, continue-t-elle. Voyons voyons, dans quel lot ai-je pu le fourrer, ce brave nounours ? Objets divers, peut-être...

Elina, qui connaît si mal V, a pourtant une histoire avec cet ours en peluche. Quand elle venait ici enfant, il lui faisait de l'œil depuis son étagère. Léonie, la vieille bonne à sa dévotion, avait toujours refusé de le lui donner, malgré ses demandes répétées.

— S'te plaît, s'te plaît ?

Parmi tout ce qu'elle est en train de bazarder, c'est peut-être cet ours qui la touche le plus. Depuis le palier du colimaçon, il a tout vu, tout entendu de ce qui s'est passé ici pendant cent ans ou plus. Et n'en dira jamais rien, évidemment.

La jeune spécialiste-en-tout n'éprouve pas cette émotion-là, écarquille les yeux devant son écran.

— Trouvé ! E 19, « Ours articulé de la marque allemande Steiff, en peluche mohair souple (étiquette entreprise de tissage de poils Schulte à Duisbourg) de fabrication artisanale. Sans doute l'un des premiers modèles de la série créée par Richard Steiff en 1902. Il fut surnommé Teddy's Bear à cause d'une caricature de Theodore Roosevelt, dit Teddy, président des États-Unis de 1901 à 1909, où on le voit refusant de tirer sur un ours tenu en laisse. État très usagé. Estimation 30 euros ».

— Quel intérêt a cette peluche ? répète Pia, sourcils froncés. Cela m'échappe…

— Il y a donc des choses qui vous échappent ? En tout cas, il est sur le palier, tout en haut d'une étagère, à côté des pots de chambre en faïence.

Elina conduit Pia vers le petit escalier calé dans un recoin du hall d'entrée.

— Allons-y ! C'est un endroit stratégique, parce qu'il domine le hall d'entrée, la bibliothèque ; on est même à portée de voix du salon ! Il paraît que mon père, quand il était enfant, s'y cachait pour surprendre les conversations des adultes…

C'est la première fois qu'Elina évoque son père. Celui qui lui a laissé le château sur les bras.

Pia se fige un instant, au moment de récupérer le jouet. Puis le descend dans un tourbillon de poussière.

— Quand je dis usagé… Corps râpé, corrodé, attaqué par les mites, avec du crin sortant des coutures. La truffe de laine a carrément disparu, les boutons de verre des yeux ne tiennent pas : vous pouvez l'abandonner sans regret.

— Merci de prendre soin de mes intérêts !

La remarque est narquoise, envers cette jeune femme qui défend bien plus qu'elle-même ses possessions et son histoire.

Mais Elina se pose la question, sans s'y attarder : qu'est-ce qu'un patron américain va faire d'un ours en peluche mité ? Et qui avait repéré le jouet à peine visible en haut d'une étagère ?

Elle qui disait ne vouloir rien garder de V aurait peut-être fait une place dans son appartement pour l'objet, à cause de ses yeux brillants, et de tout ce qu'il a absorbé comme secrets dans sa fourrure mitée… Mais non, on ne se retourne pas sur le passé !

***

Teddy Bear a été offert à Marie-Louise, fille aînée de Charles et Henriette, par son parrain, l'oncle Raoul, le mari de Marguerite. Bien avant son mariage, à la fin du XIXe siècle, le lieutenant de Survigny avait été attaché d'ambassade à Berlin. Sans doute a-t-il alors visité la région du Bade-Wurtemberg, où se trouvait le premier atelier de fabrication Steiff, et y a-t-il acheté une ou plusieurs de ces peluches inconnues en France. En prévision des enfants qu'il n'aurait jamais ? Il les offrira plus tard à d'autres, comme à cette petite filleule qu'il ne connaît pas : il était « à la guerre » en 1917, lors du baptême, et s'était fait représenter par sa femme. Jamais il n'est revenu à V après son veuvage.

Un tel cadeau n'était pas si fréquent à l'époque, et frappait les esprits enfantins. Une lettre non datée signée de Loulou parle de ce nounours avec amour, dans une graphie appliquée.

Les trois petites filles sont pétries des souvenirs de guerre : elles connaissent leur généalogie par cœur et les vides creusés dedans par les combats. Oncles et tantes, cousins, cousines, les vivants et les morts, germains et issus-de-germains, sont tout aussi nombreux et présents. Elles savent mettre un nom sur chaque visage encadré d'argent au salon, qu'Adèle fait briller chaque semaine. On prie pour les premiers autant que pour les seconds à la chapelle, en demandant à ces derniers leur protection du haut du ciel. D'Auguste, en revanche, elles n'ont jamais entendu parler.

Elles traversent l'enfance dans la nursery du château organisée pour la génération précédente, et restée telle quelle. Les travaux somptuaires ne sont plus de mise. Seul changement, c'est dans la lingerie ensoleillée qu'on a pris l'habitude de se rassembler, du moins l'hiver : les domestiques y raccommodent en bavardant *mezza voce*. Il y a Léonie, bonne d'enfants attitrée, Albertine la cuisinière, et les aides qui se succèdent, dont les noms sont restés dans les livres de comptes : Berthe, Seconde, Félicité… Pendant ce temps, les enfants dessinent ou prennent leurs repas, et font leur miel de ces conversations : un loup aperçu dans les bois, le pèlerinage annuel à Notre-Dame-de-Capelou, la dernière colère de Mademoiselle

Thérèse, les souvenirs de leurs oncles et tantes quand ils étaient enfants...

Les petites épousent donc étroitement le point de vue des domestiques sur la famille, et ne le réviseront pas beaucoup : leur monumentale grand-mère est autoritaire, la tante Thérèse malade et acariâtre, leur mère toujours « fatiguée », avec mille points de suspension ironiques ou compatissants. Et à leur père, il faut tout pardonner, à cause de ses blessures de guerre. Blessures qu'elles n'ont jamais vues – il faudrait qu'il porte des shorts, ce n'est pas le genre de la maison ! – et qui les impressionnent beaucoup. Avec la plupart des adultes, les relations se limitent au bonsoir du soir, où elles sont priées de « se tenir ».

La tante Thérèse chapeaute les institutrices de passage (est-ce pour cela qu'elles ne restent jamais longtemps ?), fait prier, broder et réciter des poèmes à ses nièces. Elle sait diviser pour régner, et distribue sans hésiter les punitions, toujours les mêmes :

— Au pain sec et à l'eau, mademoiselle !

Les petites connaissent le tarif, qui n'a pas varié depuis la comtesse de Ségur. N'en sont guère troublées, car Albertine y supplée en cachette.

Les trois filles dorment dans la chambre « aux roses », qui avait été celle de Toinon et Margot, dont Albertine racontait volontiers les hauts faits. Teddy tient une place d'honneur sur le lit de Loulou, où les petites sœurs lui rendent visite. Pas question, à cette époque, de chambres individuelles, et aucun enfant sans doute n'aurait voulu dormir seul. Toutes les trois avaient l'habitude de s'endormir au rythme de leurs respirations conjuguées.

Chaque été jusqu'en 1920, les cousins s'entassent dans les chambres voisines.

« Pendant la guerre », cette formule que l'on répète sans cesse autour d'elles, les enfants d'Antoinette avaient passé une année entière à V, et laissé partout leurs traces : des épées de bois sculpté, une poupée à tête de porcelaine, des pistes balisées de signes cabalistiques dans les chemins du coteau, des légendes innombrables de bêtises, de chutes et de blagues.

Leur présence, réelle ou intermittente, suscite chez les petites filles un monde imaginaire où s'entrecroisent sans hiérarchie des bribes de réalité, des interprétations et des histoires carrément construites par les plus grands pour faire peur aux plus jeunes. Ainsi des bandits parcourant le parc à la nuit tombée, des revenants dans les couloirs du château, des monstres émergeant de la Dordogne pour escalader le coteau...

Loulou, l'aînée, à la sensibilité exacerbée, vibre de ces histoires effrayantes. Sa cousine Amélie, fille unique au milieu de quatre frères, habituée à jouer la petite maman, lui prend la main pour la rassurer.

Loulou a presque cinq ans quand les cousins cessent brutalement de venir, sans explications.

— Mais quand vont-ils arriver ? répétait-elle encore des années après, à l'approche de l'été.

— C'est loin, les Charentes, tu sais...

Un silence opaque règne sur le sujet, troué par les commentaires imprudents des domestiques.

— C'est tellement triste..., soupire Léonie, qui a porté tous ces bébés dans ses bras, leur a appris à marcher et à tenir une cuillère.

Et s'il était arrivé quelque chose de grave, pourquoi les cousins ne reviennent-ils pas, et si Amélie ne m'aime plus, si, et si... ?

Dans le silence des nuits trop chaudes, Loulou serre son ours contre elle, le trempe de ses larmes parfois. Triture d'angoisse les billes de verre, et finit par s'endormir en frottant la truffe contre sa joue. Un chuintement lancinant, qui agace ses petites sœurs dans les lits voisins ; ou les inquiète.

À la fin de l'année 1924, une douce euphorie envahit les longs couloirs de V : après plusieurs espoirs déçus, la jeune Mme de V mène enfin une grossesse à terme. L'enfant se présente bien, sa mère se plaignait sans cesse de son poids et de ses mouvements énergiques : ce ne pouvait être qu'un garçon. Il arrive enfin, l'héritier mâle que tout le monde attendait !

Mme de V ne sort plus guère de sa chambre : un petit mot griffonné à l'intention de Charles, retrouvé dans un tiroir, en témoigne :

> *« Un terrible mal de dos... Je te prie d'excuser mon absence auprès de ta mère pour le déjeuner ; je ne pense pas non plus pouvoir descendre pour le thé... »*

Voilà ce que son infatigable belle-mère supportait si mal, surtout lorsque c'était son « jour », celui où elle recevait les visites du voisinage.

Si seulement la fluette Henriette était venue au salon, asseoir un moment son ventre trop lourd dans le canapé royal, se faire plaindre pour ses maux de reins récurrents, elle se serait trouvé des alliées parmi ces dames ;

la couleur de sa vie en aurait peut-être été changée. Mais non, elle est réputée hautaine, avec son sang bleu, et subit en silence les moqueries cruelles d'Angélina. Charles, si par hasard il était présent, ne prenait jamais parti dans ces affaires.

Henriette est pourtant bien là, dans la lingerie de la nursery, pour fêter le septième anniversaire de Loulou, une lettre le rappelle. Pas de photo dans les albums de cette année-là : c'est plus tard seulement que les photographes amateurs saisiront des successions d'anniversaires enfantins. Mais un gâteau de potiron, appelé « millassou », spécialité d'Albertine. Et des cadeaux : des couverts en argent comme pour chaque anniversaire, un livre d'images sans doute, un jeu de domino en ivoire peut-être ?

On peut imaginer la mère au milieu des enfants, improvisant un petit discours maternel sur l'âge de raison, et la sagesse qui devait en découler.

— Ma chérie... À partir de la semaine prochaine, tu déjeuneras à la salle à manger, avec les grandes personnes !

Et repartant aussitôt s'allonger, les mains sur les reins, sous les yeux désolés de ses filles.

Mais deux jours avant que la promesse se réalise, Louise est prise d'une forte fièvre.

Léonie, comme elle le fait souvent dans ces cas-là, transporte le lit de l'enfant dans la minuscule chambre qu'elle occupe entre deux grandes. Autant pour la soigner plus facilement que pour éviter aux autres une éventuelle contagion. Henriette est prévenue, et juge prudent, si près d'accoucher, de ne pas approcher sa fille.

Loulou est donc consignée là avec Teddy et des livres, et supporte sans protester pendant deux jours sa fièvre, sa toux rauque, et l'ennui. Ne se levant ni pour la prière, ni pour les bonsoirs.

Le troisième jour, Léonie, en allant se coucher, trouve Loulou aux prises avec une toux incoercible, qui ressemble à des aboiements. Elle semble étouffer, serrant son ours pelé contre elle, puis le rejetant brusquement pour tenter de reprendre de l'air.

Affolée, la petite bonne la prend dans ses bras. Elle voit bien qu'il s'agit d'autre chose qu'un cauchemar. Quelque chose de grave, inconnu d'elle qui a soigné tant de petits. Est-ce le croup, pas encore tout à fait disparu ? Ou la grippe espagnole, qui a frappé le pays juste après la guerre ? Que faut-il faire ?

Léonie tente de bercer Louise, qui s'endort par moments, épuisée ; et reste ainsi éveillée durant des heures. Elle lui murmure des chansons en patois, des prières et des mots de tendresse. Mais elle voit bien que l'asphyxie gagne, sans plus d'accalmie. Appeler ? Au milieu de la nuit, cela risquerait de réveiller les autres enfants. Aller chercher quelqu'un ? Cela voudrait dire abandonner l'enfant accrochée à elle, de toute la force de son angoisse.

Frigorifiée, tétanisée, sombrant parfois dans un demi-sommeil, Léonie garde contre elle durant des heures le petit corps épuisé... Jusqu'à ce qu'il cesse de réagir.

Louise a expiré sans qu'elle s'en rende vraiment compte, elle s'était probablement assoupie. Une terrible culpabilité lui serre la gorge, les larmes jaillissent.

Qu'a-t-elle fait ? Qu'aurait-elle pu faire qu'elle n'a pas fait ? Ce qui vient d'arriver – elle ne met pas encore de mots dessus – est-il de sa faute ?

Elle dépose le petit corps encore tiède sur son lit et monte en tremblant le colimaçon, jusqu'à l'étage des domestiques, pour appeler Albertine au secours.

Le jour se lève, et les rites du malheur se mettent alors en branle.

Paule, qui plus tard se fera appeler Pauline, a raconté cette journée d'épouvante de son enfance : dans la chambre voisine, les petites sœurs, respectivement six et cinq ans, apprirent ce qui venait d'arriver par les larmes d'Albertine, venue vider les pots de chambre à la place de Léonie. Elles n'eurent pas la permission de voir la petite morte, et se retrouvèrent seules dans leur chambre, à attendre une partie de la journée. Oubliées par les adultes.

Elles entendirent la voix du médecin de Saint-Cyprien, appelé pour constater le décès. Ses doctes explications n'étaient pas audibles à travers le mur épais.

Il n'y eut aucun mot posé sur ce qui venait d'arriver. Seulement les larmes de Léonie, un peu plus tard, qui les serrait contre elle comme elle avait serré leur sœur aînée, au mépris de la contagion. Et qui ressentait bien qu'on lui en voulait un peu de n'avoir pas appelé tout de suite.

Toujours à cause de cette éventuelle contagion, les obsèques furent célébrées dès le lendemain, sans la mère ni les enfants. Une bénédiction rapide devant le reste de la famille éplorée, et l'étroit cercueil de Loulou rejoignit celui d'Amédée et de Robert dans la crypte de la chapelle. Un peu plus tard fut apposée dessus une plaque de marbre blanc, que l'on peut toujours voir aujourd'hui :

Marie-Louise de V
1917-1924
Priez pour elle !

Léonie non plus n'était pas à la chapelle, il n'en avait même pas été question. Sur ordre de Mme la comtesse, elle était occupée à débarrasser et brûler les draps. Il fallait prendre des précautions, dans l'ignorance du « microbe » qui avait tué l'enfant.

Juste auparavant, dans le lit de la petite morte, elle avait ramassé l'ours en peluche et décidé de ne pas le mettre au feu avec le reste. Comme un souvenir de Loulou. Elle n'y croyait pas, à ces histoires de contagion ! Personne ne lui en avait jamais parlé : chacun avait simplement un destin, contre lequel il était inutile de lutter.

Sans rien dire, elle conserva Teddy Bear dans sa chambre, sous son oreiller, et comme la petite Loulou auparavant, prit l'habitude de s'endormir en le serrant contre elle, et en pleurant.

Léonie, qui n'avait pas vingt ans à l'époque, fut durablement traumatisée par cette histoire, et transmit peut-être sans le vouloir cette angoisse de la mort et des catastrophes à plusieurs générations d'enfants. D'autant qu'elle la portait déjà en elle.

Léonie était entrée en service au château autour de ses quatorze ans. Sa mère, placée à Limoges et sans doute engrossée par son maître, était revenue en Périgord avec un bébé dans les bras. Elle l'avait laissé à la grand-mère en repartant travailler ; cela se faisait souvent ainsi, et n'étonna personne. La petite avait donc grandi avec la mémé, un peu sorcière, un peu herboriste, qui vivait seule au hameau de Lagrave. Quand elle avait atteint ses dix ans, la brave femme était venue solliciter une place à l'école des sœurs pour la petite. Sachant très bien ce qu'elle faisait : le château avait l'habitude de choisir son personnel parmi les filles formées par les religieuses.

Et cela s'était passé exactement ainsi, sous la protection de Mademoiselle Thérèse.

La mère de Léonie n'était jamais revenue au pays, et après la mort de sa grand-mère, elle n'avait plus que le château pour famille. Abel et Albertine, qui étaient sans enfants, la prirent sous leur aile. À eux trois, ils sont successivement restés à demeure au service des V à partir des années 1880 jusqu'au lendemain de la Seconde Guerre mondiale. Fournissant aux générations d'enfants du château des goûters pantagruéliques, une indulgence inconditionnelle et une couverture crédible pour leurs bêtises.

Léonie vivait encore de plain-pied dans le monde magique auquel sa grand-mère l'avait initiée, et y invitait tout le monde autour d'elle : le dragon de la Dordogne, dont on voyait parfois émerger la queue au fil du courant, les fagilières qui dansaient dans les clairières les nuit d'été, la Dame blanche du château..., des histoires racontées mille et mille fois, qui se sont transmises et déformées au fil du temps.

Elle était réputée pour son savoir-faire avec les petits, ses bras apaisants, son répertoire de berceuses en patois, sa patience à toute épreuve, sa fiabilité : on lui confiait tous les nourrissons. Après les enfants d'Antoinette, il y a eu ceux d'Henriette, et il y aurait encore la fille d'Élisabeth et Jehan. Et puis tous ceux de passage.

— Nous avons ici une perle, qui saura très bien s'en occuper. Allez donc le lui confier, proposait Elina, dès qu'un petit enfant dérangeait les adultes.

Pourtant, aucun d'entre eux ne remplaça Loulou, qu'elle avait élevée de la naissance à la mort, sans la quitter un seul jour, et n'avait pas su sauver. À chacun des anniversaires de cette terrible nuit, elle portait un bouquet de fleurs dans la crypte. Et encore des années plus tard essuyait une larme dans son tablier quand on parlait de la petite Loulou à la cuisine.

Quand Léonie déposa-t-elle Teddy Bear sur l'étagère du palier, tout en haut, pour qu'aucun enfant n'y touche ?

Sans doute quand Baudouin, le premier garçon de la fratrie, un gros bébé de sept livres !, lui fut confié, et commença à réclamer le nounours qui trônait sur le lit de sa bonne ? Il n'y avait pas tant de jouets que cela à V, et l'ours était si doux.

Léonie continua à le défendre contre tous les enfants qui, levant les yeux au passage, étaient irrésistiblement attirés par ses billes de verre sombre.

— Je voudrais juste le toucher. Pourquoi non ?

— C'est comme ça...

Il y avait là un non-dit évident, parmi tant d'autres, respecté par tous.

Les mites et la poussière viendraient plus tard, quand Léonie aurait disparu.

Pauline a raconté aussi la suite de l'histoire de Loulou.

Les vêtements de la petite défunte étaient restés dans l'armoire de la chambre commune, pour servir plus tard à ses sœurs : ils passaient directement de l'aînée à la suivante, et ainsi de suite, jusqu'à usure complète.

Il se trouve que Louise, au moment de sa mort, devait entrer au mois d'octobre suivant comme pensionnaire au Sacré-Cœur de Toulouse. On avait renoncé à appointer une institutrice à demeure : les Bavaroises catholiques, si réputées, n'étaient plus de mise après le traumatisme de la guerre, et on commençait aussi à parler d'économies. Angélina, qui finançait, en avait décidé ainsi, et leur mère n'avait rien à redire. Pour ses petites-filles, le couvent de Toulouse ferait presque aussi bien l'affaire. Elle gardait un si bon souvenir de ses années au Sacré-Cœur de Paris !

Il y avait donc dans l'armoire un trousseau complet, fin prêt, marqué par Léonie aux initiales de Louise.

Le gaspillage n'était pas dans les habitudes de la maison : puisqu'une pension était réservée et payée pour une demoiselle de V, on enverrait à la place Marie-Paule, la cadette. Sans s'arrêter au fait que l'âge d'admission était fixé à sept ans, et que les vêtements d'uniforme seraient bien trop grands pour elle. D'ailleurs, ils s'useraient et se déchireraient avant d'être vraiment à sa taille.

Marie-Paule aussi a supplié d'emmener Teddy Bear au Sacré-Cœur ; tout le monde avait trouvé cela ridicule, sa mère en premier : il ne fallait pas céder aux caprices des enfants.

Personne n'imaginait alors que ce départ obligé d'une petite fille de six ans était en réalité quasi définitif, car il orienterait toute sa vie future. Celle qui deviendrait Pauline au Sacré-Cœur s'y est vite acclimatée, même sans Teddy, et y a passé presque dix ans. Comme sa grand-mère avant elle, elle y a noué des liens pour la vie, de ces amitiés solides entre des filles condamnées à vivre ensemble nuit et jour, loin de leur famille. Elle y a découvert son goût pour la littérature, le monde des idées, une autre façon de vivre.

Sans jamais pourtant oublier Loulou, et la violence des circonstances de sa mort. À la fin du XXe siècle, elle en parlait encore, croyant discerner chez ses neveux et petits-neveux des ressemblances avec sa sœur disparue : le haut du front, quelque chose dans l'intonation de la voix, une imagination, une façon de raconter des histoires terrifiantes...

De cette année 1924, des paquets de lettres ont été conservés dans le cabinet des archives : des condoléances concernant Loulou ; assez peu, en comparaison du déluge saluant la mort de Robert presque dix ans auparavant. Toutes font référence au petit ange qui désormais protège sa famille du haut du ciel. Et beaucoup, beaucoup de félicitations pour la naissance de Baudouin, exactement dix jours après la mort de son aînée : on interprète cela comme un cadeau du ciel, bien sûr !

10

Tableau généalogique de la famille de V
signé d'initiales « CD » à l'avers de la toile

« On ne chante jamais aussi bien que dans les branches de son arbre généalogique. »
René Char

— Ouiii, admet Elina, un peu embêtée, elle n'existe plus. C'était une grande toile très abîmée, accrochée dans le grand escalier. Tendue sur un châssis de bois vermoulu. Quand l'agence m'a demandé de supprimer tout ce qui était trop personnel dans la maison, j'ai essayé de la décrocher : il n'y a que ça, des noms de famille, sur une généalogie ! Le cadre s'est complètement démantibulé, des morceaux de peinture se détachaient à chaque geste… Alors, je l'ai vaguement roulée et mise dans un coin des archives. Et le châssis a fini au feu.

Pia ne retient pas un rire ironique.

— Eh bien, c'est réussi ! Vous avez tout enlevé, et pourtant l'Américain connaît non seulement votre nom de famille, mais ce qui est écrit au revers ! Cela ne tient pas debout…

Un ton agressif qui étonne Elina.

— Elle n'est pas au catalogue, puisque j'ignorais son existence. Mais cette généalogie, même abîmée, peut intéresser beaucoup des familles mentionnées dessus ; il ne faut pas la laisser filer…

Silence d'Elina.

Il ne faudrait pas non plus que le fameux « grain de sable » redouté par l'agence provienne d'un excès de zèle de cette jeune femme, si charmante soit-elle. Alors que le temps presse.

— Allons voir ?

Pia se dirige la première, sans hésitation, vers ce « cabinet des archives », expression pompeuse pour un grand débarras de fond de couloir, fermé d'une porte de bois blanc dont la clé est perdue depuis longtemps. Mais qui la passionne depuis son arrivée : Elina a bien remarqué qu'elle y passait un temps fou, durant ses heures de travail à rallonge.

— Tant de détails à vérifier… Cette pièce est une caverne d'Ali Baba !

C'était vrai : depuis des générations, au fur et à mesure des décès et des successions, les V y accumulaient sur les étagères des boîtes, des papiers et des paquets. Des liasses de correspondance surtout, de toutes les époques, réunies par des ficelles de boucher, des rubans ou des élastiques cuits. Quelques parchemins, beaucoup de livres de comptes, des chemises et enveloppes de tous formats, aux couleurs pâlies, qui elles-mêmes en contiennent d'autres ; des plans cadastraux roulés ou pliés… Et encore des choses emballées dans les fonds de placard. Plus tout ce qu'Elina a elle-même fourré par-dessus, en attendant de trier, pour obéir à l'agence, parce que les noms de famille s'y affichaient trop lisiblement.

Elles entrent dans la pièce. Quelque chose a changé, qu'Elina saisit avant même de savoir quoi.

Voilà : tout est rangé, bien mieux aligné, beaucoup moins poussiéreux. Des piles de papiers en équilibre lors de son dernier passage – c'est elle-même qui les a fait dégringoler – ont été rangées dans des boîtes à archives toutes neuves, pourvues elles aussi de gommettes et de numéros. Des corbeilles d'osier – celles de la lingerie – rassemblent les cadres, les bénitiers, les crucifix.

La jeune femme est passée par là, y a consacré du temps, bien au-delà de sa mission. Était-ce vraiment utile, est-ce bien son rôle ? Et comment le lui dire ?

Elina se contente pour l'instant de manifester son étonnement, d'un regard circulaire.

— C'est un rouleau, où ai-je pu le fourrer…

Maintenant, elle s'en fiche de la retrouver, cette généalogie. Il suffira d'écrire « manquant » sur le tableau Excel du catalogue.

Insensiblement, l'approche de la vente a changé sa manière de penser : ce qui était précieux, important, urgent le devient de moins en moins. Une chape se soulève de ses épaules, bientôt elle ne sera plus responsable de rien.

Sans conviction, pour démontrer ses efforts, Elina envisage l'alignement d'étagères, de placards, ouvre une porte grinçante, soupire :

— Qu'est-ce qu'on va faire de tout cela…

Mais Pia ne se démonte pas, et ne s'explique pas plus.

— Je voulais justement vous en parler : si vous le désirez, nous pouvons confier ces archives, en toute confidentialité, à une structure *ad hoc* ?

Qu'est-ce que cela veut dire, « structure *ad hoc* », et pour quoi faire ? Elina ne répond pas. Son regard erre dans la pièce : l'accumulation, même bien rangée, reste décourageante. Et plus rien ne dépasse, aucune toile mal enroulée.

— Je me rappelle avoir déposé cette généalogie dans ce coin-là, à l'entrée, pour m'en occuper plus tard.

C'est-à-dire jamais, désormais.

— Ah, j'ai tout regroupé dans les placards du bas…

Le cylindre de guingois est bien là, facile à retrouver dans ce rangement militaire.

— C'est ça !

Pia se met à genoux devant, pour lui éviter de le faire. En tirant dessus pour le dégager, elle déchire un morceau de papier journal jauni, qui emballait une forme oblongue.

Et s'exalte.

— Pour les historiens, ces journaux anciens sont des trésors. On dirait un masque africain, à l'intérieur… Rien n'a bougé ici depuis un siècle, ce ne peut être une copie industrielle. Très recherchés en ce moment, les Arts premiers sont à la mode ! Il faudrait regarder mieux…

Elina s'interpose, l'arrête net :

— Ce n'est pas ce que nous cherchons pour le moment. Nous sommes là pour retrouver la généalogie…

— Très bien !

Une politesse contrôlée, toujours. La loupe, le mètre, la tablette, des gants et des gestes délicats pour dérouler la toile.

C'est un immense rectangle recouvert de peinture craquelée, avec des morceaux entiers manquants. Y figure une végétation foisonnante, où s'entrecroisent les blasons, les couronnes de comtes et de marquis, où s'étalent en lettres exagérément déliées des noms à plusieurs rallonges. Le tout piqué de trous.

— 163 centimètres par 101, des dimensions pas vraiment standards. Il y a en effet deux initiales, à l'avers : *CD*.

— Je n'ai aucune idée de qui cela peut être.

Et aucune envie de chercher non plus, à entendre le ton d'Elina.

Examen minutieux, dans un tourbillon de termes techniques : d'or, d'azur et de sable ; sinople, hermine et contre-vair ; bande, chef, chevron…

Mais, après cette inspection, Pia affiche une moue qui n'est pas dans ses habitudes.

— Une reconstitution du début du XXe siècle, sans doute inexacte : les codes héraldiques ne sont pas tous respectés. La peinture aussi est quelconque, et très dégradée : de la mauvaise qualité dès l'origine.

Enlève ses gants, avec un geste sec qui pourrait être du mépris.

— Je me demande bien comment votre acquéreur a eu connaissance de cette toile. Et surtout de ce qui était indiqué derrière. Vous rappelez-vous si elle figurait encore dans l'escalier avant la mise en vente ?

— Il me semble que je l'avais justement enlevée avant le passage du photographe, selon les instructions : vous savez, surtout pas de noms de famille…

Et ajoute, pour ne pas s'appesantir sur le sujet :

— Mais après tout, c'est possible ! J'ai eu tellement de choses à faire en même temps…

— On dirait que ce monsieur veut se fabriquer des ancêtres à bon compte !

— Eh bien, si cela lui chante ?

— En tout cas, cette généalogie n'apparaît pas sur les vidéos que j'ai vues, j'en suis certaine, moi, je l'aurais évidemment remarquée ! Et elle n'a pas d'autre valeur que sentimentale. Vous devriez la conserver.

Étonnante Pia, venue pour fabriquer des histoires à vendre sur catalogue, et qui maintenant renâcle à les partager.

— Que voulez-vous que j'en fasse ? Vous-même disiez que rien de tout cela n'est fait pour un petit appartement parisien...

Elina se garde de répondre aux autres questions, parce qu'il faut bien continuer le travail.

***

Pour le dixième anniversaire de leur rencontre, Clémence Daubenton avait voulu offrir à Charles de V une œuvre personnelle, représentant ce qui comptait le plus pour lui, sa famille.

C'était un travail de longue haleine, où elle avait mis tout son cœur. Plusieurs mois, et beaucoup de matériel pour ses moyens très limités.

Charles, mis au courant du projet, avait fourni la documentation : les recherches généalogiques faites autrefois par Amédée de V, l'armorial de la noblesse du Périgord, discrètement exfiltré de la bibliothèque, plus un bel ouvrage d'héraldique oublié à La Faval. À coups de nombreux dessins préparatoires au crayon de bois, Clémence s'était appliquée à reconstituer une dizaine de générations ayant vécu à V, en remontant jusqu'au Grand Siècle.

Comme la plupart des alliances s'étaient nouées à moins de dix lieues à la ronde, et dans un cercle restreint, tous les blasons des familles concernées figuraient dans l'armorial. Il suffisait de les reproduire, en essayant de ne pas se tromper entre les générations, les homonymes et les titres de complaisance.

Clémence ne cherchait surtout pas à faire preuve d'originalité : elle avait dessiné un arbre au centre de l'immense toile, un genre de chêne solide et noueux, riche en branches, rameaux et feuillages, sur un décor de ciel gris perle, traversé d'oiseaux multicolores. Hommage naïf à la force et à la pérennité de la famille de Charles, telle qu'elle la percevait.

Entre les motifs de décoration et les blasons, les mariages étaient signifiés par des lianes, d'où naissaient les feuilles représentant leurs postérités. Pour chaque personne répertoriée, des cartouches déclinaient les noms et les titres. Beaucoup de rameaux morts, enfants morts en bas âge, religieux sans postérité, et quelques inconnus, étaient figurés par des feuilles uniformément vertes, artistement fondues dans le paysage.

Dans le tronc central, des noms bien connus dans la province, aucune mésalliance. Jusqu'à l'apparition d'Angélina Hyvert, la mère de Charles. Celui-ci n'avait jamais pris conscience de ce fait dérangeant avant la composition du tableau généalogique, qu'il suivait chaque jour avec intérêt. On ne pouvait pas laisser une absence de blason au milieu de ce magnifique arbre ! Qu'à cela ne tienne. Par piété filiale, aussitôt il imagina des armes pour la famille Hyvert, faites de betteraves très stylisées qui pouvaient ressembler à des lances.

À chacune de ses visites à La Faval, il admirait et commentait. Cela lui faisait vraiment plaisir de posséder bientôt ce tableau monumental, avec une image complète des générations qui s'étaient succédé avant lui, pour les mettre sous les yeux de sa propre postérité. Une manière de s'inscrire dans la chaîne des générations, ce qui était devenu exactement le sens de sa vie.

Son nom à lui, Charles, figurait au centre, avec ses armoiries, « de gueules à chevrons de vair », face à celles d'Henriette, et son écu « au lys brisé sur franc-quartier » marquant la fameuse bâtardise royale.

Au-dessus, leurs enfants s'élancent vers le ciel, en branchages feuillus. Les trois aînées, Marie-Louise, le petit ange, Marie-Paule et Marie-Edmée. Puis Baudouin, leur premier fils, né en 1924, à qui il avait donné le prénom d'un glorieux ancêtre mort en croisade ; et Jehan, au début de l'année 1926. C'est Henriette qui avait choisi ce prénom sans qu'il puisse s'y opposer : celui de son père, le marquis, qui venait de disparaître.

La généalogie fut terminée en quatre mois de travail, juste à temps pour célébrer l'anniversaire de leur rencontre. Autour d'un bon monbazillac apporté par Charles, ils se remémorèrent la salle du sordide hôpital de Meaux, lui cloué dans son lit, ne sachant s'il pourrait remarcher un jour, et elle l'infirmière un peu plus âgée, émue de ses souffrances, de sa jeunesse.

— Je l'emporte ! avait triomphé Charles. Urbain me fera un châssis, en attendant que je puisse commander à Périgueux un cadre aux mesures.

On n'en sait rien, mais on peut imaginer que ce jour-là l'artiste avait osé, en baissant les yeux :

— Vous avez vu, mon ami, ce premier rameau dans votre descendance ? J'ai laissé la feuille toute verte, mais avec des nervures où on peut lire un « J ». Ce sera notre secret.

S'il avait remarqué ce détail-là, il en avait sans doute souri.

— Chacun a donc sa place, merci mon amie...

Urbain avait bien travaillé les jours suivants, la toile fut accrochée dans la montée du grand escalier, à hauteur d'yeux. Mme Daubenton, n'ayant jamais été invitée au château, ne vit sans doute pas son travail exposé. Et personne ne sait quels commentaires cette brusque apparition d'un tableau célébrant la famille avait attirés. Les puristes et les connaisseurs d'art s'en sont gardés aussi. En tout cas, très vite on avait jugé inutile de commander un cadre plus cérémonieux.

Des quelque vingt années que Clémence Daubenton passa à La Faval, dans la commune de V, il ne reste guère d'autre trace que ce tableau monumental, signé seulement de discrètes initiales à l'avers.

Son fils, prénommé Jean-Baptiste, né en 1915, était trop jeune à son arrivée en Dordogne pour apporter des souvenirs de sa petite enfance. On ne le connaissait dans le pays que comme « Jeannou », selon l'habitude très répandue dans le pays des sobriquets et des surnoms.

Comme sa mère, il vivait et grandissait sous un statut un peu bâtard : plus protégé, mieux habillé et plus instruit que les enfants du village. Il possédait des livres, pour rester seul et tranquille pendant que sa mère peignait, ou jouait du piano. Mais il parlait le patois avec le même accent chantant qu'eux, et les suivait dans les coteaux le dimanche. Comme eux aussi, il montait chaque jeudi après-midi au château pour suivre les leçons de catéchisme de Mademoiselle Thérèse. Cependant, le laitier le conduisait à l'école du Bugue, et un charretier appointé pour cela le ramenait le soir, tandis que ses camarades fréquentaient la nouvelle école laïque et républicaine de Saint-Cyprien, où ils allaient à pied par tous les temps.

Après sa grande communion, à l'âge où les petits paysans prennent des muscles et leur place à la ferme, Jeannou a disparu du pays. On disait qu'il poursuivait des études dans un collège; mais ce n'était pas celui de Sarlat, connu de tous. S'il revenait voir sa mère, personne n'en savait rien. On avait donc fini par l'oublier, lui aussi.

Le comte de V continua ses « tours de plaine » quotidiens, avec ses chiens courant en avant. La généalogie des descendants de Jugurtha, Douky et leur frère de La Faval, dont je n'ai pas retrouvé le nom, s'est, elle, tout à fait perdue ! Le comte poussa sa canne vers les bords de la Dordogne jusqu'à la mort de Mme Daubenton, en 1935. Et vendit La Faval tout de suite après, sans que sa famille n'en sût rien, pour refaire les toits de V.

Clémence souffrait depuis longtemps d'une « maladie de poitrine » : tuberculose, peut-être ? À la demande du château, sans doute de Thérèse, les sœurs de Sainte-Marthe venaient la soigner et l'accompagnèrent dans ses derniers moments. La dame n'ayant aucune famille connue, et son fils n'ayant pas réapparu en ce mois pluvieux de février 1935 où elle s'éteignit, épuisée, les sœurs s'occupèrent aussi de l'enterrement. Elle leur avait légué le peu qu'elle possédait, ses meubles et ses peintures rejoignirent le petit couvent.

Une pierre fut gravée pour elle dans le cimetière du village :

Clémence Daubenton
1879-1935
Requiescat in pace

Voici comment j'imagine que les choses ont dû se passer. Le souvenir de Mme Daubenton se perdit vite : personne ne fleurit jamais la tombe, et elle cessa tout à fait d'être entretenue avec la Seconde Guerre mondiale. Lorsque le froid terrible de l'année 1956 fit exploser la pierre gélive, comme celles d'autres sépultures abandonnées, la Mairie rassembla les restes, croix, plaques et pierres ébréchées, dans un enclos. Et attribua à des morts plus récents les espaces libérés. Lesquels se couvrirent de granit brillant, de déclarations d'amour en lettres dorées et de bouquets de fleurs plastifiées : c'est ainsi que les enfants de l'exode rural, devenus cheminots ou fonctionnaires, rendaient hommage à leurs défunts, quand ils revenaient au pays pour la Toussaint.

Dans les années 1970, les dernières sœurs de Sainte-Marthe quittèrent définitivement leur maison du village, après avoir fermé l'école qui perdait des élèves depuis longtemps. Il était devenu tellement facile, à bicyclette ou en voiture, d'aller jusqu'à la nouvelle école publique, construite juste de l'autre côté de la rivière !

Cette année-là, la kermesse de la paroisse se transforma en vide-grenier de l'ancien couvent, au bénéfice des œuvres de l'église : plusieurs aquarelles signées du nom de Clémence Daubenton y furent alors dispersées, au milieu des cartes de géographie, des gamelles du réfectoire et des crucifix.

Henriette de V, âgée et fatiguée, se sentait toujours obligée d'apporter sa contribution aux finances ecclésiales, et pour l'occasion descendit au village. Une expédition pour elle qui n'avait jamais passé son permis, et devait se faire conduire en 2 CV par le vieil Urbain pour tous ses déplacements. Lui, qui habitait toujours Le Logeau bien décrépit, rendait volontiers ce service.

Elle acheta six prie-dieu à faire rempailler, qu'elle laissa sur place. Et deux bénitiers pour la chapelle désaffectée de V : elle les trouvait jolis, et se doutait bien qu'ils avaient été offerts par le château au temps de la fondation de l'école. Peut-être ne remarqua-t-elle même pas les aquarelles, car la peinture ne l'intéressait pas.

11

Une grande table en noyer

« Déménager des meubles, c'était une chose ;
ses racines, c'en était une autre. »
Anne Sward

— La table de la salle à manger, en voilà une bonne idée ! commente Pia avec un entrain déplacé, en brandissant sa tablette. Surtout, qu'il la garde ! Cette table est immense, très lourde, et en mauvais état. Intransportable ! Elle a dû être faite sur mesure pour la salle à manger, et je ne suis même pas sûre qu'elle puisse en sortir entière ; ce n'est pas le genre démontable. Si ce monsieur n'en avait pas voulu, vous auriez sans doute dû payer pour la faire débarrasser ! D'ailleurs, s'il voulait bien conserver aussi les armoires à linge, les coffres en bois... Cela arrangerait grandement nos déménageurs.

Le spectre de la benne, toujours. Cela lui est égal maintenant.

Elles pénètrent ensemble dans la grande salle à manger poussiéreuse, désormais figée derrière les portes-fenêtres aux rideaux tirés.

Seules des gommettes colorées, ici et là, partout, rappellent le passage récent de Pia. Ponctuant le décor de notes multicolores, enfantines, incongrues : les hauts buffets, les dix-huit chaises – dix-huit ! – bien alignées, les chandeliers en rang d'oignon, les gravures au mur, le tapis d'Orient usé jusqu'à la corde, les porcelaines de Limoges, l'argenterie jusqu'à la moindre saucière… Tout a été décrit, évalué, répertorié, et attend maintenant son sort.

Dans cette pièce immense, seule une paire d'« hommes debout » – l'expression est de Pia, bien sûr – avec des portes sculptées « en pointe de diamant » a trouvé grâce à ses yeux, pour une estimation totale de 1 000 euros ; avec une collection de gravures signées Horace Vernet, à 200 euros chacune.

Les chaises Louis-Philippe, recouvertes des tapisseries de la tante Thérèse, ont été, elles, retoquées : trop vermoulues, irréparables, à la benne ! Et aussi le tapis élimé, effrangé, troué. Les services de table – tous incomplets et qui évidemment ne passent pas au lave-vaisselle – sont déjà relégués par lots dans des caisses de plastique, le long d'un mur.

— Voilà, dit Pia, le nez sur sa tablette, j'ai retrouvé les mesures de la table : 3,82 mètres de longueur pour 1,55 mètre de large, vous vous rendez compte !

— De quelle époque, à votre avis ?

— Oh, comme le reste. Elle a été fabriquée au XIXe par un menuisier local.

Sur cette table, un grand plastique jaunâtre recouvre une toile de protection, qui recouvre elle-même une nappe blanche damassée et brodée, mais piquée de moisi, splendeur déchue ; au-dessus d'un épais molleton lui-même troué par des brûlures de bougie.

C'est ce que découvre Elina en soulevant machinalement les couches successives, pour caresser le bois veiné.

— C'est curieux, on dirait qu'il y a des graffitis...

Chacune d'un côté, elles replient le lourd ensemble plastique-toile-nappe-molleton, pour faire apparaître le plateau.

Des graffitis, en effet, et aussi des taches d'encre, des giclures partout, en plus des brûlures rondes des bougies qui ont réussi à traverser le molleton.

— Il y en a jusque sur les montants des pieds !

Accroupie sous la table, la lampe de son téléphone allumée, Pia décrypte lentement :

— Alfred, Maria... c'est illisible, peut-être Suzanne ? Mado, Berthe...

Elina, sans se baisser autant, répond de l'autre côté :

— Dédé, Jeannou, Félix... Ces prénoms ne me disent rien du tout.

— Il y a des écritures différentes, pas toujours très habiles : ce sont des enfants sans doute. Et aussi des initiales gravées au couteau : *BC, LL*... En tout cas, voilà qui rend la table inutilisable à bois nu. Pas de chance, c'est la mode en ce moment ! Même en ponçant, l'encre est trop incrustée, depuis trop longtemps, pour disparaître. Je vous propose de remettre toutes les couches de protection, et de décider que nous n'avons rien vu, cela vous va ? Puisque la table reste ici, en l'état.

— Voilà un problème résolu. Allons prendre une tasse de thé !

Elles sont d'accord, contentes de l'être, et contentes aussi de quitter la salle à manger froide, sinistre avec ses volets fermés.

***

Cette table destinée à la nouvelle salle à manger, Angélina de V l'avait imaginée de forme ovale, montée sur de jolis pieds tournés avec un système de barres coulissantes pour adapter sa taille au nombre de convives, en ajoutant des rallonges les jours de grande réception.

En somme, une copie de celle du couvent de la rue de Varenne, à Paris, qu'elle trouvait très élégante dans sa jeunesse.

En 1877, au moment où les peintures des nouvelles pièces de réception se terminaient, Elina attendait son quatrième enfant. Jusqu'à la veille de la naissance, elle était là sur le chantier, aussi large que haute, à surveiller tous les détails, donner ses ordres aux artisans, d'une voix douce et sèche.

— Il faudrait regonder tout de suite les portes de chêne ; n'oubliez pas de bien fixer les encoignures.

— Les caisses où sont rangés les tableaux sont là, ne pas les déplacer !

— Attention aux peintures neuves surtout en transportant les meubles ! Ensuite il faudra fabriquer une très grande table, aux mesures de la pièce...

Elle n'avait pas eu le temps de préciser ses consignes pour la table, car un petit garçon était né le soir même. On l'ondoya à l'aurore, et Thaddée mourut le lendemain.

Pas d'autre trace de son passage si rapide sur cette terre que son prénom suivi d'une croix, sur le livre des baptêmes de la chapelle, document commencé avant la construction de celle-ci. Il n'est donc pas enterré dans la crypte.

Comme à chaque naissance, Madame ne réapparut pas avant ses relevailles.

Pendant ce temps, le menuisier travaillait. Comme il savait le faire, et sans doute avec tout son cœur, vu les circonstances. La comtesse voulait une très grande table ? Fort bien ! Il choisit de longs et larges billots de noyer, coupés quelques années auparavant dans les bois de Sallegourde, qui séchaient dans une grange de V. Un bois à la fois dur, résistant et facile à travailler. En tira un immense plateau rectangulaire, soigneusement poncé, qu'il posa en équilibre sur huit pieds à section carrée, augmentés de renforts croisés. Stable et solide !

Tout était fini en moins d'un mois, il était content de lui. Et présenta aussitôt sa facture à monsieur le comte, réputé bon payeur.

Quand Elina revint sur le chantier terminé, en acceptant d'un sourire les condoléances gênées des ouvriers, elle se trouva devant le fait accompli : Adèle s'était chargée de découper un molleton aux bonnes dimensions, et la table, recouverte d'une nappe blanche, damassée et chiffrée, était déjà en service.

Passé la déception, l'ennui de ne pas tout maîtriser, et peut-être à cause du chagrin de deuil, Elina se résigna. Et décida de commander à Paris un tapis d'Orient – la facture est dans les archives – pour donner un peu plus d'élégance à la pièce. Mais toute sa vie elle considéra cette table avec regret, envisageant plusieurs fois d'en faire refaire une à son goût.

C'est pourquoi, le jour où sa fille Thérèse, qui avait alors déjà passé la cinquantaine, imagina de faire entrer dans la pièce les enfants du catéchisme – une bande de petits paysans en galoches boueuses –, sous prétexte qu'il pleuvait dru, et qu'elle vit Adèle apparaître chez elle, toute rouge, pour lui demander d'intervenir, Elina temporisa.

— Cette pauvre Thérèse... Faire le catéchisme, c'est toute sa joie, cela l'occupe ! Et quand il pleut ainsi... Il suffit d'enlever la nappe du déjeuner, de rouler le tapis et de garer les objets fragiles aussi, bien sûr...

Quand Mme la comtesse disait « il suffit de... », il fallait faire. Et ce n'était pas un petit travail, à recommencer chaque semaine.

Par chance, Thérèse approuva.

— C'est parfait, les enfants travaillent mieux sur le bois brut.

On ne résistait pas impunément à Thérèse ; ni au service de Dieu. L'habitude était prise, pour longtemps.

Un groupe d'enfants, plus de filles que de garçons, s'était constitué autour de la demoiselle. Les jeudis après-midi, qu'il fasse mauvais ou pas si chaud, ils s'installaient désormais dans la salle à manger. Albertine était même priée de servir du pain et des confitures à la fin de la leçon. L'hiver, il y avait souvent aussi du chocolat chaud. Et des corbeilles de merveilles, ces beignets de pâte frite et sucrée adorés des enfants. La cuisinière était contente de les gâter, ces petits qu'elle connaissait presque tous, certains étant apparentés à sa famille. Peut-être aussi que, pour s'opposer à Adèle, elle était prête à tout ?

Les enfants apprenaient des prières, coloriaient des images pieuses, les garçons dessinaient des tableautins d'histoire sainte, et les filles en brodaient au point de croix. Thérèse passait commande aux Éditions de la Bonne Presse, à Paris, en quantités impressionnantes. C'était une pédagogie innovante pour le temps ! Beaucoup sont restés sur ses étagères.

Comme la demoiselle ne pouvait rien porter, elle donnait mission aux habitués, les plus sages, souvent des filles de l'école des sœurs, d'aller chercher tout cela dans son petit salon.

— Tout est préparé sur ma table à ouvrage…

Il fallut donc aussi s'habituer à voir les enfants passer et repasser dans le hall, circuler dans le château. Pour transporter des livres, le goûter, demander du papier à Madame… Ils en profitaient, bien sûr, pour s'égarer dans les escaliers, regarder et parfois toucher les merveilles du château, pour les décrire chez eux le soir. Peut-être même chaparder un mouchoir au passage, on n'en sait rien.

Pendant les leçons, quand Mademoiselle se lançait dans une de ses homélies, la tradition s'était établie : les plus grands s'occupaient à écrire, vite, en catimini, leurs initiales ou leur prénom sur le bois de la table ; à l'encre ou au canif selon les possibilités. Leurs aînés passés là avant eux avaient fait la même chose.

Pour oser cela, il fallait être arrivé au bout du parcours, la préparation de la grande communion, et savoir qu'on ne reviendrait plus ici. C'était une manière de laisser une trace de son passage, de prouver aux suivants son courage. Peut-être aussi de s'approprier un peu du château avant de ne plus pouvoir entrer ?

Même avec sa mauvaise vue, Thérèse avait bien dû s'apercevoir que la table de la salle à manger était de plus en plus constellée de taches d'encre, ce qui pouvait être involontaire. Mais aussi ornée de prénoms volontairement gravés. Bien sûr, Albertine et Léonie, qui tous les jours pliaient et dépliaient des nappes pour mettre le couvert, le savaient également. Mais s'en plaindre, cela aurait été faire alliance avec Adèle, et ses perpétuelles récriminations contre le sale, le poussiéreux, le gras ! Alors elles se taisaient, faisant en sorte que personne d'autre n'ait l'occasion de voir la table nue.

Même Jeannou, le petit de La Faval, avait inscrit son nom sur la table, ou plutôt dessous, juste avant de quitter le pays. L'enfant, toujours tiré à quatre épingles, bien élevé, curieux de tout, était devenu le petit homme de confiance de la vieille demoiselle : il arrivait parfaitement à l'heure, lui qui n'était pas assujetti à des travaux agricoles. Se proposant de « tout préparer », aller chercher ce qui manquait, disposer les images, porte-plumes, remplir les encriers. Et il était le dernier à partir après avoir rangé.

Au château, on avait pris l'habitude de le voir déambuler à travers les pièces, et même de lui demander des services, qu'il rendait volontiers. De la cuisine à la salle à manger, pour aider Albertine ; à travers les corridors pour aller chercher le tricot de Mademoiselle, au salon pour porter du bois, en saluant Monsieur, et de nouveau à la bibliothèque, pour transmettre une commission ou rapporter un jeu. Jeannou s'acquittait de ces tâches avec politesse et discrétion, tout le monde l'aimait bien. Il a bien dû arriver, un été, à l'heure du café, lorsque les dames du château attendent à l'ombre du tilleul que tombe la chaleur, en cousant ou tricotant, qu'elles parlent entre elles de ce Jeannou.

« Il connaît tous les recoins de V, à force de s'y promener !

— Les albums photo semblent le passionner, il n'en avait jamais vu... Je lui ai donné la permission de les regarder.

— Oui, il est malin comme tout, ce Jeannou, et il sait se tenir à sa place. On voit bien qu'il n'est pas d'ici ! devait renchérir Elina. »

Elle a gardé ancrée jusqu'à la fin de sa vie la certitude que les gens du Nord sont plus travailleurs, plus intelligents, plus efficaces que ceux du sud de la Loire.

Jeannou se volatilisa autour de ses douze ans.

— Il a quitté le village pour aller aux études, renseignèrent ses camarades, qui n'en savaient pas plus.

Eux aussi disparaissaient du château après leur communion, remplacés par des plus jeunes. « La grande communion » marquait la fin de l'enfance, et souvent du catéchisme. Il n'était plus obligatoire, et les parents rappelaient les enfants à leurs devoirs : dans les métairies, à l'époque, on avait besoin de tous les bras, pour le soin des bêtes, l'ébourgeonnage du tabac...

Thérèse semble n'avoir jamais fait de commentaire sur la disparition de Jeannou. Elle ne s'en offusqua pas publiquement, elle qui tenait tant à ce que les enfants restent sous sa gouverne le plus longtemps possible, comme une assurance pour leur futur paradis. Sans doute en savait-elle plus que les autres sur ce qu'il était devenu ? C'est seulement pendant la Seconde Guerre mondiale, avec la pneumonie qui allait l'emporter, que la vieille demoiselle renonça au catéchisme, et que les enfants cessèrent de monter au château. Ils étaient de toute façon devenus beaucoup moins nombreux.

Et plus jamais on n'enleva le molleton et la nappe de la table. Albertine était déjà morte, Adèle disparut juste après sa maîtresse : la rivalité entre elles s'éteignit ainsi. Léonie, demeurée seule domestique à demeure, avec des femmes à la journée, a fermé la salle à manger au début de la guerre, « en attendant » des jours meilleurs. Sur ordre d'Henriette, qui ne mangeait rien et détestait depuis toujours les longs repas cérémonieux présidés par sa belle-mère.

— La petite table de l'office est bien suffisante maintenant. Léonie aura moins de travail pour monter faire le service !

Mais Léonie ne renonça pas à attendre des jours meilleurs : elle prit l'initiative de protéger la table nappée de blanc, prête à reprendre du service. À la lingerie, il y avait encore quelques grandes pièces de métis-à-faire-des-torchons ; apportées du Nord dans le trousseau de feue Mme la comtesse, sur lesquelles Adèle avait gardé la haute main toute sa vie. Une toile épaisse, aux marges terminées d'une double bande latérale rouge ; assez longue et large pour recouvrir entièrement la table jusqu'aux pieds. Ainsi fit Léonie, avec la satisfaction d'une revanche. Ajoutant en prime par-dessus, après la guerre, une bâche de plastique ; le nec plus ultra de la modernité, parce qu'elle ne retenait pas la poussière.

Il se passe encore quelque chose dans l'histoire de cette table de noyer, qui devrait vous toucher particulièrement !

À l'annonce du mariage de Jehan et Élisabeth, en juin 1952, il y a grand ménage au château. Les temps ont changé, il est décidé d'organiser un lunch sur la terrasse, en plein air, commandé à un traiteur de Saint-Cyprien. Car bien sûr il fera beau !

Reste ce qu'Henriette appelle « le dîner de contrat », la veille au soir, même s'il n'est pas prévu de contrat de mariage. Il s'agit d'accueillir les invités venus de loin. Les deux frères Savary et plusieurs cousins feront le voyage vers ce Sud-Ouest lointain pour entourer « Zabeth », benjamine d'une famille un peu foutraque que le deuil ne semble pas accabler. Tandis qu'au contraire les absences sont criantes autour d'Henriette, qui reçoit seule : Charles est mort depuis quatorze ans maintenant, Baudouin, son fils aîné et chef de famille, a quitté la France pour Saigon quelques mois auparavant ; Pauline et Marie-Edmée, ses filles, arrivent de Paris au tout dernier moment, pour repartir aussitôt après la cérémonie. Sa belle-sœur Antoinette pas plus que que sa nombreuse descendance n'ont pas prévu de faire le déplacement.

— 8, 9... La table de l'office ne suffira pas pour asseoir tout le monde, il faut ouvrir la salle à manger...

— Je m'occupe de tout ! clame la future épousée, avec un peu trop d'empressement.

Sa belle-mère, à près de soixante-cinq ans, n'a jamais eu son mot à dire sur la conduite de la maison ; et, un peu vexée, s'en découvre incapable, face à ce maelström de jeunesse.

— Faites comme vous voudrez...

Élisabeth ne veut surtout pas de nappe blanche – jaunie en plus, avec des auréoles – c'est tellement démodé ! Elle décide de laisser apparent le bois de noyer ciré, avec des sets de table taillés à la va-vite dans la toile de métis, qui semble faite pour cela, avec ses bandes rouges. Bien sûr, elle a vu les taches et les graffitis, mais ne s'en étonne pas plus que cela : dans cette maison, tout est en si mauvais état ! Des guirlandes de lierre en cacheront l'essentiel. Et puis, à la lueur des chandeliers d'argent, haut perchés sur la table, on ne verra pas grand-chose.

Henriette, elle, découvre cette mise en scène baroque une heure avant le dîner. Jamais auparavant elle n'avait vu la table nue ; ni jamais mis le couvert d'ailleurs ! Il faut l'imaginer, avec son chignon discipliné à grand renfort d'épingles, son collier de perles et sa broche au revers du tailleur. Tendue, déjà épuisée par les festivités à venir, elle fait le tour de la pièce. Ses yeux se fixent sur les sets effrangés, disposés sous les assiettes et les couverts d'argent armoriés. Elle aperçoit ensuite une tache, et la gratte du bout de son ongle verni... De plus en plus fort : le vernis s'écaille, mais rien à faire, l'encre est incrustée dans les nervures du bois. Elle découvre alors qu'il y en a partout, partout...

Pas difficile pour elle de comprendre ce qui s'est passé : les petits drôles de Thérèse... De vieilles rancœurs contre sa défunte belle-sœur lui remontent au cœur, à la gorge. Au moment précis où tout le monde arrive pour le dîner.

Faute de véritable éducation, et par manque de confiance en elle, Henriette s'est toujours appuyée sur ce qu'on lui a inculqué : les formes, les apparences, le protocole, l'étiquette, elle en a tout un arsenal : cela va de la formule de politesse qui termine une lettre à la révérence des petites filles, en passant par la place des verres à table ou à la chevalière, au petit doigt gauche, jamais à droite. Des repères inaltérables, presque des commandements divins, jamais remis en question. Alors, ces manquements accumulés au savoir-vivre la bouleversent littéralement : *Comment cette petite Élisabeth peut-elle m'avoir fourrée dans une situation pareille ? Franchement, des torchons, des graffitis et du lierre, avec les fourmis qui vont avec, pour une réception de mariage !*

Sourire crispé, les poings serrés pour dissimuler ses ongles écaillés, la honte au front – au sens propre du terme, ses oreilles lui chauffent –, Madame de V essaie d'accueillir aimablement chacun. Mais personne en ce soir de fête ne la trouve ni accueillante ni gentille ni sincère.

Les festivités passées, Henriette racontera à Léonie ce qu'elle a découvert. Léonie ne donne aucune explication, mais étouffe encore un peu plus l'affaire, c'est-à-dire les graffitis. Elle pose une pièce neuve de métis sur la nappe blanche, bouillie et rebouillie à la cendre. Et de nouveau le plastique par-dessus. C'est ainsi qu'il n'y aura plus jamais de repas dans la salle à manger.

12

Albums photographiques

(XIXe et XXe siècle)

« Ce n'est point dans l'objet que réside
le sens des choses, mais dans la démarche. »
Antoine de Saint-Exupéry

— Tous les albums photo sont ici même, dans la bibliothèque. Regardez dans les rayonnages de gauche, il y en a plusieurs dizaines…

Comme la pluie persistait, elles avaient établi leur quartier général dans la bibliothèque. La seule pièce ayant bénéficié du confort d'après-guerre, avec un canapé Lévitan en velours râpé et une table basse, achetés par Jehan contre tous les principes de la maison. Il y avait aussi une connexion électrique suffisante pour supporter la vieille bouilloire qui leur fournissait leurs litres de thé. Le tout passible de la benne. Elina avait ajouté une petite enceinte portable apportée dans sa valise à roulettes.

— J'ai toujours eu besoin de musique, pas vous ? Je ne supporte pas le silence ici, au propre comme au figuré…

Pia ne répond pas, occupée à déplacer bruyamment un pan entier d'étagère, étalant les albums sur la table basse.

Avec une certaine brusquerie, elle commente :

— Autant dire qu'il veut tout ! Votre Américain achète carrément votre histoire. Je les connais, ces albums, j'ai fait les estimations. Il y a là l'âge d'or des daguerréotypes et de la photographie d'art : le milieu du XIXe siècle, au temps où les clichés étaient suffisamment rares et précieux pour être présentés ainsi, encadrés dans des pages cartonnées. Regardez donc ! Ces reliures de cuir, ces surimpressions de bronze doré, ces fermoirs sophistiqués… Les plus anciens valent chacun plusieurs centaines d'euros !

Trop de bruit. Elina renonce à lancer sa playlist, tant pis pour Schubert et Satie. Regarde en silence la jeune femme qui déploie par ordre chronologique des albums de cuir rouge, brun, vert.

Pia reprend avec plus de douceur :

— C'est une véritable mise en scène de votre famille, avec des portraits, des groupes très composés. Cette série-là, un par an de 1866 à 1938, presque sans interruption, est une mine de renseignements. Et pour la période suivante, le XXe siècle, il y a des photos d'amateurs en noir et blanc, très touchantes… Malheureusement pas très bien classées, ni toujours légendées. Elles se sont décollées de leurs supports.

Plante son regard sérieux dans celui d'Elina, qui vacille.

— Je ne vous demande pas si vous voulez les garder, madame ! Acceptez simplement d'y jeter un œil, pour savoir ce qu'il y a dedans. Vous déciderez ensuite.

— Allons-y... Mais je vous ai dit que je n'avais aucun souvenir de tout cela, et aucune envie de fouiller maintenant dans la mémoire de V.

Elina s'en aperçoit très vite, la jeune femme, qui pose une main de propriétaire sur chaque couverture, sait parfaitement tout ce qu'il y a dans ces gros livres.

— Les plus anciens, période italienne. Un de vos aïeuls y a passé une partie de sa vie : cela tient du guide de voyage, du livre d'art et d'archéologie, avec un petit côté carnet mondain du *Figaro*. Une vraie valeur historique ! Je pensais d'ailleurs le présenter ainsi au catalogue : la collection permet de bien documenter la période de la chute des États pontificaux. Cela pourrait même intéresser un musée.

— Oui...

— Là, c'est une série familiale, assez répétitive : des groupes sur le perron, des enfants en robe de baptême, col de dentelle, costume marin... un déluge de chantilly ! Beaucoup de portraits signés du même studio de Périgueux. Mais jamais renseignés : on ne sait pas de qui il s'agit, même si parfois on le devine... C'est de la très belle qualité : le procédé au bromure donne des détails d'une précision inouïe. Voyez cette superbe couleur sépia, l'épaisseur des pages ; les bords sont biseautés et dorés, les fenêtres liserées de rouge, je n'en ai pas vu souvent d'aussi jolis.

Elina, poliment, feuillette. En repensant à la polonaise qu'elle avait dû arrêter au milieu d'un mouvement.

— Tout un monde disparu, en effet, dont je ne sais rien...

Pia est déjà devant la pile suivante.

— Ensuite, nous voilà quelque part entre les deux guerres : fini le photographe de Périgueux, la chambre noire, les clichés posés. C'est l'époque des premiers appareils photo compacts : les photos sont développées dans un laboratoire de Saint-Cyprien, qui fait sa pub sur les pochettes. De tout petits formats en noir et blanc, avec des marges blanches festonnées. La qualité n'est pas la même.

Elle tourne les pages avec délicatesse, on dirait même de la tendresse. Les minces intercalaires de papier cristal se sont plissés ou déchirés ; les coins de carton laissent échapper les photos, qui se désapparient de leurs légendes, rédigées d'une écriture fine et serrée.

— Si nous les mettions au catalogue, ce serait autour de 10 euros l'album, pas plus… Pour vous, il y a quelque chose d'amusant à remarquer : rien dans le décor de V n'a changé ; on retrouve la façade, la terrasse, le perron… et à l'intérieur, exactement les mêmes meubles aux mêmes endroits ! Tandis que les visages, eux, changent, apparaissent et disparaissent.

— Eh oui, les pierres, les meubles et les objets ont une vie bien plus longue que celle des humains…

— C'est bien pour cela qu'ils ont beaucoup de choses à nous dire !

Pia devient philosophe, en s'arrêtant sur les minuscules photos brillantes, d'un doigt pointé :

— Il faudrait savoir exactement qui est qui, en quelle année…

— Si ces albums vous plaisent tellement, et qu'ils ne valent rien, prenez-en un qui vous plaît, propose tout d'un coup Elina, sans réfléchir. En souvenir de votre travail ici, vous l'avez bien mérité !

Pia lève le nez, se détend, éclate de rire.

— Oh, non, ce serait carrément une faute professionnelle ! Mais je suis touchée que vous le proposiez… D'ailleurs, justement parce qu'ils ne valent pas cher, si vous décidez de les laisser au catalogue, je serai peut-être sur les rangs pour en acheter un ou deux au moment de la vente.

Sagement, elle reconstitue la pile à sa place, comme si elle se reprochait d'avoir montré un intérêt démesuré.

Elina prépare deux tasses de thé, et s'apprête à relancer sa musique.

— Attention, madame, de ne surtout pas renverser de liquide dessus ! Et puis, il y a les derniers albums… Après guerre, démocratisation, période Kodacolor, Polaroid… Et là, c'est l'anarchie : des tas de photos mélangées, sans noms ni dates. Les couleurs ont passé, elles sont souvent floues, mal cadrées. Il n'y a que V qu'on reconnaît toujours…

Pour attirer l'attention d'Elina, elle tapote la dernière pile.

— Sauf cet album de toile beige, certainement réalisé par un professionnel, même s'il n'y a pas de nom. Avec une pochette plastique de négatifs.

Et, l'air de ne pas y toucher :

— Les photos d'un beau mariage à V… Peut-être celui de vos parents ? Il y en a un autre entier datant de 1953, très joli aussi, consacré à un bébé dont le nom est indiqué en couverture : *Elina*…

Laquelle Elina tend une main un peu tremblante.

— Oh ! Montrez-moi ça. Je ne les ai jamais vus…

***

Ces albums jamais terminés, ces souvenirs soigneusement rassemblés puis laissés en l'état, c'est la marque d'Henriette de V. À la fois appliquée et inconstante ; et peut-être le symbole de sa vie. Depuis son arrivée à V, en 1917, jusqu'à sa mort en 1977, Henriette a cherché à bien faire, luttant sans cesse contre elle-même, ses faiblesses, ses regrets, ses sentiments d'échec ou d'imposture. La dépression, pour employer un mot d'aujourd'hui.

– Cette pauvre Henriette..., disait-on souvent en parlant d'elle.

Les premières années d'Henriette à V semblent avoir été calamiteuses, sur fond de guerre qui s'éternise pour Charles, de deuils successifs – sa mère disparait en 1918, sans qu'elle ait pu la revoir –, seule entre une belle-mère à l'énergie redoutable et une belle-sœur venimeuse. Avec des difficultés économiques qui ne se disent pas encore.

D'Henriette, je n'ai retrouvé que des mots de remerciements ou d'excuses, sans avis personnel ni émotion. Henriette était éternellement gentille, comme Charles était réputé toujours aimable. Gentille mais peu affectueuse, cachant ses élans ; d'une piété pétrie de devoirs et de culpabilité. Sans une once de méchanceté ou de jalousie, mais si timide. Tout cela, qui la rend à la fois vulnérable et attachante, se devine un peu dans les albums photographiques.

La jeune femme commence, avec son mariage, une série de grossesses rapprochées pas toujours menées à leur terme. Et quand elle y parvient, ce sont des bébés trop gros pour sa constitution étroite, qu'elle peine à porter et à mettre au monde. Surtout, en plus de migraines récurrentes, elle supporte des nausées qui durent jusqu'à l'accouchement, et l'épuisent bien au-delà.

Aujourd'hui, on connaît mieux l'hyperémèse gravidique, qui touche une petite minorité de femmes : des vomissements sévères entraînant perte de poids et déshydratation, qu'on combat avec des médicaments antinauséeux. Mais Henriette n'était suivie que par une vieille sage-femme désemparée, surnommée Pipette, dont les tisanes ne servaient pas à grand-chose. Après les naissances rapprochées de ses trois filles, une série de fausses couches précoces et répétées sont peut-être des tentatives de Pipette pour soulager sa patiente de nouvelles grossesses : dans le cabinet de toilette d'Henriette, il y a encore toute une pharmacopée sous clé, où figurent des poudres de colchique, de grande ciguë, de laurier-rose, tous réputés poisons violents. Henriette s'est justement beaucoup désolée du décès de Pipette. Hasard ou non ? Impossible à dire.

Après la naissance des héritiers mâles, Baudouin, en 1924, et Jehan, en 1926, Mme de V semble en meilleure santé. Elle atteint la quarantaine, qui la met à l'abri d'une fécondité débordante ; et son époux s'est installé tant bien que mal dans son rôle de patriarche. Surtout, la comtesse douairière commence à décliner, et sa belle-fille gagne sa place, toujours dans l'ombre.

On lui concède certains rôles mineurs, comme justement celui de convoquer le photographe de Périgueux, de commander les tirages des photos, d'encadrer les meilleures. Bien minuscule prise de pouvoir, pour ce qui concerne finalement surtout ses propres enfants !

Pendant dix années environ, et autant d'albums de cuir brun, vert ou rouge, c'est une succession de groupes rassemblés sur le perron autour de la reine mère, les enfants rangés par ordre de taille, et les domestiques admis sur les marches. Interdiction de sourire devant l'objectif, il ne faut pas gâcher la pellicule ! Le dernier album du genre est daté de 1934. Question d'économie ou disparition du photographe ?

Un appareil photographique, un des premiers Leica 35 mm, le remplace, que Charles est seul à maîtriser : à partir de ce moment-là, au-delà des photos posées, on ne voit plus Charles, mais les enfants grandir, la mode changer, les domestiques se raréfier, des inconnus apparaître, dont personne ne saura jamais qui ils sont. Et les sujets d'intérêt se multiplier aussi, avec par exemple les premières automobiles de V, ou bien des portées de chiots autour de leur mère, un comice agricole... Angélina a tout à fait disparu des photos, elle ne sort plus de sa chambre. Henriette gère comme elle peut – mal – ces monceaux de clichés.

Jusqu'au drame de 1938. Une année charnière dans l'histoire de V.

Charles, comte de V, est victime d'une hémorragie cérébrale, que le médecin attribuera – peut-être – au traumatisme crânien subi pendant la Première Guerre. L'éclat d'obus incrusté depuis vingt-cinq ans sous son cuir chevelu se serait-il déplacé ?

Il meurt à cinquante-trois ans, en remontant le coteau sous un grand soleil, précédé de ses chiens. Ce sont eux qui, hurlant à la mort, avertissent le village et le château.

Henriette se retrouve brutalement veuve, et encore plus malheureuse. C'est donc que le couple ne marchait pas si mal ?

Ses enfants, Paule, Edmée, Baudouin et Jehan, s'échelonnent, au moment de la mort de leur père, entre dix-neuf et douze ans. Ils sont tous dispersés, pensionnaires à Toulouse et à Sarlat. Elina glisse vers la sénilité, soignée par Adèle tout aussi âgée que sa maîtresse ; et Thérèse, désormais courbée à l'horizontale, a renoncé à se mêler de tout.

Henriette, pour la première fois de sa vie, se retrouve seule en première ligne. Elle qui n'a jamais pris de décision, ni donné beaucoup d'ordres. Le deuil, autant que ce coup de projecteur brutal, réactive ses migraines, qui la laissaient plutôt tranquille.

Premier coup de théâtre de ce mois de mai 1938 qui en voit tant à V : Antoinette Latour de Rocque, apprenant par télégramme la mort subite de son frère, annonce sa venue aux obsèques, accompagnée de sa fille, Amélie. Tout le monde l'ignorait, elle avait gardé des relations épistolaires personnelles avec Charles, dernier lien entretenu avec sa famille d'origine. Elle est là dès le lendemain, avec sa fille : c'est une copie de sa belle-mère en plus jeune qu'Henriette doit accueillir, et supporter :

— Rien de plus simple : quatre heures de train, un seul changement à Angoulême. Merci d'avoir envoyé Urbain avec la voiture pour me prendre à Périgueux, mais j'aurais pu continuer jusqu'au Buisson...

La tante Toinon n'est pas revenue à V depuis 1920, et la célébration des morts de la famille autour d'une plaque de marbre à la chapelle.

Elle va bientôt atteindre ses soixante ans, et c'est une maîtresse femme, imposante dans tous les sens du terme. Elle dirige une exploitation reconnue, sinon prospère ; démontre, elle, une conscience aiguë des difficultés du temps. Ses garçons poursuivent tous des études loin de Cognac : rien que cela étonne, ou détonne à V... Les relations toujours difficiles avec Angélina se sont beaucoup distendues avec le temps, mère et fille s'accusant mutuellement de ne pas s'aimer, pas assez ou pas assez bien. Elina reproche à sa fille de ne jamais lui rendre visite – ou hommage ? – tandis que Toinon continue à ruminer sa rancune.

Il est bien trop tard pour des retrouvailles : personne ne sait vraiment ce qu'Elina saisit de ce qui se passe ; son grand âge et sa démence la protègent des explications. Tandis que Thérèse marmonne pour elle-même, le nez dans son giron. Un accueil plutôt froid !

Les chers Albertine et Abel, autrefois cœur battant de la maison, ont disparu. Toinon connaît à peine sa belle-sœur, et les enfants de son frère. Qui reviennent eux aussi, sidérés et anéantis par la nouvelle. Pourtant, Antoinette retrouve immédiatement ses marques à V, et sa complicité avec Léonie, qui de fait mène désormais la maison.

Face au chaos des premiers jours de deuil, la tante prend naturellement la main. Faisant ce qu'elle sait faire, organiser : les bouquets de fleurs pour l'église, l'envoi des faire-part, le repas des funérailles, l'accueil des visites de condoléances... Grâce à elle, paradoxalement, V maintient les traditions.

Amélie, aux côtés de sa mère, joue aussi son rôle. Fille unique pourvue de nombreux frères, elle a un sens aigu de la famille, et « la langue bien pendue », dit-on, c'est-à-dire l'habitude de dire les choses.

— Allez, venez me montrer votre chambre !

Elle touche au cœur ses cousines, Paule et Edmée, qu'elle a connues toutes petites, en évoquant les souvenirs de Marie-Louise, la sœur aînée dont plus personne ne parle jamais. Amélie s'occupe aussi de Baudouin et Jehan, elle a l'habitude ! Pour les soustraire à l'atmosphère pesante de la maison, elle siffle les chiens de Charles – oui, elle sait très bien siffler – et emmène les enfants dans le parc, sur les traces des histoires et des jeux des grandes vacances d'autrefois, qu'elle sait si bien raconter. Et puis, Amélie ne sait que trop ce que signifie la disparition d'un père, et entoure de chaleur les quatre nouveaux orphelins. Grâce à elle, ils font tout de suite l'expérience intime que la vie peut et doit continuer, que c'est possible si on le décide.

Au-delà du choc de cette mort brutale, le véritable tournant dans l'histoire familiale se situe à l'ouverture du testament de Charles, quelques jours après les obsèques. Il faut imaginer la scène, telle que Pauline l'a racontée plus tard.

Le notaire a invité – on pourrait dire « convoqué » – Madame de V seule à l'étude, tous ses enfants étant mineurs. Sans proposer, comme c'était l'usage, et comme l'aurait fait son propre père, de se déplacer lui-même à V.

Henriette, petite silhouette perdue dans ses voiles noirs, est conduite à Sarlat par Urbain, sans doute aussi malheureux qu'elle. C'est une des premières sorties de la nouvelle traction avant couleur bordeaux réceptionnée par Charles peu auparavant.

Un vieil hôtel particulier du centre médiéval abritait alors l'étude de maîtres Eymerie père et fils. Alfred Eymerie est mort deux ans auparavant, mais son portrait à favoris domine le bureau sombre. Un vieux monsieur charmant, qui n'avait rien à refuser à la comtesse douairière, devenu pour elle un conseil et un ami. C'est désormais Paul Eymerie, son fils, qui occupe l'immense bureau de chêne, et referme la porte capitonnée derrière Mme de V.

— Il s'agit d'une succession dans la succession, puisque madame votre belle-mère est toujours de ce monde, et conserve son usufruit. C'est donc à vous qu'il reviendra d'annoncer les dispositions faites par votre époux à ses héritiers, qui ne prendront effet qu'à la disparition de leur grand-mère.

Où l'on redécouvre ce qui a toujours été, c'est-à-dire que les V obéissent, en matière d'héritage, au principe du droit d'aînesse de l'Ancien Régime. À charge pour leurs hommes de loi d'imaginer une manière légale d'accommoder cela à la sauce républicaine. Pour ne pas démembrer la propriété familiale, il fallait à chaque génération écarter quelques héritiers.

Amédée avait ainsi transmis la nue-propriété du château, meubles et immeubles, parc, bois et terres à son fils Robert, qui l'avait lui-même transmise à Charles en mourant à la guerre. Mais c'est maintenant que les autres dispositions sont connues : Elina, considérant que les dots reçues par ses filles constituaient leur héritage, a également déjà fait donation à son fils de ses biens personnels. C'est-à-dire les fameuses affaires du Nord, qui constituent l'essentiel des revenus familiaux.

Vingt ans après la Révolution soviétique, on ne parle même plus des titres russes apportés en dot par Henriette, qui ont été dénoncés par les bolcheviks et ne produisent plus d'intérêts. L'histoire est classée, après tant d'échanges aigres-doux entre le marquis de Raveilh et la comtesse douairière sur le sujet.

Il s'agit d'assurer à l'héritier – mâle, bien sûr – les moyens de « reprendre » V dans une période difficile, où les revenus agricoles ne suffisent plus à entretenir le château.

Charles, comme durant toute sa vie, s'est à son tour conformé aux traditions : dans un testament déjà ancien, il attribue V tout entier à son fils aîné, Baudouin, en même temps que ce qui reste des titres du Nord pour assurer le train de maison. Dédommageant son fils cadet, Jehan, avec La Faval, comme on l'avait fait pour lui. À ses filles, il laisse une métairie chacune : Malmussou et La Ladière, situées sur les hauteurs pierreuses des coteaux. Mais entre-temps La Faval a été vendue ; et les deux fermes inhabitées tombent en ruine.

Le vieux notaire avait joué en maestro avec les lois et les valeurs déclarées, mais l'inégalité est flagrante entre les quatre héritiers. Son fils, frais émoulu de la faculté de droit, la découvre en direct et reste un peu interloqué. Tout en se gardant bien de déjuger son père.

Jamais Henriette n'a été associée aux affaires de V, et elle ne peut mesurer tout de suite la portée de ces dispositions. Ni l'héritage de dissensions familiales que reçoivent ses enfants en même temps que les pierres. Pour elle-même, il n'y a rien, puisque l'usufruit appartient toujours à sa belle-mère, dont elle héritera plus tard. Elle ne s'en formalise pas.

Enfin, avec les revenus dont il disposait déjà de fait depuis des années, le généreux Charles a multiplié les donations, et les rentes, petites et grandes ; en faveur des domestiques âgés, des sœurs de Sainte-Marthe, d'associations d'anciens combattants... La liste est longue, que la veuve laisse se dérouler, toujours hébétée.

Sans écouter grand-chose du discours de ce jeune homme poli, Henriette patiente dans son fauteuil ; les larmes aux yeux, comme à chaque fois que l'on évoque le défunt.

Car le testament comporte une autre bombe, celle-ci à fragmentation lente.

— « Et ma montre de gousset, à remettre à Jean-Baptiste D de V, né le 20 décembre 1915. À l'adresse ci-jointe. »

Parmi tous les legs particuliers, il y a cette montre, que Charles tirait sans cesse de son gilet pour la consulter, dans un geste déjà terriblement démodé.

Ce jeune homme de vingt-quatre ans, Charles l'a reconnu comme son fils naturel devant notaire, le même vieil Eymerie, en octobre 1920. En lui reconnaissant le droit de porter son nom, même si cela n'a aucune valeur juridique.

Là est le véritable coup de poignard, qui fait vaciller Henriette.

Né en 1915 ! C'est-à-dire qu'avant leur rencontre et leur mariage Charles avait déjà un fils. Dont il ne lui a jamais parlé, alors qu'elle-même ouvrait son cœur, et ses sentiments encore saignants pour Hubert. Un fils aîné, reconnu bien avant la naissance de leurs fils communs.

Qui s'appelle Jean-Baptiste, comme son Jehan à elle ou presque.

Ce n'est pas tant l'existence de ce jeune homme illégitime, sans aucun droit sur l'héritage, qui la blesse. Sans doute le savait-elle sans le savoir, certainement en a-t-elle déjà entendu parler, notamment à travers les méchants sous-entendus de Thérèse. Chaque jeudi après-midi, durant des années, elle a eu l'occasion d'observer le garçonnet brun et râblé. Comme il n'existe aucune photo de lui (sauf s'il figure parmi les portraits d'inconnus pris par le Leica ?), on ne peut pas juger aujourd'hui de sa ressemblance avec son père naturel. Peut-être y en a-t-il une ? Les enfants de Charles tiennent tous beaucoup de lui, même ses neveux ; et plus tard ses petits-enfants aussi.

Henriette est surtout crucifiée par le manque de confiance et de considération de Charles envers elle : cette révélation abolit *post mortem* le pacte passé entre eux au temps de leurs fiançailles. Même sans posséder beaucoup de notions de psychologie, elle s'explique sans doute le mal-être qui l'avait écrasée au début de son mariage, et les silences de sa belle-famille. Elle ignorait la bigamie de Charles, mais en avait souffert toute sa vie. Il y a une phrase à la fin du paragraphe, adressée à elle en particulier, pour clore le sujet et qu'elle ressent comme une insulte :

> *« Ma chère épouse comprendra que je n'ai fait que mon devoir d'état en prenant soin de cet enfant et de sa mère, lesquels ne sont pour rien dans les vicissitudes de la guerre. »*

Le jeune notaire, lui, a bien conscience de l'affront. Peut-être encore plus qu'elle ! Il se garde de mentionner un codicille antérieur, devenu caduc avec la mort de Clémence Daubenton : la dame recevait à vie la jouissance gracieuse de La Faval, avec les revenus des noyers situés derrière la maison.

Il n'est pas encore habitué à ces coups de théâtre feutrés qu'offrent parfois les successions, il a pitié, et suggère d'une voix douce :

— Chère madame... La mère du jeune homme est morte, et la dernière adresse connue de celui-ci, déjà très ancienne, est à l'étranger. Je me permettrais donc de vous conseiller de n'en parler à personne. Surtout pas aux enfants mineurs de monsieur le comte.

Silence humide d'Henriette.

— Vous me ferez passer cette montre, à l'occasion, et notre étude se chargera de l'envoyer à qui de droit. Voici une copie du testament, à toutes fins utiles...

Fin de l'entrevue, mais pas des émotions.

On peut imaginer dans quel brouillard « la pauvre Henriette » prend congé, se tord les chevilles sur les pavés de la vieille ville noire, pour rejoindre Urbain place de la Grande-Rigaudie.

Le testament, c'est sans doute elle qui l'a rangé tout au fond d'une armoire du cabinet des archives, le rendant presque introuvable. Sauf à tout passer en revue comme je l'ai fait.

Au retour, la tante Toinon accueille sa belle-sœur décomposée. L'emmène au salon, portes fermées, lui fait boire un peu de cognac qu'elle a apporté, avec des gâteaux secs. Et pose des questions directes, en la bousculant un peu.

Elle aussi, comme Charles, est concernée par la succession de leur mère, puisque Marguerite est morte sans héritiers, que Thérèse a déjà eu sa part du pactole et qu'on ne parle plus d'Auguste. Elle sait bien qu'Angélina est arrivée tout au bout de sa longue vie, et se doute que les deux successions sont liées.

Henriette fournit un exposé honnête et naïf de ce qu'elle a appris chez le notaire. De tout, sans exception, texte à l'appui.

C'est donc ainsi, sous une lampe tamisée, en croquant ses gâteaux et en auscultant le document, que Toinon comprend. Le plus jeune de ses frères avait déjà l'entière disposition de la fortune de leur mère, et l'a largement dilapidée. Cette fortune dont même une petite part l'aurait tant aidée à affronter ses difficultés financières, celles d'hier et de demain.

Mme Latour de Rocque quitte brusquement V le lendemain avec sa fille, le menton haut, sans rien en dire. Au grand dam de Paule et Edmée, qui durant ces quelques jours avaient trouvé en Amélie une grande sœur, une confidente attentive.

La rupture est consommée entre les deux branches de la famille, par une lettre douloureuse qu'Antoinette écrira dès son retour en Charente. Cette lettre est rangée dans la correspondance d'Elina, au milieu des condoléances. Mais comment savoir si elle a été lue, et surtout comprise ?

Les enfants de Charles apprendront tout cela plus tard, par fragments. Car Henriette, formée sans le vouloir par sa belle-mère, considère que ses enfants sont trop jeunes pour des explications. Jamais l'on ne parle d'argent en famille, ni des choses importantes.

Finalement, se leurre-t-elle, rien ne changera dans la vie quotidienne de la famille. Il leur faut simplement, tous, apprendre à vivre sans Charles : lui disparu, qui faisait le lien avec le monde alentour, c'est l'univers de chacun qui se rétrécit. Il faudra aussi faire des économies, mais personne ne le réalise encore.

13

Argenterie armoriée

« Le plaisir est l'objet, le devoir est le but de tous les êtres raisonnables. »
Voltaire

Deux mots en forme d'exclamation.

— L'argenterie armoriée ?

Pia fait mine de s'étrangler devant la liste du notaire bordelais, qu'elle connaît pourtant par cœur. Et persifle :

— Décidément, tout s'achète et tout se vend... Ce monsieur veut s'attribuer vos armoiries, c'est évident ! Bientôt, vous verrez, si vous le laissez faire, il dira qu'il descend de la famille !

— Et bien, si cela lui fait plaisir ? Il n'y a pas de quoi en être fier...

Sans y connaître grand-chose, Elina sait déjà que même l'argent massif, si lourd, si difficile à entretenir, ne la couvrira pas d'or. Mais elle devine d'où vient cette curieuse exigence : des vidéos sur le site de l'agence.

Le réalisateur en charge de ces films devait être un documentariste rentré, accro de la mise en scène :

une de ses séquences les plus réussies caresse lentement au soleil couchant les hautes vitrines de bois foncé de l'office, façon *Downton Abbey*. Reflet de l'anglomanie immodérée du XIXe siècle.

L'objectif s'était attardé sur des éclats d'argent dans la lumière, les courbes des plats ronds, ovales, creux, à couvercle... des théières, des saucières, des soupières, des dessous-de-plat, des sucriers, des chocolatières.

— Rien de tout cela ne sert plus depuis longtemps, mais il a fallu tout faire briller pour les photos et les vidéos...

La dernière image de la séquence zoomait sur des blasons entrelacés au revers des fourchettes, surmontés d'une couronne.

Pia hoche la tête, toujours contrariée.

— Il y a surtout beaucoup d'écrins vides, notamment les ménagères de couverts. Dommage, c'est sans doute ce qui se vend le mieux. Et j'ai vérifié les poinçons : l'essentiel est assez ancien, en mauvais état. Beaucoup de ruolz, utilisé dans les années 1880. Un alliage de nickel, cuivre et argent, qui se dégrade vite. Et surtout de grosses pièces, difficiles à utiliser.

Moue désabusée.

— Laissez-les-lui...

— Je vais vous faire plaisir, Pia ! J'ai un souvenir précis concernant ces couverts, et une explication...

Pia se métamorphose, lève les yeux de sa tablette et sourit pour écouter le précieux souvenir.

— En plus de mon père, ma grand-mère avait deux filles, que je n'ai jamais vues. Mais j'ai entendu des heures de conversations au téléphone avec elles : dans mon enfance, il y avait un appareil fixe en bakélite noir, qui trônait dans le hall. Les voix montaient dans l'escalier en colimaçon, jusque sur le palier. Qui, vous le savez, dessert les chambres d'enfants, où je dormais. C'était souvent des disputes : une fois, ma grand-mère rappelait à l'une d'elles tout ce qu'elle lui avait donné, à la petite cuiller près. Une douzaine de fourchettes, des grandes et des petites, une louche, une pelle à tarte, etc. C'était un inventaire à la Prévert, tellement incongru ! Donc, si les écrins sont vides, c'est que les couverts ont été donnés. Et vous voyez, l'argenterie ne rend pas forcément heureux…

— Je continue à penser que…

Elina ne lui laisse pas le temps d'exprimer cette pensée.

— Allez, on emballe l'argenterie !

***

Au moment du mariage d'Henriette, en janvier 1917, dans le wagon retenu par la famille de Raveilh, banquettes capitonnées et rideaux à pompons, pour aller de la gare de Limoges à celle du Buisson, il y avait aussi le volumineux trousseau de la mariée. Très volumineux, puisque les caisses occupaient la moitié de l'espace. Linge de maison – draps, nappes et serviettes par douzaines –, vaisselle de Limoges, cristaux, batterie de cuisine en cuivre, et argenterie. Beaucoup d'argenterie : des plats de toutes les formes, aiguières, pots, vases, bonbonnières... dont un imposant surtout de table ; des couverts par douzaines : à poisson, à asperges, à foie gras, à gâteaux... Il y avait aussi du mobilier : le salon Louis XV de la grand-mère du Parc-aux-Cerfs (on connaît maintenant sa provenance, mais bien difficile de la prouver !), le serre-bijoux Louis XVI, un bonheur-du-jour, un secrétaire Louis-Philippe, et d'autres meubles encore qui n'ont pas laissé autant de souvenirs.

La comtesse douairière fut très sensible, paraît-il, à ce faste peu fréquent en Périgord. C'est un peu du Grand Siècle qui débarquait à V ! On donna aussitôt une place d'honneur dans le grand salon aux fauteuils tapissés de *Fables* de La Fontaine.

L'argenterie était gravée des armoiries entrelacées des futurs époux. De la même façon qu'elles avaient été brodées sur les draps, les nappes et les serviettes.

La présence de ces armoiries, signifiant l'alliance de deux lignées, était habituelle. Mais revêtait une importance particulière pour le marquis de Raveilh.

Celui-ci, n'ayant que trois filles, se désolait haut et fort que son nom, ses armes, sa lignée, sa gloire « tombent en quenouille », comme il disait en tordant curieusement un coin de sa bouche. C'est-à-dire disparaisse avec leur mariage, puisque les femmes prennent évidemment le nom de leur mari. Cette absence d'héritier mâle avait imprégné toute son existence, avec des reproches incessants à son épouse et à ses filles ; le marquis avait la fâcheuse habitude de blâmer ce que d'autres auraient simplement regretté. En gros, il rendait la vie impossible à sa famille, tout le monde le savait. Peut-être est-ce même une des causes de la disparition prématurée de la marquise. Dès les fiançailles d'Henriette, il avait décidé que l'un de ses futurs petits-fils « relèverait le nom ». Raison pour laquelle on avait fait graver, broder, chiffrer, peindre partout où cela était possible le blason des Raveilh. Une sorte de joker à saisir, de pari sur l'avenir !

La jeune mariée, en commençant par pondre trois filles, comme sa propre mère, ne s'était pas pliée aux désirs paternels : le marquis ne s'était donc jamais déplacé pour faire la connaissance de ses petites-filles. Et il n'avait pas eu la satisfaction, avant de mourir à son tour, de connaître ses deux petits-fils, Baudouin et Jehan, lequel portait son prénom.

Henriette semble n'avoir jamais désobéi à ce père dictatorial. Elle a vécu dans le strict respect des valeurs inculquées, et du patrimoine familial : le salon royal, les draps brodés, les couverts armoriés en font partie, et l'ont entourée durant toute sa vie. Ils ne lui appartiennent pas en propre, mais sont faits pour être transmis. Alors, logiquement, à son tour et très tôt, elle organise leur répartition entre ses enfants. D'autant que ce sont les seuls biens qu'elle possède, après que sa dot en emprunts russes a été balayée par la révolution. Selon des critères très « genrés », les garçons auront les terres et les pierres, et les filles des draps et des couverts. Chacune d'elles reçoit dès l'enfance, pour chaque anniversaire, un ensemble fourchettes-cuillères-couteaux de toutes les tailles, agrémenté d'une saucière ou d'un plat. Le tout prélevé sur ce qu'elle a apporté en se mariant, sans toucher au fonds de la maisonde V, qui appartient d'office aux garçons. Manière de constituer leur futur trousseau de mariage, comme sa mère l'a fait pour elle et ses sœurs.

On ne sait ce que sont devenus les couverts offerts à Loulou jusqu'à sa septième année. Mais Paule possède une ménagère complète dès ses douze ans, dont elle n'a que faire. Elle, ce qu'elle aime et désire, ce sont des livres, des livres et encore des livres, elle n'en a jamais assez ! Dès l'adolescence, Paule est considérée comme l'intellectuelle de la famille. Et ce n'est pas forcément un compliment.

— Elle tient de son grand-père ! disait Angélina, la bouche en cul-de-poule.

Référence aux recherches historiques d'Amédée, et peut-être surtout à sa propension à s'extraire des conversations familiales, un livre ouvert entre les mains. Est-ce que cela rassure vraiment Henriette, face à cette jeune étrangère rebelle que devient sa fille aînée ?

Au Sacré-Cœur, Marie-Paule a découvert la littérature, la philosophie des Anciens, le pouvoir des mots, tous ces outils qui permettent de penser par soi-même, au-delà de soi-même. Une fois dévorée la bibliothèque de V, qui contient surtout des chartriers reliés, des histoires régionales et des livres de piété, mais aussi les œuvres complètes de la comtesse de Ségur et de Jules Verne, la jeune pensionnaire rapporte pour les vacances des piles de livres, trouvés dans les rayonnages expurgés du couvent, ou échangés entre élèves sous le manteau : Emily Brontë et Jane Austen, Marcel Proust, Dostoïevski, Tolstoï... Et même Virginia Woolf, dont j'ai retrouvé une traduction française publiée en 1929, annotée par Pauline à quinze ans.

Au moment de la mort de son père, qui coïncide pour elle avec la fin du pensionnat, elle se fait déjà appeler Pauline, comme pour se réinventer en dehors de sa famille. Aînée par défaut, toujours amputée de Loulou, elle n'est pas non plus le garçon qu'attendaient tant ses parents, comblés ensuite par la naissance de ses deux frères. Pauline a fait son refuge – une chambre à soi ! – de la minuscule pièce de la nursery que Léonie a quittée pour s'installer sous les combles, chez Albertine. Lorsque les portes claquent, elle s'y enferme avec ses livres, fuyant un cercle familial qu'elle commence à trouver étroit, et supporte mal.

— Quel caractère difficile..., soupire Henriette.

C'est sans doute Pauline qui souffre le plus durement de la mort de son père : avec lui, elle avait commencé à parler poésie et musique, à se sentir reconnue dans ses intérêts. Elle confie son chagrin, ses révoltes, ses détestations et ses rêves de voyages dans des cahiers, comme en tenaient souvent les jeunes filles. Les premiers d'entre eux, heureusement pour nous, ont été cachés ou oubliés tout en haut de l'armoire de cette chambre. C'est dans ces pages que Pauline a éprouvé sa capacité d'écriture, de concentration et d'analyse. Juste deux mois après la disparition de son père, elle est reçue à son deuxième bachot.

— Première de la famille !

Encore une initiative qui a dérouté sa mère : à la fin des années de pensionnat, il était possible, mais pas forcément encouragé, de se présenter aux deux bachots de l'instruction publique. Avec Monique, sa chère amie toulousaine, Pauline a tenté le coup, et elles ont réussi toutes les deux !

Hélas, plus personne pour apprécier le défi, la féliciter vraiment. Et énième accrochage entre la mère et la fille, sur un sujet qui émaillera toute leur vie. Pauline, priée de monter dans la chambre de sa mère pour lui rapporter un mouchoir, avait vu un document officiel ouvert sur le secrétaire. Il concernait la succession de son père. Prenant le temps de décrypter les termes juridiques, apprenant ainsi qu'elle était nue-propriétaire de la ferme de Malmussou, gérée par sa mère et tutrice en attendant sa majorité. Il n'y avait pas que les couverts en argent dont elle ne voulait pas...

— Mais que voulez-vous que je fasse de cette métairie ?! lance-t-elle, furieuse, à sa mère en redescendant.

Plutôt que de dénouer l'affaire, Henriette sermonne sa fille pour avoir regardé des papiers qui ne lui étaient pas destinés.

— Mais cela me concerne !

Henriette soupire, sentant monter sa migraine.

— Ma chérie, ce ne sont que des papiers. Il faut bien prévoir l'avenir, avec une administration si tatillonne. Bien entendu, tu seras toujours chez toi à V. Regarde ta tante Thérèse...

— Justement ! Puisque c'est comme ça...

Nouvelle insolence, nouvelle porte claquée.

Bien sûr, Pauline savait depuis toujours que V reviendrait à l'aîné des garçons, son frère cadet. Qu'elle et sa sœur étaient destinées à suivre un mari ailleurs. Que si elles ne se mariaient pas, elles devraient se contenter du statut peu enviable de la tante Thérèse.

Justement, Pauline ne veut pas se marier, elle a d'autres projets.

Son diplôme à peine arrivé, elle annonce sa décision :

— Je veux suivre des études supérieures de lettres, en Sorbonne.

— Comment ? À dix-huit ans ! Tu ne te rends pas compte des conditions de la vie à Paris, et pour quoi faire ? s'affole sa mère, qui a raison de la prendre au sérieux.

Mise devant le fait accompli, Mme de V ne s'oppose pas, ne s'impose pas ; ce n'est pas dans ses habitudes. Elle s'inquiète, se ronge. Depuis la mort de Charles, chacune de ses décisions est sous surveillance de sa belle-famille. Mais elle aime sa fille, sait bien que la vie dans une maison en deuil, en attendant un mariage hypothétique, ne peut lui suffire. Se retient de dire que le succès au bachot lui monte décidément à la tête. Mais pas de penser parfois qu'un bas bleu, avec un tel caractère, trouvera difficilement un mari.

Et répète comme un mantra :

— Ma pauvre chérie, ce n'est pas possible, j'en suis vraiment désolée...

Il n'y a aucun précédent autour d'eux, aucune jeune fille de leur connaissance à suivre. Henriette elle-même n'a aucune expérience, qui est passée directement, à vingt-neuf ans, de la tutelle de ses parents à celle de son mari.

Mais, coup de théâtre, Pauline a réponse à tout : l'oncle Raoul accepte de les loger, elle et Monique, dans son grand appartement de la rue du Bac à Paris. Les deux jeunes filles pourront ainsi s'inscrire à l'université.

— Comment le sais-tu ?

— Amélie s'est occupée de le lui demander.

K-O pour Madame de V, qui ne savait rien des lettres échangées depuis des années entre les deux cousines, entre le couvent du Sacré-Cœur de Toulouse et la rue du Bac, à Paris.

Une lettre d'invitation arrive bientôt à V, en bonne et due forme. L'abbé de Survigny a gardé des liens protocolaires avec la famille de sa défunte épouse. Même s'il n'est jamais revenu à V, et n'a jamais rencontré ses neveux après la Grande Guerre, il envoie chaque année ses vœux à sa belle-mère.

— Avec comme chaperon un ecclésiastique membre de la famille, il n'y a plus rien à redire...

En réalité, l'oncle Raoul ne fait qu'étendre son hospitalité aux enfants de Charles, après avoir accueilli ceux d'Antoinette. Mais les deux belles-sœurs n'ayant plus de relations depuis l'affaire du testament, Henriette ne peut pas le savoir.

Joseph, Antoine, Amélie, Pierre et Xavier Latour – ils n'utilisent plus guère la seconde partie de leur nom – ont habité ou habitent encore rue du Bac, parfois avec des amis. Au fil du temps, l'appartement est devenu une sorte de coopérative de jeunes gens, avec dîner commun le dimanche soir et règles de vie décidées à la majorité. Le vieil abbé, réfugié dans son presbytère plus calme, recouvre tout cela de son onction. Pour lui, c'était une manière de ressusciter les mœurs de l'armée de sa jeunesse ; avec sa nièce, habituée à s'occuper de ses frères, jouant le rôle de « cantinière ».

Cette vie dans ce kibboutz avant l'heure, qu'Amélie évoque souvent dans ses lettres, et qu'elle va bientôt quitter – elle est fiancée avec un autre Xavier, ami de son frère aîné –, Pauline en a toujours été fascinée, en a beaucoup rêvé. Le moment venu, elle a osé demander si la chambre d'Amélie, pour Monique et elle... Amélie joue volontiers les intermédiaires, et l'oncle accepte.

Il ne se rend pas compte encore de l'aventure dans laquelle ils s'embarquent tous !

Au mois d'octobre 1938, Pauline quitte donc V avec une lourde valise. Outre ses chers bouquins et ses cahiers intimes – pas tous, heureusement pour moi –, elle emporte un véritable trousseau imposé par sa mère : des chandails tricotés pour affronter le froid du Nord, de longues chemises de nuit et des chemisiers brodés, avec deux jupes noires de deuil. Et bien sûr, sa douzaine de couverts armoriés.

Les deux filles éprouvent, rue du Bac, un mode de vie original. La vie collective y est sommaire et chaleureuse, faite de débrouillardise, d'entraide, de discussions et de musique. Pour Pauline, qui n'a jamais connu que V et la pension, c'est un grand souffle d'air frais, de liberté ! Les deux étudiantes sont enchantées aussi de la Sorbonne, du Quartier latin, de la variété des cours, de la richesse de la bibliothèque, des rencontres dans les cafés…

À peine un an plus tard, Edmée rejoint sa sœur à Paris, pour remplacer Monique. Qui durant ces quelques mois parisiens, a trouvé – excellente – chaussure à son pied, et va bientôt se marier. C'est Henriette, cette fois-ci, qui encourage sa fille à partir, nantie de sa douzaine de couverts réglementaires. Parce qu'il n'est pas correct, pense-t-elle, de laisser Pauline seule à Paris : les deux sœurs se chaperonneront mutuellement.

Une de ses rares lettres est destinée à l'abbé de Survigny, sur ce sujet. Cette lettre est restée rue du Bac.

« Je vous sais gré, mon cher Oncle, de ce que vous faites déjà pour ma petite Paule, et de recevoir Edmée. Après les

événements douloureux que nous avons vécus, je sais que vous saurez les accompagner, de toute votre expérience et toute votre piété. Et forme des vœux pour que ce séjour parisien leur permette de bonnes rencontres. Avec toute ma reconnaissance et mon affection, etc. »

Il n'est pas interdit de penser que Mme de V espère aussi pour ses filles le même dénouement matrimonial que l'amie Monique ! En ce mois de septembre 1939, les deux filles sont reparties ensemble pour Paris, après un beau mariage toulousain.

Chaque rentrée universitaire apporte des changements rue du Bac, cela fait partie du jeu : Joseph est entré à l'École militaire de Saint-Cyr, et Antoine parti en Angleterre étudier les procédés de distillation du brandy. Amélie, désormais mariée, habite quelques numéros à peine plus loin dans la rue du Bac, un petit appartement sous les toits. Pierre et Xavier, les cadets de la famille Latour, s'installent dans l'appartement pour « faire leur droit », en même temps qu'Edmée.

Tous, anciens et nouveaux habitants, se retrouvent régulièrement rue du Bac, et contre toute attente les couverts des filles y sont bien utiles ! Des liens se créent durant ces années-là entre les cousins, qui dureront toute leur vie. Des habitudes et des secrets aussi, une confrérie de jeunesse excluant le vieil oncle, et leurs mères respectives.

Mais que va faire Edmée à Paris ? Ou plutôt Marie, car elle aussi veut transformer son prénom pour sa nouvelle vie. Personne ne semble vraiment se poser la question. Elle, elle est d'abord heureuse de retrouver sa sœur : aussi différentes de caractère qu'elles soient, Pauline et Marie ont besoin l'une de l'autre.

— On lui trouvera des occupations, assurent en chœur Pauline et les cousins, qui n'en ont jamais manqué.

Marie n'a pas passé son bachot, ne montre pas d'intérêt particulier pour la littérature qui passionne sa sœur, ni une autre matière. Sur prescription d'une cousine de Sarlat, très lancée dans les œuvres, Henriette décide d'inscrire sa fille à l'École ménagère de la rue Monsieur. Cet institution des Filles du Cœur de Marie, financé par des industriels du Nord, travaille à l'éducation des futures maîtresses de maison, et à « la restauration de la famille dans tous les milieux ».

— Cela tombe bien, c'est tout près de la rue du Bac !

Pour la première fois, Marie éprouve, dans le regard des hommes de la rue, celui des vendeuses du Bon Marché ou des amis du dimanche soir, qu'elle est jolie, avec un charme particulier. Personne ne le lui avait jamais dit, ni à V ni au couvent. Elle a hérité des yeux clairs de sa grand-mère, des cheveux mousseux de sa mère, et du caractère simple et jovial de son père ; le Charles d'avant-guerre, celui qu'elle n'a pas connu. Et elle a un immense appétit de vivre, de rire, de danser... Paris, dans ces conditions, est pour elle aussi un éblouissement ! À peine arrivée, pendant que sa sœur commence studieusement une licence, elle coupe court ses cheveux, se fabrique une nouvelle garde-robe. Saisit toutes les occasions de s'amuser, développe ses talents de séductrice aussi.

À peine l'année commencée, la guerre est déclarée. Les garçons plongent d'un coup dans une nouvelle réalité : Joseph sert comme officier à Saumur, Antoine est mobilisé comme aspirant ; leurs cadets brûlent d'en faire autant. Rue du Bac, on est suspendu aux événements, mais les filles n'envisagent pas une minute de rentrer à V. La vie s'organise, pendant cette « drôle de guerre », autour des discussions et des passages. Marie, pleine de bonne volonté, se charge volontiers du ravitaillement, qui va peu à peu devenir la préoccupation principale de la vie quotidienne. Henriette, inquiète, envoie quantité de colis de confits de canard, de confitures, de chaussettes tricotées. Ils sont partagés, comme les couverts d'argent noircis de n'être jamais entretenus, avec les étudiants qui se multiplient autour de la table de cuisine : là germe un esprit de résistance à la poussée hitlérienne, dans le terreau scout mâtiné de chevalerie familier aux Latour.

Pauline manie volontiers ces idées-là, mais se fait du souci pour Marie. Marie qui ne met guère les pieds rue Monsieur, qui s'est agrégée à une petite bande fréquentant des cabarets où l'on joue du jazz toute la nuit. Sa sœur cherche « l'oubli d'elle-même » dans ses nuits germanopratines, selon les mots de ses cours de philosophie. Les frères Latour, consultés, sont du même avis. Et que dirait le vieil oncle, s'il savait...

Alors, quand le très sérieux Xavier amène rue du Bac son ami et condisciple Hubert Merray, et que celui-ci lui avoue un coup de foudre pour la pétulante Marie aux yeux bleus, la conjuration des cousins se met en place. De dimanche soir en dimanche soir, à table avec l'argenterie de famille, car la cuisine n'a rien d'autre à proposer, ils poussent Marie et Hubert dans les bras l'un de l'autre. Pour eux, il s'agit de neutraliser l'influence des jazzmen pacifistes.

Hubert est drôle, charmant. Il n'a pas de particule, mais provient d'un monde agricole angevin rassurant. Le garçon se révèle prêt à tout pour Marie, bien au-delà du rôle qui lui a été dévolu : il va « se laisser entraîner » par Marie, et pas seulement dans les caves de Saint-Germain-des-Prés. Tous deux veulent profiter de leur liberté, de la vie. Ils vont aussi applaudir la fameuse *Revue nègre* au théâtre des Champs-Élysées. À l'entracte, on leur raconte que la meneuse, Joséphine Baker, vient d'acheter un château en Périgord.

> *« Le saviez-vous ? écrit Marie à sa mère, il y a une célébrité à quelques kilomètres de V: c'est une négresse qui habite le château des Milandes ! »*

Henriette a rangé la lettre en soupirant, sans chercher à en savoir plus. Les parents d'Hubert, eux, vont en recevoir une autre un peu plus tard, où leur fils annonce son échec à ses examens ; ils sont très mécontents, ce n'est pas pour bambocher qu'ils ont envoyé leur héritier à Paris, alors que tant de jeunes hommes sont mobilisés.

À V, on vit presque en autarcie, sur les productions des métairies ; on ne manque de rien, même si les repas de cochon et de rutabagas deviennent répétitifs. De la guerre, il n'arrive que des échos lointains : pas de TSF au château, peu de journaux et de nouvelles. La traction avant a été réquisitionnée, Urbain est devenu plus jardinier que chauffeur, et voilà tout. Là où avant guerre vivaient à demeure une douzaine de personnes, demeurent cinq femmes, avec la sœur de Sainte-Marthe qui vient chaque jour soigner les malades. Henriette, sa belle-mère sénile et sa belle-sœur alitée vivent dans une intimité obligée qu'elles détestent autant les unes que les autres. Ce n'est guère mieux entre Adèle et Léonie, cohabitant à l'étage des domestiques. Les garçons ne reviennent du collège que certains dimanches, et les filles pour les vacances.

Dans ce huis-clos, les secousses se succèdent : Angélina, qui se survit depuis si longtemps à elle-même, finit par s'éteindre dans son sommeil à près de quatre-vingt-dix ans, durant l'hiver 1941. Au début de l'année suivante, c'est Thérèse qui rend l'âme, en apportant une nouvelle désillusion : elle qui toute sa vie a fait miroiter son héritage, lègue finalement toute sa fortune, plus considérable à force d'économies qu'on ne le pensait, à des œuvres lointaines.

Pauline fait le voyage de Paris pour assister aux funérailles, dans une France qui vient d'être coupée en deux par la ligne de démarcation. Elle a pris des trains aux horaires improbables, à cause de sabotages récents. Et elle est seule.

— Marie est trop occupée...

— Mais par quoi, mon Dieu ? s'exclame Henriette, qui croit connaître sa cadette.

Son aînée n'est pas un soutien, et ne reste pas plus longtemps que nécessaire, après des mots acerbes envers sa mère.

— Rien, la tante Thérèse ne nous laisse rien ? Après avoir vécu une vie entière aux crochets de V, sans jamais rien débourser ? Et ma métairie, elle rapporte quelque chose ?

— Tu te montes la tête…

Quel mauvais esprit a pris Pauline, décidément, se dit Henriette, à l'abri de son chapeau noir. Aussi soulagée qu'inquiète de la voir repartir. Depuis 1938, Mme de V n'a pas quitté le deuil, V tout entier est entré dans une période noire, où l'on vit « en attendant… ». La fin de la guerre bien sûr, le retour des enfants, du monde d'avant finalement… Henriette ne voit personne, ne prend aucun avis extérieur ni aucune décision.

Heureusement, elle a découvert qu'elle s'entendait bien avec Léonie, devenue le pivot de l'organisation domestique : un nouveau duo se forme, sans paroles, qui dominera V jusqu'à la fin du XXe siècle.

Elles se connaissent par cœur depuis si longtemps, chacune dans son sillon, dans sa condition depuis toujours. On les choquerait beaucoup en leur disant qu'elles s'aiment : elles se supportent, pensent-elles, l'une bien obligée de tenir son rôle, qui croit commander, et l'autre d'obéir, tout en sachant bien qu'elle décide.

Dans l'office, autour de la table ronde de desserte, face aux vitrines d'argenterie, qui ne sert plus guère, même si on continue de la frotter au blanc d'Espagne, un lourd silence s'installe, qui n'est même pas rompu par le retour épisodique des enfants. Sans l'aimable conversation de leur père, qui savait si bien parler pour ne rien dire, et donner la réplique à leur grand-mère, sans « les filles » à qui on reprochait leurs messes basses, les garçons ne savent pas se raconter, et leur mère n'a jamais posé de questions. Elle ne sait plus rien d'eux et déteste toujours autant les repas familiaux, qui ne sont plus si nombreux.

À chacun des anniversaires de ses filles, Henriette leur écrit une courte lettre de vœux, tendre et conventionnelle. Comme une cérémonie, elle confectionne un paquet de couverts, choisit un plat, des salières, en y déversant toute sa tendresse empêchée. Sentiment du devoir accompli, même si jamais ni Pauline ni Marie ne la remercient de rien. Le cadeau leur sera remis aux vacances suivantes.

14

Jeu de croquet en bois

XIXe siècle

« Le croquet, à peine un jeu. »
Neville Chamberlain

— Il a été jeté, ce croquet ! lance Elina

Les deux femmes en ont assez de cet inventaire d'objets improbables, de courir d'une pièce à l'autre pour les retrouver. Assez aussi de la bataille à fleurets mouchetés qui s'est engagée entre elles là-dessus, presque malgré elles. Heureusement, on arrive presque au bout de la liste.

— Jeté, vraiment ? Sur les photos de l'agence, on le voyait encore planté derrière l'aile ouest, prêt à jouer.

— Justement, j'ai oublié de le ranger. Au bout d'un hiver sous la pluie, le bois a fini de pourrir. De toute façon, c'était juste pour la photo, il manquait le cochonnet et la moitié des boules…

— Vous avez tout jeté ? On utilise souvent ce genre de choses dans la déco vintage…

— Tout ! La malle de bois, les maillets désemmanchés, les piquets décolorés, les arceaux rouillés. Il n'y avait plus de sonnette depuis longtemps.

— Eh bien, votre acquéreur sera déçu…

Pia, d'un doigt sec, ajoute « Manquant » en face de la ligne « Jeu de croquet ». Et au suivant !

***

En effet, ce jeu de croquet a été mis en valeur par l'agence, car il donne une photo colorée, évocatrice d'une joyeuse vie de famille : bleu, vert, rouge, violet, noir et rose, six couleurs pour six joueurs, peintes sur les boules, les maillets, et en bandes multicolores sur le piquet d'arrivée. Il a peut-être été offert à Auguste de V autour de sa dixième année. Simple supposition, mais il existe une lettre de sa mère, évoquant une partie qui se déroule sous ses fenêtres ; et notamment les hurlements de triomphe d'Auguste quand il envoie bouler ses concurrents. Il y a aussi un brouillon à l'écriture enfantine où le même Auguste remercie sa « Chère marraine » de son très beau cadeau, avec des « arceaux difficiles à planter ».

« Allez donc jouer au croquet. » « Venez faire une partie de croquet. » « Quand vous aurez fini votre travail, vous pourrez aller reprendre vos maillets... »

Le jeu était très à la mode au début du XXe siècle, et le matériel devait en effet être d'excellente qualité puisqu'il a résisté durant près d'un siècle, sous la pluie ou le soleil. Au moment où le parc a été redessiné « à l'anglaise », avec des allées tout en courbes, un espace plan rectangulaire est spécialement délimité, et recouvert de fin gravillon, pour installer un terrain de croquet. À la place d'un bosquet arraché parce qu'il donnait trop d'ombre aux fenêtres. Les enfants d'Amédée et Angélina sont donc les premiers à y jouer, et personne à V n'y a échappé au cours du siècle.

Ces parties de croquet, avec leurs plus beaux coups, leurs tricheries, leurs règles sans cesse rediscutées et tordues, leurs cris de triomphe ou de déception, appartiennent au mythe. La constitution des équipes pouvait durer indéfiniment avant de commencer, les grands rechignant à jouer avec les plus jeunes, les garçons avec les filles, les champions avec les mauvais joueurs... Les enfants d'Antoinette s'en sont emparés autour de la guerre de 14, probablement cornaqués par la tante Margot, réputée bonne tireuse. Et ils l'ont transmis, avant de disparaître de V, à leurs cousines. Sans bien connaître les règles du jeu, les enfants du catéchisme aussi ont souvent poussé les boules sous la cloche pour la faire tinter, en attendant l'appel de Thérèse.

Après leurs sœurs, Baudouin et Jehan ont été de véritables aficionados. Même si cela se terminait souvent mal, car ils se disputaient beaucoup. Jehan le coléreux a envoyé valser un certain nombre de boules dans les jambes de son frère, sous les hauts cris de Léonie. Pendant la Seconde Guerre mondiale, quand les transports sont devenus difficiles, et qu'il n'y avait guère d'autres distractions, plusieurs camarades de pension des garçons venaient depuis Sarlat passer la journée du dimanche, quand ils habitaient trop loin pour rentrer dans leurs familles. Il y a eu alors d'interminables parties, des revanches très attendues, des conciliabules sur bien d'autres sujets, le maillet en l'air. Ces jeunes gens bien élevés écrivaient au retour de petites « lettres de château », pour remercier la maîtresse de maison. Et Henriette les a gardées par paquets dans les archives !

Mais Baudouin, à partir de ses seize ans, a d'autres intérêts, d'autres occupations. D'abord, il décide de passer ses bachots, avec le rêve de partir « ailleurs », apprendre des choses nouvelles, découvrir d'autres horizons. Son aînée, qu'il admire sans le lui avoir jamais dit, a montré un chemin.

En juin 1943, au milieu de toutes les mauvaises nouvelles – l'occupation de Sarlat par la Wehrmacht, avec des rafles de civils et des résistants fusillés dans les bois alentour –, Baudoin réussit son premier bachot. Il a dû aller à pied ou presque passer les épreuves à Périgueux, à cause des sabotages sur la ligne de chemin de fer. De tout cela, on ne parle pas à V, bien sûr.

— Félicitations !

Cette fois-ci, Henriette se réjouit sincèrement de ce succès. Persuadée qu'une fois « débarrassé » de ses études, le fils aîné viendra enfin prendre la suite de son père. Car le vieux régisseur ne fait plus grand-chose, et il faut reprendre en main l'exploitation agricole pour en tirer plus de revenus. Les V ne reçoivent presque plus de dividendes sur « les affaires Hyvert », comme l'on dit pudiquement depuis trois générations quand il est question d'argent. C'est la tradition familiale, et c'est urgent.

Madame de V ne sait pas que Baudouin, comme d'autres pensionnaires des Jésuites, s'est mis à la disposition de la Résistance locale. Le collège Saint-Joseph, sur son coteau, surplombe la Kommandantur, qui a réquisitionné l'Hôtel de la Madeleine. Là aussi, il obéit à la tradition familiale, celle du grand-père zouave pontifical !

Ce qu'on leur demande n'est ni compliqué ni dangereux : il s'agit surtout de descendre en ville, en jouant la bande de joyeux camarades, et d'observer pour prévenir leur contact de ce qui s'y passe.

En juillet 1944, pas encore libéré du deuxième bachot – une formalité, étant donné la situation du pays –, Baudouin s'engage en support de l'AS, l'Armée secrète. Chargé de participer au camouflage d'armes dans les grottes des falaises de la Dordogne. Il les connaît bien pour avoir beaucoup joué à l'intérieur. Surtout, il a de bonnes raisons de circuler dans la vallée, laquelle relie ses deux domiciles officiels, le collège et V. Dans son sac à dos de livres et de cahiers, il transporte aussi quelques messages.

Pour la première fois de sa vie, le garçon se sent heureux, efficace, à sa place. Et se découvre plus courageux qu'il ne le croyait. Alors, au moment où l'on commence à parler d'un débarquement sur les côtes françaises, d'une victoire possible contre les nazis, il veut en être ! Cela se révèle assez facile : en tant que membre de l'AS, il est intégré fin 1944 aux FFL, Forces françaises libres. Et sur sa demande, affecté à la 2e division blindée, qui vient d'être créée au Maroc par le général Leclerc, avec du matériel américain.

Baudouin prévient seulement sa mère, et disparaît du Périgord. Il lui envoie, comme promis, des messages succincts, avec parfois une photo de lui pour la rassurer. Il pose en uniforme, debout sur un char, devant la mairie d'un village où flotte le drapeau bleu-blanc-rouge, ou bien au garde-à-vous avec son peloton, sur fond de paysages inconnus qu'il ne nomme jamais. Jamais non plus il n'évoque de retour. Heureusement, on commence à parler beaucoup de la fin de la guerre.

Jehan non plus ne sait rien de la vie de son frère. Car en 1943, il a quitté « St Jo », où il est pensionnaire depuis ses huit ans et n'a jamais été très heureux. Il a arraché à Henriette la permission de rejoindre un chantier de jeunesse, bien avant la fin de ses études. Et rejoint Châtel-Guyon, en Auvergne, avec plusieurs autres garçons, et l'accord plus ou moins implicite des Jésuites.

Depuis longtemps, Mme de V est prête à toutes les indulgences envers son benjamin : elle reconnaît chez lui ce caractère angoissé, cette inaptitude au bonheur qu'il tient d'elle, évidemment. Une vie saine, au grand air de la montagne, « des habitudes d'ordre, d'économie de gestes, de discipline », décrites par la propagande pétainiste, lui conviendront peut-être mieux que les exigences intellectuelles des Jésuites ?

Jehan aussi envoie des photos. Hormis l'uniforme, elles ressemblent un peu à celles de son aîné : des jeunes gens en ligne, sur fond de forêts superbes. Ces clichés sont conservés ensemble dans la bibliothèque, sans légendes, sans lieux ni dates.

Car en septembre 1943, quelques mois après l'arrivée de Jehan en Auvergne, la Wehrmacht procède à des contrôles musclés dans la plupart des chantiers, en vue de recruter pour le STO. Jehan disparaît du camp, et grâce à une filière mystérieuse, rejoint un autre lieu non identifié. En passant une nuit à V : arrivée à pied à la tombée de la nuit et départ à l'aube, le sac rempli de victuailles par Léonie.

— Si je restais ici, on viendrait m'y chercher. Maman, quand on vous le demandera, dites que vous n'avez aucune nouvelle de moi. Et prenez exactement cet air inquiet que vous avez là ! Mais ne vous en faites pas, je suis attendu, et je vous dirai bientôt où m'envoyer de l'argent.

S'ouvre une période de « missions » imprécises, qui se transformeront ensuite en « études » guère plus explicites pour sa famille. Mme de V continuera jusqu'aux années 1950 à servir à son fils une rente mensuelle, suffisante pour le faire vivre correctement ; sans jamais oser la remettre en question ni poser de questions.

Désormais seule avec Léonie, elle vit à cette époque repliée entre sa chambre, l'office et la bibliothèque. Sans s'avouer que la solitude lui convient plutôt bien, à elle si facilement épuisée : pas de mouvements, pas de disputes ni de drames, pas de migraines.

Car Mme de V a été très fort secouée par les événements de l'année précédente. Ce n'est pas l'Occupation, l'anéantissement de la France et de son armée, ni ce qu'on commence à savoir sur la barbarie des nazis. Non, c'est ce qu'elle a appris par une simple lettre, en avril 1943. Cette lettre-là, je ne l'ai pas retrouvée...

Marie écrit pour annoncer son mariage, et la naissance à venir d'un enfant.

Que s'est-il passé rue du Bac ? En favorisant les amours de Marie et d'Hubert, les cousins n'imaginaient pas la suite. Est arrivé ce qui devait arriver : en novembre 1942, la jeune femme se découvre enceinte. Est-ce que la guerre et les difficultés de communication entre les deux zones ont bon dos ? Est-ce que Marie craint encore sa mère ? Ou bien d'être obligée de rentrer au bercail ?

Henriette met plusieurs mois à accuser réception…

« Tu comprendras, ma chérie, que dans ces conditions, je ne peux me réjouir… »

Pauvre Henriette ! Pour elle, c'est l'effondrement de tous ses principes. Avec la culpabilité d'un scandale dont elle se sent responsable ; même si elle se trompe sur les raisons. Et enfin, toujours le sang bleu : ce garçon sans pedigree n'est pas digne de sa fille… Elle est certainement mortifiée aussi de n'avoir rien vu, rien compris, et d'avoir été si bien tenue à l'écart.

La famille angevine a accepté au début de 1943, avant que « cela se voie », un mariage à la sauvette, béni par le vieil oncle. Qui, effaré, ne veut pas en savoir plus. De toute façon, à cette époque, dans un Paris occupé, rien ne se fait de manière habituelle. Ce sont les parents d'Hubert qui financent *a minima* le jeune ménage, demeuré rue du Bac.

Une ravissante petite fille voit le jour en mai, après les derniers examens – encore ratés – de son père. La jeune Caroline occupe vite le terrain, avec ses langes qui sèchent partout dans l'appartement, son landau qu'on roule dans le couloir pour tenter de l'endormir. Caroline a toujours faim, toujours besoin d'être bercée, et le fait savoir bruyamment ! Sa mère se retrouve sans l'avoir choisi épouse, femme au foyer et mère de famille. Elle qui a toujours été entourée et servie et n'a pas eu le temps d'apprendre grand-chose rue Monsieur se sent perdue, emprisonnée dans sa nouvelle vie, sans les moyens de se faire aider. Pauline et les cousins, qui n'y connaissent rien non plus en puériculture, font ce qu'ils peuvent. S'occupent du bébé pendant les cours d'Hubert, les sorties compulsives de Marie. Pauline a trouvé à donner des cours dans une institution religieuse pour jeunes filles. Et tout en continuant sa licence, participe à l'entretien du jeune ménage.

Lorsque Henriette a découvert tout cela d'un coup, par écrit, elle s'est d'abord retrouvée sous le choc, sidérée. Hésitant indéfiniment sur la conduite à tenir, entre émotion profonde – désir de se précipiter auprès de sa fille, de tenir la nouvelle-née dans ses bras, de pardonner le reste – et morale – depuis toujours une carapace solide pour tenir debout dans la vie, qui lui dicte de prendre une distance réprobatrice. La peur aussi de faire ce voyage, dans un pays en guerre. Léonie, qui rêve d'une nouvelle génération d'enfants à V, se tient en silence à ses côtés, et tricote, tricote, rassemble tout ce qui reste dans les armoires de la nursery pour l'envoyer à Paris. Les colis de nourriture et de layette venus du Périgord se multiplient. Henriette et Léonie y veillent.

En juin 1944, le facteur, qui monte tous les jours à V, apprend aux deux femmes la nouvelle du débarquement allié en Normandie. Et raconte en même temps le passage sanglant d'une division allemande à travers la vallée de la Dordogne. Plusieurs civils ont été tués au bord des routes, simplement parce qu'ils avaient le tort d'être là ; c'est la même division qui s'arrêtera quelques jours plus tard à Oradour-sur-Glane. Mme de V et sa bonne, effrayées, sortent encore moins souvent ; juste pour la messe du dimanche où elles vont, à pied, par les bois.

Mme de V tergiverse tant que le silence entre mère et fille devient brouille. Le moment est passé où tout serait redevenu possible entre elles. Selon moi, la naissance de cette petite-fille est une occasion perdue de faire revivre V pour une nouvelle génération.

En août 1944, Sarlat et Périgueux sont libérées, les Allemands quittent la région. Insensiblement, les deux femmes se laissent prendre à l'espoir de temps nouveaux : elles attendent le retour des « enfants », désormais tous devenus adultes. Sur les conseils de son fils, la comtesse de V a commandé chez Citroën une 2 CV. La première d'une longue série, qui ne sera jamais remplacée par un autre modèle.

Baudouin est le premier à revenir à V, en septembre 1945 : bronzé, vieilli, le cheveu ras et l'œil brillant. Manifestement heureux, conscient d'être du côté des vainqueurs. Il joue parfaitement son rôle de fils aîné, se montre charmant avec tout le monde, à la disposition de sa mère. Ensemble, ils font le tour des fermes, envisagent chaque problème, chaque solution possible... Baudouin a la parole brève, mais un avis autorisé sur tout ; on l'écoute comme le messie : il y a tant de choses à faire à V.

Presque aussitôt, prévenu on ne sait comment, Jehan fait une apparition à V, depuis Bordeaux où il semble complètement installé, sans dire ce qu'il y fait. Les deux frères ne se sont pas parlé depuis trois ans, une éternité. Ils sont heureux de se retrouver, mais sans cesse, ils cherchent à se reconnaître dans ce qu'ils sont devenus, dans ce qu'ils pensent. La France a été divisée entre résistants et collaborateurs, et la chasse aux sorcières continue.

— Allez, une partie de croquet ? propose l'aîné.

Faisant semblant d'en rire, ils ratissent longuement, soigneusement le terrain, mesurent la distance entre chaque arceau, réemmanchent les maillets branlants. Un travail d'importance.

— À toi de jouer !

— À moi...

L'un après l'autre, ils tentent des mots, au même rythme que les coups de maillet. Avec de longs silences. Ils savent que le son des boules de bois entrechoquées réjouit leur mère, comme un synonyme du bon vieux temps qui ne reviendra pas.

Mais ils sont décidément devenus trop vieux, trop forts aussi, les boules roulent au-delà du terrain, vont se perdre dans l'herbe. Les rires sonnent faux, la partie se termine trop vite, faute de coup fourré ou d'intérêt véritable. Entre eux, ils doivent supporter des questions sans réponses, des désaccords feutrés, des non-dits par dérobade.

— Bon, il vaut mieux que je m'en aille...

Jehan part brusquement, en donnant un coup de pied dans un piquet. Disparaît plusieurs jours – la ligne de chemin de fer rétablie, Urbain l'a déposé à la gare du Buisson avec la 2 CV. Réapparaît deux jours plus tard, comme si de rien n'était. Il donne le tournis à sa mère, et beaucoup d'inquiétudes.

Cet été-là, on a attendu « les filles », qui ne viendront pas. La visite des Merray, avec leur petite Caroline, est un leurre qui se poursuit : cette fois-ci, c'est une histoire de varicelle, vraie ou fausse, qui est invoquée. Marie est fatiguée par une deuxième grossesse, et Hubert, sachant qu'il ne sera pas bien accueilli, renâcle. Quant à Pauline, elle prépare pour septembre un nouveau concours qui lui permettrait d'enseigner dans les lycées publics.

— C'est l'excuse qu'elle nous sert depuis des années…, s'exaspère sa mère. Qui ne connaît pas l'enseignement public et ne voit pas l'intérêt de ces examens.

Et voilà Baudouin qui annonce son départ : il vient d'apprendre que sa candidature a été acceptée à l'École interarmes, qui s'ouvre aux jeunes résistants déjà engagés dans l'armée.

Les retrouvailles n'auront pas lieu. Henriette est désolée, et en même temps soulagée de pouvoir enfin se reposer. On range le jeu de croquet dans le bûcher pour l'hiver.

Il resservira encore un peu, dans les années 1950. Les amis de Jehan et Élisabeth, quand ils se retrouvent pour un verre sur la terrasse, ne dédaignent pas de reprendre un maillet, de s'essayer à ajuster son tir. Le jeu est devenu le symbole d'un certain art de vivre, que chacun tente de ressusciter. Ensuite, l'occasion ne se représentera plus, car il faut être plusieurs pour jouer au croquet.

15

Une armure médiévale

« Il ne suffit pas de voir un objet [...]
pour le transformer en objet d'analyse.
Il faut qu'une théorie soit prête à l'accueillir. »
François Jacob

Tacitement, les deux femmes ont gardé pour la fin cette énorme pièce, cette exigence inattendue.

— Elle est dans le hall, évidemment...

Roucoulement grinçant de Pia.

— H 24. Une armure qui n'a rien de médiéval : il n'en existe plus de cette époque, sauf quelques pièces détachées, très abîmées, précieusement conservées dans des musées. Votre acquéreur n'y connaît vraiment rien...

Sur ce ton sérieux dont elle use volontiers pour imposer ses volontés.

— Nous avons affaire à du pur Viollet-le-Duc. Ce qui en fait tout de même une pièce de collection : l'armure est complète, en bon état, présentée sur socle. Un élément majeur du catalogue !

Elles contemplent en silence l'objet du délit, tintinnabulant fièrement sur son piédestal de chêne.

La jeune femme insiste :

— Si vous l'enlevez de la vente, nous perdons tous les amateurs d'armes anciennes. Ceux qui mettent des alertes pour chaque vente *Militaria*, et qui ensuite se laissent tenter par autre chose…

Aussi près de la signature, Elina n'a plus envie de se battre. Elle pianote de deux doigts sur l'armure pour faire résonner le métal, retrouve le rythme de *La Chevauchée fantastique*, inspiré de Wagner. S'en amuse, recommence…

Mais Pia n'a pas d'oreille, et pas envie de se divertir du sujet. Elle a décidé de batailler pour cette armure.

— 1,60 mètre de hauteur, avec heaume, haubert, cotte de maille, gorgerin, éperons, rien ne manque ! En général, il y a une lance ou une hallebarde associée à ces armures. Ici, l'originalité, c'est un « yatagan » : une arme à lame courbe, gravée d'inscriptions arabes. Cela plaide pour une référence aux croisades. Votre famille y a pris part.

— Comment le savez-vous ?

— Oh, c'est écrit partout ici. Ce qui est étonnant, c'est plutôt que vous, vous ne le sachiez pas !

Pia a dépassé les bornes de la politesse ; continue, imperturbable.

— Dans les châteaux, à l'époque romantique, il était très à la mode de s'entourer d'armes anciennes pour signifier ses origines, son lignage. On a donc exécuté des reproductions d'armures médiévales ; il y avait encore d'excellents artisans, qui possédaient les techniques de ferronnerie utilisées au XIVe ou au XVe siècle.

Elles ont été décrites par les grands auteurs du temps, Walter Scott, Dumas, Gustave Doré… Celle-ci est en très bon état, puisque bien sûr elle n'a jamais servi sur un champ de bataille. D'ailleurs, regardez, le laiton utilisé signe le XIXe siècle.

Elle n'en finit pas de faire l'article, pour persuader Elina de ne pas se priver de monnayer un tel trésor. Encore un qu'elle ne lui avait pas vraiment signalé…

Pia soupire à nouveau, dans un silence qui s'alourdit.

— On pourrait atteindre une dizaine de milliers d'euros !

***

Impossible de trouver comment cette armure est arrivée à V. Je suppose qu'Amédée, féru à la fois de généalogie et d'antiquités, l'a rapporté de Toscane, où des artisans en avaient fait une spécialité. Il n'en fait pas mention dans ses souvenirs romains, preuve qu'il savait bien que ce n'était pas une antiquité ! Et préfère laisser penser que l'armure a toujours été là, dans l'ancienne salle d'armes.

Elle est exposée exactement à l'emplacement du premier donjon de pierre sur la motte de V, qui lui-même remplaçait une construction de bois. La pièce a gardé ses murs épais, des fenêtres géminées, et rassemble la légende militaire familiale, avec les portraits d'ancêtres guerriers, les tableaux de batailles, les épées croisées accrochées aux cimaises.

Une curieuse histoire est attachée à ce passé guerrier : la généalogie des V – vous le savez grâce à l'armure ! – remonte aux dernières croisades, fin du XIIIe siècle. Les papiers d'Amédée racontent qu'un certain Guyon de V, enrôlé derrière Raymond de Toulouse pour la septième croisade, était parvenu jusqu'en Terre sainte, à la tête d'une petite troupe de Périgourdins armés à ses frais. Il laissait au donjon son épouse et une demi-douzaine d'enfants. Et prit part à la bataille de Saint-Jean-d'Acre, en 1291. Les Mamelouks firent le siège de la ville, y entrèrent, cela marque la fin du royaume franc de Jérusalem.

Le seigneur de V y demeura le reste de sa vie ; non parce qu'il était blessé ou prisonnier, mais parce qu'il était tombé sous le charme d'une jeune Infidèle. Forcément très belle, séductrice et vénéneuse ! Guyon aurait décidé de rester au soleil d'Orient, où il aurait fait souche...

Ses gens étaient, eux, revenus en Périgord, après un voyage de retour de deux ans, marqué par un naufrage au large de l'île de Malte. Ils ramenèrent plusieurs petits chevaux arabes, dont on dit qu'ils sont à l'origine de la fameuse race de course actuelle. Et l'armement de leur seigneur : il y avait une armure portée à dos de cheval et... un yatagan, parfaitement décrit dans le récit rédigé par Amédée, sur les souvenirs de son propre grand-père. Il est absolument impossible que ce soit l'armure exposée aujourd'hui à V, mais vraisemblable qu'Amédée devenu riche ait voulu donner de la réalité à l'histoire, en rassemblant des copies de l'attirail de la chevalerie médiévale.

La pauvre Marie-Louyse, la châtelaine, aurait passé le reste de sa vie à se lamenter de son malheur. Le reste de sa vie et plus encore, car la légende, justement, dit que depuis cette époque, elle apparaît régulièrement à ses descendants, enveloppée de voiles et pleurant bruyamment. Pour dénoncer le félon, pour transmettre à travers les siècles des siècles la mémoire du parjure. De nuit toujours, évidemment !

Ce n'est guère original, tous les châteaux du Périgord ont leur fantôme, en général une dame très malheureuse. Cette histoire s'est transmise et transformée au cours du temps ; elle était bien vivante au XIXe siècle, qui adorait le Moyen Âge, et au XXe encore. Les enfants qui ont grandi là en ont été fascinés ; tous ont cherché à voir celle qu'on appelait « la Dame blanche ». Peut-être par analogie avec la chouette effraie, au cri strident, rauque, répétitif, qui chasse toujours de nuit ? L'oiseau, je peux le certifier, habite toujours le grenier de V !

Les plus fanfarons des enfants prétendaient l'avoir vue et entendue ; en multipliant les indices, les détails, les preuves. Avec sans doute un grand plaisir à effrayer les plus jeunes. En tout cas, ils en parlaient beaucoup, partageaient fièrement ce secret, puisque seuls les descendants de Guyon pouvaient l'apercevoir.

D'après mes sources, la dernière à avoir officiellement vu la Dame blanche est Marie-Louise, fille aînée de Charles. Elle connaissait l'histoire par ses cousins Latour, qui prétendaient l'avoir beaucoup fréquentée durant la Grande Guerre. Loulou assurait même l'entendre pleurer TOUTES les nuits : elle se sentait très concernée par cette lointaine aïeule dont elle partageait le prénom, est-ce un hasard ou non ? Du coup, elle dormait très mal, en serrant fort son ours contre elle. Il était inutile d'appeler sa bonne au secours : c'était un secret, Léonie ne pouvait ni voir ni entendre la Dame blanche puisqu'elle ne descendait pas de Guyon, seigneur de V. Juste avant sa maladie, elle en avait parlé à ses cadettes. Quand Marie-Louise est morte, à sept ans, cette légende et sa mort brutale se sont un peu mélangées dans l'esprit de ses petites sœurs, et les a longtemps hantées, elles aussi.

Les habitants de la rue du Bac étaient tous familiers de la Dame blanche, des multiples aventures réelles ou imaginaires qu'elle avait provoquées à V. Quand ils dînaient ensemble dans la grande cuisine du fond de l'appartement, le fantôme de la triste aïeule revenait souvent sur le tapis des conversations, avec toujours de nouvelles questions, de nouveaux détails intrigants. Personne n'avait envie d'évacuer tout à fait la véracité de cette légende, et j'avoue que moi non plus !

L'histoire rebondit après la Libération. Tout allait très vite, dans un appétit général de vivre : beaucoup de mariages et de naissances parmi les jeunes gens, tandis que persiste « la confrérie des cousins ». Voici ce qui change, un peu dans le désordre : en 1946, Amélie et son mari accueillent leur quatrième enfant, dans l'enthousiasme du grand baby-boom français. Quatre enfants remuants, qui font partie des soirées du dimanche. La famille vient d'emménager dans un grand appartement du boulevard Raspail, abandonné par ses précédents occupants. Savent-ils ou non que ces malheureux ont disparu dans les camps de concentration ? Joseph poursuit sa carrière militaire, et continue à occuper le divan défoncé du salon quand il passe par Paris. Antoine, lui, a tout à fait disparu : proche de l'oncle Raoul, très marqué par lui, il a choisi d'entrer comme novice chez les moines de Saint-Wandrille. Mais continue d'entretenir des relations épistolaires avec « la confrérie », en réclamant les nouvelles du dimanche soir.

Pauline est toujours prof de lettres, et désormais fonctionnaire de la république. Elle a repris le petit appartement sous les toits d'Amélie et Xavier, et vise désormais l'agrégation. Elle se passionne pour le travail d'Albert Camus, qu'elle aperçoit parfois dans les cafés tout proches de Saint-Germain-des-Prés. Toujours célibataire, elle profite de ses longues vacances d'enseignante pour voyager avec des amis : dès la fin de la guerre, les frontières s'ouvrent, l'Italie, la Grèce, la Turquie... À cette époque et dans ce milieu-là, cette indépendance chez une jeune femme est rare !

Marie et Hubert – qui gagne désormais sa vie comme clerc dans une étude de notaire du quartier – ont trouvé leur équilibre. Un petit Hughes est né en 1945, juste à temps pour fêter la victoire. Caroline et Hughes prennent donc leurs aises rue du Bac. Avec Pierre et Xavier en pointillé : Pierre s'occupe désormais des vignes à Javerzac, et Xavier de la commercialisation du cognac. Tous deux ont toujours de bonnes raisons pour « monter » régulièrement à Paris. D'autant que Pierre est fiancé à une amie de Marie, laquelle habite un vieil hôtel particulier familial immense et inconfortable rue de Varenne, devenu le déversoir du trop-plein permanent de la rue du Bac. C'est tout un village qui se reconstitue dans ce faubourg Saint-Germain aux façades noires. Où, comme à V, les pierres ne bougent pas.

À la mort de l'oncle Raoul, en 1953, ils seront tous là, serrés aux premiers rangs de la basilique Sainte-Clotilde, pour lui rendre hommage, rappeler tout le bien qu'il a fait à chacun des membres de sa famille nombreuse, sans le savoir parfois.

Tout cela pour dire que Pauline et Marie, durant ces années-là, sont toujours proches, et sont devenues tout à fait parisiennes. Leurs séjours à V sont courts, et parfois tendus.

C'est Pauline, plus libre, qui vient le plus souvent, en route pour l'Espagne ou le Maroc. Sa mère la redoute un peu : elle juge, critique et tranche, sur un ton qu'Henriette juge « supérieur ».

— Quand se mariera-t-elle ? se désespère Henriette auprès de Léonie.

Comme si être en puissance de mari pouvait rendre sa fille plus douce et souple ! Madame de V a peur aussi de ce qu'elle appelle les « bisbilles » autour du partage de V, toujours en indivision : Pauline ne manque pas une occasion de les remettre sur le tapis, avec allusions, humeurs larvées ou revendications.

Pourtant, Pauline s'entend bien avec Baudouin : il y a une photo datée de 1947 où le frère et la sœur posent bras dessus bras dessous – il la dépasse désormais de deux têtes – au soleil couchant sur la terrasse. Sur une autre encore, de 1949, des jeunes gens souriants, parmi lesquels Baudoin en short, une force de la nature, et Pauline, dont l'allure sportive contraste avec la robe d'été à bretelles et jupe corolle. Tous s'apprêtent à s'entasser avec leurs bagages dans une 2 CV, garée derrière l'écurie.

Et voilà comment ressurgit l'histoire de la Dame blanche, telle qu'elle a été beaucoup racontée dans « la confrérie ».

Pauline, arrivant de Marseille avec des amis, passait deux jours à V avant de continuer vers la côte Atlantique. Les amis, deux garçons et deux filles dont un couple marié – en fait non, mais ce n'est pas grave, ils le seront bientôt –, sont bien reçus à V, Henriette y met tout son cœur. Les voyageurs sont encore tout pleins de leurs découvertes siciliennes, et le château, dans la légèreté ensoleillée de cette fin d'été, est fait pour les accueillir. On imagine comment la maîtresse de maison scrute le jeune homme disponible, tentant de deviner s'il s'agit d'un futur mari possible pour sa fille !

Les célibataires sont logés dans les chambres d'enfants. Et « le jeune ménage » a l'honneur de l'aile principale, et de l'ancienne chambre de la comtesse douairière. Le couple est un peu impressionné par le faste poussiéreux du lit à baldaquin, d'autant que la pleine lune éclaire la pièce comme en plein jour.

Incapable de dormir, le garçon, qui s'appelait Michel Varin, décide d'aller faire un tour dans la lumière blanche du parc. À V, aucune porte n'était jamais fermée à clé. Il descend sans faire de bruit le grand escalier, vers le hall. Mais parvenu à la dernière marche, fait demi-tour et se précipite de nouveau sous ses draps. Le lendemain, au petit déjeuner, il raconte, encore très troublé, un peu penaud d'avoir eu si peur.

— Hallucinant, j'ai du mal à me croire moi-même ! Et pourtant je suis sûr de ne pas avoir rêvé. La pleine lune éclairait parfaitement le hall : j'ai d'abord entendu des sanglots, puis une forme s'est détachée, qui montait à ma rencontre. J'ai vu distinctement une femme enveloppée de voiles clairs, les yeux brillants. Avec une longue plainte, des intonations étranges, comme une mélopée ; difficile de comprendre ce qu'elle disait... Un mot quand même sans cesse répété : « abandonner », je crois... Quand elle s'est approchée de moi, j'ai remonté l'escalier quatre à quatre, en perdant mon espadrille. Retrouvée ce matin au milieu des marches, ce qui est la preuve que je n'ai pas rêvé...

Le jeune homme, pour se moquer de lui-même, exhibe ses deux pieds chaussés.

Mais personne ne rit autour de la table ronde de l'office, où ils sont tous serrés autour de leurs bols.

Henriette, toute à ses devoirs de maîtresse de maison, n'a rien écouté.

— Avez-vous tout ce qu'il vous faut ? De la confiture ? Désirez-vous qu'on fasse griller du pain ?

— Oh, mon pauvre chéri, dire que je n'ai rien entendu... ! répète sa jeune femme, un peu gênée par le silence soudain.

Pauline, Baudoin et Jehan, qui est là aussi, se regardent sans rien dire.

— Tenez, servez-vous bien ! Nous avons un excellent boulanger au Coux...

C'est Pauline qui la première pose une question. Directe, et *a priori* tout à fait incongrue.

— Tu ne m'as pas dit un jour, Michel, que tu avais des origines jordaniennes, ou libanaises ?

Mme de V, maintenant, suit avec attention ce qui se dit : ce jeune homme serait juif ?

Elle n'en a jamais vu, mais suit avec intérêt à la radio les péripéties de l'installation en Palestine du peuple martyr du nazisme. Depuis que Baudouin lui a offert un transistor portatif à piles, merveille de modernité, il l'accompagne de pièce en pièce quand elle est seule. RTF Paris inter, « la chaîne de l'actualité et des conseils pratiques », *La tribune de l'histoire*, *Les maîtres du mystère* et aussi *Le chapelet en famille*.

Sujet sensible ; dans son enfance, on disait même que les Juifs avaient tué le Christ. Henriette conclut donc par une amabilité, manière de signifier que le petit déjeuner est fini, la discussion aussi.

— Quel dommage que vous ne puissiez rester plus longtemps ! Baudouin, tu conduis Pauline et ses amis à la gare ? Léonie vous a préparé un en-cas pour le voyage...

En cherchant les clés de la 2 CV, Baudoin poursuit l'interrogatoire. Et continue dans la voiture où ils sont entassés les uns sur les autres avec les bagages. À l'époque, les gendarmes ne vous arrêtaient pas pour si peu !

Michel n'était pas juif ; ni jordanien ou libanais. Sa famille avait quitté Istanbul après la Première Guerre mondiale, au moment de l'instauration de la république d'Atatürk.

— C'était une évidence de s'installer en France : mon grand-père y avait fait ses études, nous avons toujours été très francophiles, à cause d'une lointaine origine française. Mais quand nous avons acquis la nationalité, notre nom de famille a été francisé, et ma famille maternelle, normande, a pris le dessus ; je ne parle même pas le turc...

Au moment des adieux, sous prétexte de porter le sac de sa sœur, Baudouin rejoint Pauline :

— C'est incroyable ! Il faudrait vérifier... je suis certain que Michel descend de Guyon de V ! La Dame blanche n'apparaît qu'à ses héritiers...

— Je me suis dit exactement la même chose !

Tous les deux étaient si imprégnés de la légende qu'ils avaient fait le même raisonnement, sans la remettre en question. Et l'avaient ensuite racontée et commentée aux dîners du dimanche soir, rue du Bac. Cela veut dire que Baudouin aussi y a été invité, lors de ses passages à Paris.

L'été suivant, on est en 1950, Pauline ne passe même pas à V : elle a pris un billet aller-retour sur un paquebot vers New York, pour découvrir l'Amérique.

Peut-être parce que Baudouin n'y vient pas non plus ? Envoyé en Indochine depuis quatre mois, il écrit à sa mère de longues lettres enthousiastes. Décrit Saigon, sa vie militaire, le rôle de la France, les charmes de la baie d'Along, les maisons à pilotis, les rizières étagées des montagnes du Nord... Grâce à la radio, Henriette suit attentivement l'actualité indochinoise : c'est pour elle un lien avec son fils, et une fenêtre ouverte sur le monde.

Marie se fait encore plus rare, sous des prétextes divers : ses enfants déclarent successivement des rougeoles, des varicelles, des bronchites, vraies ou à demi. Il est certain que le voyage est long et compliqué avec des enfants ; cher aussi, cela compte pour eux. Et que son mari n'a guère envie de se confronter à cette belle-famille qui ne veut pas de lui, « le plouc ». *Dixit* Baudouin.

Mais au même moment, Jehan annonce son installation à V pour s'occuper de la propriété. C'est son aîné qui lui a fait cette proposition juste avant de quitter la France.

— Le vieux Lacoste ne travaille plus ; et c'est impossible en ce moment de trouver un nouveau régisseur.

Cela t'intéresserait d'exploiter en direct la propriété ? Il faudrait que tu rencontres Pierre Latour, à Cognac, il voit bien ce que l'agriculture est en train de devenir, et a l'air de s'en sortir…

En effet, Baudouin n'a aucune intention de quitter l'armée, où il est heureux, pour s'enchaîner à V. Alors pourquoi pas son frère, qui ne semble pas bien savoir ce qu'il veut faire de sa vie ? Henriette n'imagine pas un instant son fils agriculteur ; ni salarié de son frère aîné. Mais il faut absolument un nouveau chef d'exploitation, et elle est tellement heureuse de récupérer son benjamin !

Durant l'hiver suivant, Jehan parcourt les terres, rencontre les métayers – il n'y en a plus que deux –, consulte autour de lui. Mais il n'est décidément pas un sédentaire, ni un campagnard : il s'est approprié la 2 CV, continue à aller et venir « pour affaires ». Multiplie les séjours à Bordeaux et ailleurs, sans en informer sa mère. Qui ne sait que répondre aux questions qu'on lui pose :

— Monsieur Jehan va revenir ? Il faudrait décider des coupes de bois…

— Le couvreur doit passer demain, et monter sur le toit avec quelqu'un.

Au bout d'une année, elle comprend mieux : Jehan est amoureux ! D'une demoiselle parisienne, qu'il va régulièrement retrouver. Tout va bien, puisqu'il annonce vouloir l'épouser. Mieux encore, le mariage aura lieu à V !

Mme de V est aussi soulagée qu'heureuse : c'est l'avenir de V qui se dessine ! Il n'y a pas eu de « grand » mariage depuis celui de 1898, resté dans toutes les mémoires. Le sien, pendant la guerre, ne compte pas. Elle imagine avec ces noces le retour des jours heureux, la renaissance de V selon les codes qu'elle connaît : invitation du ban et de l'arrière-ban, chapeaux, jaquettes, voiles de dentelle et gerbes de fleurs, famille et invités en rang sur la terrasse. Baudoin promet même de demander une permission, et reviendra « en métropole » pour l'occasion. Un mot qui sonne curieusement aux oreilles de sa mère.

On voit bien qu'à travers ses difficultés avec Marie, Henriette a évolué, compris que les temps changent. La nouvelle génération n'attend plus de ses parents qu'ils lui choisissent un époux, une épouse, dans l'*Annuaire des châteaux*, la bible de l'aristocratie. Cette jeune fille, qu'elle ne connaît pas, a grandi à la campagne, paraît-il : c'est un bon choix pour accompagner Jehan dans sa nouvelle vie, le fixer un peu.

Le mariage, je l'ai déjà raconté, n'est-ce pas ? C'est la dernière fois que les quatre enfants se retrouvent autour de leur mère. Une seule photo en témoigne, sur le perron, qu'Henriette a fait reproduire et encadrer. Elle y figure dans une robe d'avant-guerre, encore rétrécie, d'un gris qu'elle juge parfait ; assortie d'une capeline noire héritée d'Angélina. Sur cette photo, sa petite silhouette, sa tête d'oiseau disparaissent sous le couvre-chef, et entre ses enfants. Baudouin est en uniforme, magnifique, princier, Jehan un peu guindé dans la jaquette louée pour l'occasion. Marie est venue seule, sans son mari ; elle apparaît un peu moins lumineuse qu'auparavant, porte une robe parachute qui cache ses « espérances » : le petit Olivier naîtra trois mois plus tard. Et Pauline se tient imperceptiblement à l'écart du groupe, cela se compte en centimètres !

La dernière photo. Car moins de deux ans plus tard, en novembre 1953, c'est le drame.

Un officier s'est déplacé de Toulouse, en grand uniforme, qui demande à être reçu par Mme de V. Jehan et Élisabeth, tout jeunes mariés, sont absents, partis on ne sait où.

— Le lieutenant Baudouin de V se trouvait parmi les quatre passagers d'un avion. Un C-111, précise-t-il d'une voix neutre, comme s'il s'accrochait à des détails techniques pour retarder le moment d'en venir aux faits.

Qui effectuait des rotations de ravitaillement vers le camp fortifié de Diên Biên Phu, dans le nord de l'Indochine.

« Pris sous le feu ennemi. » L'appareil calciné a été retrouvé dans la jungle : un détachement avait pris tous les risques pour partir le rechercher, avec d'éventuels survivants. Les honneurs ont été rendus aux morts de l'équipage dans le camp même, au milieu de leurs frères d'armes.

— Les dépouilles vont être rapatriées en métropole.

« Dépouilles », quel mot horrible ; tous ces mots épouvantables s'accumulent pour écraser la mère, la « pauvre Henriette ».

— Vous souhaitez l'inhumer ici, dans la crypte du château familial ? Madame, nous prendrons les dispositions nécessaires, une délégation de son régiment sera présente. Nous restons bien entendu à votre disposition...

Henriette reste assise, le laisse partir. Sans discontinuer, elle récite des « Je vous salue Marie... » d'une voix faible, atone. Et recommence, « Je vous salue Marie... », encore et encore.

Un peu lâche, l'officier ? Jeune, terrifié lui-même, peut-être. Pas préparé à cela.

C'est plus tard, dans les bras de Léonie, tout aussi effondrée, qu'elle s'écroulera. Henriette ne comprend toujours pas ce que son fils est allé faire si loin, alors que l'attendait ici, à V, la place qui lui revenait de droit, où il était indispensable. Qui aurait assuré à sa mère une digne vieillesse. Elle n'a aucune envie de les voir revenir, ces militaires qui ont emporté son fils.

Jehan arrive, les filles aussi, pour la réception du cercueil. Sans Hubert, qui ne veut pas imposer sa présence dans ces circonstances, et garde les enfants, dont le nouveau-né. Sans Élisabeth qui passe des examens à Paris.

Ensemble, comme au temps de la mort de leur père, quinze ans auparavant ; cela fait saigner pour chacun des souvenirs toujours à vif. Les cheveux d'Henriette sont devenus tout blancs, et ses enfants sont lourds aussi de tout ce qui s'est passé depuis. Seuls avec Léonie dans le grand château, ils ne ressentent plus comme avant la force de la famille ; la génération ancienne, qui au moins faisait nombre, a disparu.

La cérémonie de réception du cercueil, qui tient lieu d'obsèques, est rapide, un peu bâclée. Et terriblement triste, sans espoir ni transcendance : pourtant Baudouin était le seul à confesser la foi de sa mère, de ses pères. C'est que Diên Biên Phu est près de tomber : aucune délégation militaire, finalement, n'a pu se rendre disponible pour venir jusqu'à V. Seuls sont là les anciens camarades de la Résistance et de la deuxième DB : ils perdent, disent-ils, « le meilleur d'entre eux ». Et découvrent que leur guerre n'est pas vraiment terminée, puisqu'on meurt encore pour la France.

Les jours suivants sont encore plombés par la migraine, le chagrin. Avec trop de silences, de mots retenus, de colères inexprimées. Les liens familiaux se délitent, Mme de V le sait et s'en désole, sans que personne ait les mots pour l'exprimer.

D'autant qu'il faut encore et de nouveau parler de l'avenir de V : qui pour hériter de Baudouin, nu-propriétaire mort sans testament ? Ce qui n'a pas été réglé quinze ans auparavant s'est fossilisé, infecté. Les tensions, les revendications ressurgissent, montent encore en intensité.

Jehan, en une année, a eu le temps de découvrir de l'intérieur la situation du domaine ; et lui seul le sait, il aura bientôt une famille à faire vivre. À sa manière, sans trop y mettre de formes, il pose un ultimatum. Pour continuer à travailler sur l'exploitation – en réalité, il n'a pas vraiment commencé –, il exige l'ensemble habitation-parc, métairies et terres, tel que l'avait reçu son frère. Selon lui, l'affaire n'est pas viable autrement.

Élisabeth ne soutient pas son mari, qui se montre d'autant plus maladroit. Soit qu'elle ait la délicatesse de ne pas s'en mêler, soit qu'elle ait déjà compris que son avenir n'était pas là.

Pauline et Marie, aussitôt, se cabrent : elles veulent maintenant l'égalité. Et elles ont la loi pour elle, indique le nouveau notaire de Sarlat, successeur de maître Eymerie. Lui qui n'a aucune idée des mœurs et des antécédents familiaux, ne parle que de droit :

— Si les héritiers ne trouvent pas d'accord amiable entre eux, la solution serait de vendre et partager le produit en trois parts égales.

Vendre ? Ce mot-là est tabou. Henriette, déjà ravagée, s'affole. Elle se sent responsable de cette propriété dont au fond elle voudrait tant que son fils la débarrasse. Elle en a déjà vu, dans la région, de ces domaines bradés, pourtant détenus par les mêmes familles depuis des siècles. Dans sa propre famille aussi. Et dans l'exode rural que traverse le Sud-Ouest, le mouvement s'amplifie.

Inconsciemment sans doute, Mme de V est solidaire des volontés de son époux, et même de sa belle-mère, disparue maintenant depuis plus de dix ans. L'ombre de celle-ci, sa manière de penser, ses volontés ont comme déteint sur elle. Depuis si longtemps qu'Henriette consacre toutes ses forces à composer, effacer les désirs personnels, faire taire toute opinion, fermer les yeux. Tout cela pour maintenir à flot sa famille, confondue dans son esprit avec un coteau périgourdin. Elle est incapable d'imaginer d'autres choix, une autre vie.

Les deux sœurs, intransigeantes et blessées, se dressent devant leur frère de presque dix ans plus jeune, et qu'elles connaissent mal, avec des arguments et des mots venus d'ailleurs.

— Le patriarcat, c'est fini !

La réflexion quasi philosophique de Pauline, sa mère ne la comprend pas. Que vient faire ce mot de « patriarcat » qu'elle n'a jamais rencontré ailleurs que dans la Bible ?

— Il n'y a aucune raison ! continue-t-elle, tout le monde doit travailler pour gagner sa vie, même si nous n'y avons pas été vraiment préparés...

Et elle jette une dernière flèche :

— Moi, cela fait longtemps que je m'assume financièrement, sans rien vous coûter !

L'allusion est claire, que Jehan reçoit comme une gifle. Lui reçoit toujours la rente versée par leur mère, en attendant des revenus plus substantiels de l'exploitation.

Henriette n'a jamais calculé ainsi, et se garde de rappeler ses privations à elle durant la guerre, pour que la table de la rue du Bac reste toujours approvisionnée.

Marie est tout aussi véhémente.

Les Merray aimeraient bien racheter l'appartement de la rue du Bac, où ils vivent toujours. À la mort de l'oncle Raoul, ils en ont reçu une part, comme tous les membres de la confrérie des cousins. Reste à dédommager les autres.

— Vendre ne serait-ce qu'une des métairies qui ne rapportent qu'à Jehan nous permettrait de bien nous loger.

Elles plaident la priorité des personnes sur les pierres, Jehan défend la continuité familiale, et Henriette soupire.

La seule carte que Mme de V a en main, c'est l'usufruit reçu d'Elina, via Charles, sur le château, et « les affaires Hyvert » dont il ne reste plus grand-chose. Ce qui lui permet d'y habiter sa vie durant, avec les revenus en nature qui y sont associés, vente de céréales ou coupes de bois...

Alors, dans ce nœud coulant, elle prend seule, sans consulter personne, l'unique décision qui lui semble possible. Et sans doute la pire, la plus grosse de risques pour l'entente familiale : mettre cet usufruit à la disposition de Jehan et sa famille, pour leur permettre de vivre à V. Et remettre à plus tard la résolution légale de l'indivision.

Elle qui n'a jamais manqué de rien se convainc de n'avoir guère de besoins ni de désirs : elle se nourrit à peine, n'a acheté ni vêtements ni livres depuis des années ; les armoires de V en sont déjà pleines, n'est-ce pas ?

— Ce n'est pas aussi simple, remarque son fils en acceptant aussitôt l'arrangement, ce qui l'engage plus vite qu'elle ne croyait. Les impôts sont très lourds, il y a des travaux à prévoir chaque année sur tous ces vieux bâtiments. Et l'entretien de la vieille Léonie, ses médicaments...

Mme de V sait bien qu'elle mécontentera ses filles. Et sans doute par crainte de les affronter, elle omet de les prévenir. Imaginant sans doute qu'une fois les choses faites, Pauline et Marie reparties, accaparées par leurs propres vies, la réalité s'imposerait d'elle-même...

Au contraire, la violence de leur réaction, à la réception des documents du notaire, va bien au-delà de ce qu'elle aurait pu imaginer : toutes deux se sentent niées, en plus d'être déshéritées dans les faits. Sur le principe, elles restent indivisionnaires de la propriété, sans en rien percevoir.

Comme à chaque fois, c'est Pauline qui monte en première ligne, et Marie qui porte l'estocade avec des arguments plus concrets :

— Comment pouvez-vous imaginer, maman, que je vienne encore à V dans ces conditions ?

La brouille est consommée entre Henriette et ses filles. Ses trois petits-enfants Merray ne viendront jamais à V, elle ne les connaîtra pas. Pour envisager de faire le voyage à Paris, en terrain neutre, il lui faudrait un courage, une santé et des moyens dont elle ne dispose plus. Et jamais elle ne parlera à personne de cette faille sanglante entre ses enfants. Hormis à Léonie, qui partage la douleur.

16

Une montre de gousset

« Pour progresser, il ne faut pas répéter l'histoire, mais en produire une nouvelle. Il faut ajouter à l'héritage que nous ont laissé nos ancêtres. »
Gandhi

— Il reste encore la montre de gousset…, constate Elina, d'un ton un peu excédé.

— Parce qu'elle n'existe pas ! La seule trace d'une montre, c'est cette chaîne giletière, rappelez-vous, dit Pia.

Puis assène :

— De toute façon, cela n'a aucune importance. Des montres de gousset, cela ne sert plus à rien. Il y en a des centaines à vendre, sur internet ou chez les brocanteurs. À tous les prix, de 100 à 1 000 euros… Si vraiment votre Américain aime ce genre de breloque, il n'aura aucun mal à en trouver ! Je note « manquant ».

— Et voilà ! Alors la liste est finie…

***

Ce modèle de montre dit « de gousset » – qui se glisse dans la poche de poitrine d'un gilet masculin, arrimée à une chaîne pour ne pas risquer d'être perdue –, on en trouve pourtant la description exacte dans les documents du notaire Eymerie père et fils, à Sarlat.

« Montre de gousset homme en or 18 carats, cadran émaillé, chiffres romains, mouvement mécanique (1 jour), hauteur 4 cm, profondeur 1 cm, poids 51 gr. »

Après la mort brutale de son mari, Mme de V avait reçu de la sœur de Sainte-Marthe, venue faire la toilette mortuaire du défunt, tout ce que celui-ci portait sur lui : alliance, chevalière, médaille de baptême, montre et chaîne giletière. Le tout fut rassemblé dans une enveloppe, et déposé dans un tiroir du secrétaire. En attendant...

Après sa visite chez le notaire, Henriette n'avait pas attendu : du bout des doigts, comme une petite bombe explosive, elle avait ressorti la montre, l'avait détachée de sa chaîne. Aucune envie de la conserver ! Elle ne manquerait à aucun de ses enfants, plus personne n'utilisait ce genre de toquante.

Faisant cela, elle signait cette évidence qu'elle avait déjà intégré l'existence d'une double famille. De fait, tout le monde sauf elle le savait, on me l'a raconté plusieurs fois.

— Urbain, vous voudrez bien, en allant faire les courses à Sarlat, déposer cela chez maître Eymerie, rue des Consuls ?

Ainsi fut fait. Mais le minuscule paquet soigneusement ficelé ne parvint jamais à son destinataire. Soit qu'il n'ait jamais été envoyé, par la négligence d'une secrétaire ; soit que l'adresse ait été périmée, avec retour à l'envoyeur. La montre demeura donc dans le coffre de l'étude de 1938 jusqu'à 1962, au moment où Paul Eymerie décida de transférer ses bureaux à Périgueux. Sa trace se perdit à ce moment, comme indiqué en travers d'un document signé par un clerc de notaire lors du déménagement des archives.

La même année, la ville de Sarlat bénéficiait – une première en France – d'une inscription en secteur sauvegardé, dans le cadre de la nouvelle loi Malraux : le vieil hôtel de la rue des Consuls reçut une pluie de subventions, et fut entièrement rénové. Aucune chance d'y retrouver quoi que ce soit ! Aujourd'hui, c'est un restaurant étoilé.

Mais que signifie ce legs ? Charles aurait pu choisir un objet plus précieux à léguer à son fils. D'ailleurs, celui-ci connaissait-il la raison de cet héritage, savait-il que Charles était son père ? Dans son enfance, le petit Jean-Baptiste – sa mère ne le surnommait peut-être pas « Jeannou » – était-il fasciné par cette montre, par ce geste de la sortir, entre le pouce et l'index ? Par le rythme régulier de son tic-tac ? Était-ce une promesse ? Un symbole du temps qui passe ? Je n'en sais rien.

En tout cas, Jean-Baptiste a été envoyé très jeune poursuivre ses études à Bordeaux, au collège jésuite Saint-Joseph-de-Tivoli. Tivoli était alors en Aquitaine le nec plus ultra en matière d'éducation, à laquelle la plupart des hobereaux périgourdins n'avaient pas accès : ils allaient au plus près, à l'autre Saint-Joseph, celui de Sarlat. Était-ce pour le faire oublier de V ? Sa mère était déjà malade ; c'était peut-être une façon de préserver l'avenir de l'enfant, en prévision de sa disparition. En tout cas, cela représentait un vrai sacrifice maternel que d'éloigner pour toujours son fils d'une mourante.

Le garçon, inscrit à l'âge de douze ans sous le nom de Jean-Baptiste D de V par Charles lui-même, a laissé à Tivoli le souvenir d'un élève travailleur et sans histoire. La pension était régulièrement payée, il n'y a rien de plus dans son dossier. Pour une raison inconnue, il n'y termina pas sa scolarité, mais fut envoyé dans un collège anglais du Sussex. Où tout naturellement, on ne l'appela plus que « John », en laissant tomber un Daubenton bien difficile à prononcer pour des Anglais.

En 1938, à la veille de la Seconde Guerre mondiale, trois ans après la mort de Clémence, et au moment où Charles rendait l'âme dans l'avenue du château, John avait vingt-trois ans, et se trouvait sur un bateau dans l'océan Indien. Quelques années auparavant, alors qu'il était à la recherche d'une « situation », l'un de ses camarades de classe l'avait recommandé à son père, dirigeant d'une compagnie de transport maritime britannique. John Daubenton de V avait été affecté à l'agence de Port-Louis, sur l'île Maurice, possession de Sa Gracieuse Majesté, après la domination française.

À l'époque, le notaire de Sarlat, même s'il avait vraiment cherché à le retrouver, aurait eu du mal à le suivre jusque-là. Et rien ne dit que Charles lui-même l'ait su.

C'était le parcours classique d'un jeune homme bien né, sans diplômes ni compétences particulières, qui voulait voir du pays : John était fait pour ce poste, il parlait aussi bien l'anglais que le français, était capable de tenir des livres de comptes, de rédiger des lettres d'affaires ; et de recevoir respectueusement un lord de l'Amirauté.

Ce qui est moins classique, c'est que John, JeeBeeVee, comme le surnommaient les chefs des dockers du port, ne demanda jamais à rentrer en Europe, comme en général les jeunes chefs d'escale britanniques, après avoir fait leurs preuves dans un poste exotique. Il était tombé amoureux de cette île perdue, de la multiplicité des langues et des visages qui s'y croisaient, aux passés flous et sans importance. Peut-être parce qu'il s'en trouvait délivré des secrets de son enfance ? Ou qu'il savait que plus personne ne l'attendait sur le Vieux Continent ? Au service de sa compagnie et sans doute autant pour son plaisir, il navigua beaucoup, visita les îles Rodrigues, Madagascar, La Réunion, jusqu'à l'Afrique du Sud, le canal du Mozambique et les côtes indiennes. À l'époque, on échangeait encore de la vaisselle de Chine, des étoffes d'Inde, des épices et des vivres du cap de Bonne-Espérance. Même la guerre, qui éclata peu de temps après, ne le fit pas revenir : il fut mobilisé sur place, et remplit quelques missions mystérieuses pour les Alliés.

Réputé travailleur, courtois et discret, il ajouta le créole au français et à l'anglais, et prit du galon ; à moins de trente ans il dirigeait l'agence de sa compagnie. Alors, il s'autorisa aussi à tomber amoureux. Follement amoureux.

De Mlle Joanne Banermann, une jeune fille grande et rousse. Joanne était issue de la seconde génération d'armateurs écossais présents sur l'île, depuis que l'isle de France était passée sous pavillon britannique, en 1810.

Elle traversait tous les jours les docks, face au quai où JeeBeeVee avait ses bureaux, protégée par son ombrelle. Suitée de plusieurs « nénènes » chargées de paniers, Joanne apportait à son père, ses frères et les employés blancs de l'établissement des sandwiches et du thé glacé. C'était d'abord une silhouette sans visage qui avait séduit John, au point de ne plus penser qu'à elle. Chaque jour il sortait sous le soleil brûlant de midi pour la saluer, espérant toujours en apercevoir un peu plus...

Physiquement, il était tout le contraire d'un Anglais : poil brun, yeux noisette, taille moyenne – mais robuste – et un accent chantant qui s'exprimait plus fort quand il était ému. En quelques mois, il s'était déployé autant qu'il pouvait pour se faire remarquer d'elle, lui qui était d'un naturel sobre et discret. Assez pour être invité à partager les fameux sandwiches au concombre. Il avait même trouvé tant de services à rendre à la famille de Joanne, et à son entourage, pour être admis au club où la colonie britannique se réunissait le dimanche.

Deux ans durant, il fit à Joanne une cour assidue. Démissionna même de sa compagnie maritime pour ne pas risquer d'être envoyé ailleurs : lui qui aimait tant la mer n'éprouva jamais le besoin de retourner en Europe. Il se fit engager comme directeur adjoint du port de Saint-Louis : c'était une preuve d'amour, une manière de planter là définitivement ses racines. Désormais, il pouvait épouser Joanne, qui l'attendait avec une flamme partagée.

Dans l'accueil qui lui fut fait par les Banermann, il y eut peut-être un malentendu sur son nom à particule, l'assimilant aux anciens colons français de l'île : pour faire face à la concurrence indienne, il fallait multiplier les alliances économiques. Mais si JeeBeeVee ne fréquentait pas ses compatriotes, il s'associa tout de même avec son beau-père.

John et Joanne vécurent heureux et eurent beaucoup d'enfants : le jeune ménage s'installa dans une jolie maison coloniale sur les hauteurs fraîches de la baie du Tombeau. Fille de notable colonial, la longue Joanne devint tout naturellement épouse de notable colonial : elle mit au monde trois enfants plus ou moins roux, et leur transmit son tempérament serein – certains parleraient plutôt d'indolence créole ! –, deux filles, Amy et Nora, en référence à la famille maternelle, et un fils prénommé lui aussi Jean-Baptiste, en l'honneur de ses origines françaises à lui.

En famille, on ne parlait que l'anglais, avec assez de créole pour communiquer avec les domestiques et acquérir des notions de français. Joanne et ses filles sont demeurées dans les mémoires mauriciennes pour leur contribution au jardin botanique de Pamplemousses, gardien de la flore des Mascareignes : leurs noms figurent sur une plaque de remerciements à propos de girofliers remarquables. C'est ainsi, au hasard de vacances au soleil, que je les ai retrouvées ! Et que je peux tracer dans ses grandes lignes l'histoire de cette branche exotique de la famille.

Les Daubenton de V traversèrent sans dommage les troubles politiques qui précédèrent l'indépendance de l'île en 1968 : la double nationalité française et britannique était un atout, et conforta même JeeBeeVee dans ses affaires, sur terre et sur mer. Au contraire des

Européens venus faire fortune pour repartir le plus vite possible, lui capitalisait sur le temps long. Et sur le couple qu'il formait avec Joanne.

Il était dans l'ordre des choses que les filles se marient sur la petite île, et dans la colonie britannique – cela se passa ainsi. Et que leur fils Johnny, Jean-Baptiste de V pour l'état civil mauricien, deuxième du nom, soit envoyé à l'adolescence dans le collège anglais où avait étudié son père. Avec l'objectif de revenir s'occuper des affaires familiales : l'instauration d'un port franc sur l'île diversifiait les activités, notamment dans la finance et le tourisme. De nouvelles compétences devenaient nécessaires.

Mais Johnny apprécia de quitter son île minuscule, où l'avenir était sans doute trop prévisible. Après le Sussex, il traversa l'Atlantique pour faire de l'économie à Berkeley, et enchaîna sur des affaires new-yorkaises, ne revenant à Maurice que de loin en loin. Dans les années 1970, le rêve américain battait son plein, Johnny en voulait sa part : en trente ans de vie professionnelle, il fit fortune plusieurs fois, et la perdit presque autant de fois. Ses parents s'en désolaient ; mais heureusement, ils avaient depuis longtemps choisi des gendres capables de le remplacer dans la firme familiale.

En 1980, d'une relation avec une jeune Américaine très féministe et un peu hippie, dont il se sépara vite, Johnny eut un fils unique, qu'il exigea d'appeler Jean-Baptiste. Il n'avait donc pas tout à fait perdu le sens des traditions ; ou bien percevait-il la solidité de la dynastie que Joanne et JeeBeeVee étaient en train de créer ?

Jean-Baptiste, troisième du nom, fut ballotté de New York à la Californie par des parents occupés à autre chose. Quand il n'y avait vraiment personne pour le garder aux États-Unis, on l'envoyait chez ses grands-parents mauriciens. Le point fixe de son enfance, où il retrouvait une famille, un bain de tendresse, du temps long, des rites et des racines : tout ce dont il manquait !

Abonné au service *unaccompagnied minor* des compagnies aériennes émiraties, Jean-Baptiste – il tenait à son nom français entier, même avec un fort accent anglais, parce que c'était celui de son grand-père – passa dans « la perle de l'océan Indien » beaucoup de vacances émerveillées : la liberté au soleil, les innombrables cousins, les rougails et la végétation exubérante, le plaisir d'être reconnu à chaque coin de rue de Port-Louis, la plongée dans le lagon et les pique-niques sur les îles... « Le petit Américain », comme on l'appelait, suivait sa grand-mère dans ses activités botaniques, et son grand-père dans ses virées en speedboat.

JeeBeeVee – comme tout le monde, son petit-fils l'appelait ainsi – avait toujours bénéficié d'une certaine aura : ses origines lointaines, une longue vie pleine de voyages et de péripéties, sa force de caractère et ses larges épaules roussies de soleil... On ne dirige pas un port plaque tournante du commerce entre l'Afrique et l'Asie sans être mêlé à la flibusterie du monde, et avoir vu beaucoup de choses. Et il savait raconter...

En se retirant des affaires, autour des années 2000, JeeBeeVee et Joanne de V s'étaient installés au bord de l'eau, comme de jeunes amoureux qu'ils étaient toujours. Dans ce qu'on appelle un campement : une villa confortable avec sa varangue, et un bateau à l'ancre juste devant, leur donnant l'impression d'être seuls au monde face à l'horizon.

Durant les parties de pêche avec son petit-fils, le vieil homme se laissait aller à des évocations de son enfance dans la France d'avant-guerre, dans un Périgord mythique. Mêlant le français à l'anglais, de plus en plus de français, avec des mots inconnus de l'adolescent. Jean-Baptiste savait poser les questions, des digues sautaient dans la mémoire du grand-père, qu'il avait passé toute sa vie à élever, à renforcer. Tous deux s'étaient trouvés ; de ces matinées, départ à l'aube et retour avant que le soleil brûle, ils ramenaient autant de souvenirs que de poisson...

Sans s'en rendre compte, JeeBeeVee laissait peu à peu tomber l'armure, apparaître des secrets que Joanne même ne connaissait pas : une enfance de petit bâtard, prié de se faire oublier. D'être reconnaissant à son père des miettes de vie offertes, et de subvenir à ses besoins. Interdiction de laisser exploser les ressentiments accumulés contre son géniteur ; et contre sa mère aussi, qui acceptait la situation.

Près de soixante-dix ans plus tard, au volant de son bateau, il pouvait encore décrire précisément le château de V, où il allait apprendre le catéchisme le jeudi après-midi. La couleur des pierres, les sculptures sur la façade, Mademoiselle Thérèse cassée en deux, l'escalier en colimaçon, avec cet ours en peluche qui le regardait au passage. L'armure un peu effrayante de l'aïeul, l'argenterie gravée, le jeu de croquet... Et une généalogie peinte par sa mère où lui-même figurait par un espace vide.

— Elle l'avait signé ?

— Oui, mais seulement à l'arrière de la toile.

Il raconta aussi les albums photo qu'il lui arrivait de chaparder pour quelques jours, histoire de scruter ses origines. Les décorations dans la vitrine, ouverte en catimini, les graffitis sous la table de chêne, les secrets arrachés aux domestiques, qui l'aimaient bien.

— Tout le monde faisait semblant de ne pas savoir qui j'étais, ce que je faisais là...

Le vieillard serrait tout d'un coup les poings d'humiliation, sans même s'en rendre compte : le bon et le mauvais se mélangeaient pour créer de la force !

Jean-Baptiste ressentait la cruauté de l'immense décalage entre ce vieil enfant-là, qui souffrait encore, et l'homme respecté qu'il connaissait, nimbé de toutes les réussites de sa vie. Et aussi une fascination trouble, agressive, pour ces aristocrates français du siècle précédent, qui ne voulaient pas de JeeBeeVee.

Un miroir peut-être des manques de sa propre enfance, écartelée entre une mère junkie et un père torturé. Mais ce qui ne tue pas rend plus fort ! Comme son grand-père, il en tirait de l'énergie, une résistance, une maturité plus grandes. De vacances en vacances, Jean-Baptiste devenait une force de la nature : stature californienne, mental d'athlète. Et philosophie de résilient, capable de tirer parti de la créativité baroque de sa mère autant que du génie technologique débridé de son père. De ressentir et comprendre ce que les autres ne voyaient même pas : après avoir tant écouté JeeBeeVee, tant compris avec lui, il était devenu une véritable éponge à histoires, à couleurs, à émotions, dans ses différentes langues et ses différentes cultures. Le grand-père, en avouant son histoire, lui avait peut-être transmis aussi son tempérament de gagneur.

À vingt-deux ans, encore étudiant, Jean-Baptiste créait sa première start-up, lançait ses premiers héros, fabriquait des dessins animés, imaginait les premières séries du monde audiovisuel de l'époque. À vingt-quatre, il s'associait avec Mike, dit Mika, un ami d'université, qui s'avéra capable d'organiser des levées de fonds pour la petite entreprise, et d'en gérer le développement pour atteindre une taille critique sur le marché américain.

Ces années-là, celles de l'explosion de la Silicon Valley, il avait travaillé comme un fou, parce qu'il aimait cela, sachant attraper au passage la révolution numérique, attirer des talents ; et aussi se diversifier au bon moment. Une success story à l'américaine : DJiBi, c'est le nom qu'il avait donné à sa boîte, était devenue en moins de dix ans une major dans son domaine.

Mais il y a toujours un revers au succès : les femmes qu'il avait aimées, trop vite, trop fort, n'étaient pas restées dans sa vie, disparaissant sans violence ni explication : Jean-Baptiste n'était pas un loup, juste un solitaire, un artiste autocentré parfois visionnaire.

Il n'avait pas eu le temps non plus de voir décliner son grand-père. Un jour, un message lapidaire de Joanne l'avait prévenu : le vieux JeeBeeVee arrivait au bout de sa longue vie, le souffle lui manquait.

Jean-Baptiste avait toujours suivi ses intuitions, il prit le premier vol pour Maurice. Un aller sans date de retour. Désormais, on pouvait travailler et gérer ses affaires à travers un ordinateur ; et c'était dans le monde entier qu'il travaillait à des développements possibles.

Le lendemain même il s'installait dans la chambre de son enfance, avec vue sur le lagon et le speedboat à l'ancre. En dehors des soirées passées en visioconférence avec Mika et les équipes de Los Angeles, il avait tout son temps pour son grand-père, et ses quelques heures de conscience dans la journée.

Drôle de vie pour un homme de quarante ans ! Sa famille, cousins et neveux dispersés sur l'île et ailleurs, trouvait cela admirable, et formidable pour soutenir leur grand-mère désespérée. Joanne n'imaginait pas survivre à son époux, son étoile du Berger, son amour de toujours.

JeeBeeVee, lui, se révéla tellement heureux de cette présence qu'il en oubliait de mourir. Il avait tant espéré le retour au bercail de son fils unique qu'il imaginait son petit-fils installé pour de bon, prêt à prendre sa place. À défendre les intérêts des affaires familiales, à écouter ses secrets de fabrication, à aimer ce qu'il avait construit.

Et les semaines s'écoulèrent dans la moiteur de la varangue ; des heures et des heures passées face à face, pour permettre à Joanne de pleurer, de se reposer. Ces heures difficiles de la fin de vie, où le vieillard peinait à respirer, à s'exprimer.

Lui qui avait parlé, compté, réfléchi, dirigé toute sa vie en anglais ne trouvait plus ses mots qu'en français. Comme si ne demeurait que sa mémoire la plus ancienne. Et ceci entraînant cela, au fil des jours il ne parlait plus que de son enfance périgourdine. Multipliant les souvenirs, les descriptions, les anecdotes de sa voix sifflante de vieillard.

Son petit-fils hochait la tête, sans poser de questions. Trop fatigant. Quand les explications manquaient – le XXe siècle européen n'était pas vraiment sa spécialité –, il les cherchait sur internet et les affichait sur l'écran de l'ordinateur installé au chevet du malade. Ordinateur destiné en principe à occuper ses insomnies nocturnes avec des films produits par DJiBi.

Des approximations de la bague scintillante de Mme la comtesse, des goûters d'Albertine, de la canne à pommeau d'argent et de la montre à gousset de son père...

À travers ces meubles, ces objets, bien mieux qu'avec des idées, JeeBeeVee transmettait ses secrets, son essentiel. Parce que les choses ont une vie bien plus longue et résistante que les gens.

Un soir, au milieu d'une curieuse recherche sur internet – Jean-Baptiste avait tapé « Renaissance italienne », « personnages sculptés sur façade » –, le vieil homme se mit à s'agiter, pointant du doigt l'écran.

La page d'un site français d'annonces immobilières s'était affichée.

— *To sold*, V est à vendre ! La fin d'une histoire... c'est notre nom...

Difficile de comprendre, entre tous les points de suspension, s'il parlait de son histoire à lui, ou de celle de ce château lointain. Les deux sans doute, V saignant encore en lui.

Ensemble, ils firent lentement défiler les photos et les films qui présentaient la propriété. Un drone survolait les deux ailes de la grosse maison, le châtelet d'entrée, la chapelle, les allées du parc, l'écurie, le chenil, les bois environnants...

— *Well done !* ne put s'empêcher de saluer Jean-Baptiste, en professionnel de l'image.

Une caméra à l'épaule se promenait à travers la maison, zoom arrière zoom avant, captait la couleur des boiseries, les courbes de la rampe d'escalier, les ferrures d'une armure, s'attardait sur les pampilles d'un lustre, un porte-parapluies mordoré, les reflets éteints d'une table en marbre…

— *Crazy*, rien n'a changé…

Ils entrèrent ensemble dans l'intimité de cette maison, moment de grâce entre eux. D'un doigt fatigué, à peine levé, JeeBeeVee nommait, précisait. En oubliait de souffrir, de chercher son souffle.

Joanne, venue jeter un œil à la porte, était repartie silencieusement.

— Quel charme !

C'était vrai. Jean-Baptiste comprenait comment il envahissait son grand-père, si longtemps après.

La dernière page du site indiquait les coordonnées de l'agence. « Prix : nous consulter ».

— Tu veux qu'on achète V ?

La phrase était venue toute seule. Le vieil homme leva une main qui retomba aussitôt, trop faible, trop lourde. Il n'y croyait pas, ou laissait toute liberté à son petit-fils.

Jamais Jean-Baptiste n'avait imaginé acquérir un bien immobilier, encore moins en Europe, ce n'était pas dans ses gènes. Mais il croyait lutter ainsi à armes égales contre la mort, réaliser un rêve de gamin : y ramener un jour son grand-père.

Et il avait toujours su agir vite.

Au siège de DJiBi, à Los Angeles, on était habitué aux intuitions subites du patron, souvent bizarres, jamais bêtes. Et à trouver les moyens de les mettre en œuvre. Mika, aussi rigoureux que son binôme était imprévisible, se chargerait des démarches. Même avec le décalage horaire, dès le lendemain l'affaire était enclenchée, au nom de la société. Il y avait des liquidités disponibles à employer, et V n'était pas si cher, moins d'un million de dollars, au regard des investissements industriels habituels.

Cela prit tout de même un peu de temps, car le cher Mika, en bon gestionnaire, négociait toujours, pour le principe. Et signa trois semaines plus tard, au nom de DJiBi.

Il faisait nuit à Maurice quand la validation du compromis de vente parvint à Jean-Baptiste, au milieu des autres documents professionnels dont Mika l'abreuvait, depuis six semaines maintenant qu'il était absent.

C'était une nuit étouffante, sous la lune pleine et blanche, et le lagon étale. Il ne pouvait plus dormir, et alla doucement dans la chambre de son grand-père. Dans la pièce climatisée, le vieil homme respirait difficilement, par à-coups, et n'ouvrit pas les yeux quand son petit-fils lui prit la main. La garde-malade qui le veillait, elle, se réveilla en sursaut. Et vit l'Américain penché sur le vieillard, qui murmurait à son oreille :

— *Done*... V sera à nous !

Puis obéir à son signe de ne pas troubler ce sommeil difficile, et disparaître dans le noir. Sans certitude d'avoir été entendu, ni compris.

Il dormit si bien ensuite, dans l'illusion que son grand-père mourrait mieux avec l'assurance que la maison de ses origines reviendrait à sa descendance. Sans se rendre compte que cette revanche, c'était autant à lui-même qu'il l'offrait, pour se consoler d'avoir vu souffrir JeeBeeVee.

Fin juin 2022, quand Jean-Baptiste D de V s'éteignit, sans avoir repris connaissance, ils étaient tous là. Joanne, voûtée par le deuil, ses filles, ses gendres et ses petits-enfants mauriciens autour d'elle, du plus roux au plus chocolat. Et Jean-Baptiste, qui portait ce jour-là tout le chagrin du monde sur ses épaules. Il y avait tellement cru, jusqu'au bout...

— Ce n'est plus qu'une affaire de jours, de semaines...

Il voulait enterrer son grand-père en Périgord, là où il y aurait bientôt une terre pour l'accueillir. Une chapelle même, où reposaient ses ancêtres.

Il se démenait, envoyait des courriels à Bordeaux, à Paris, à Los Angeles. Demandait une date de signature définitive, prévoyait un voyage, faisait envoyer une liste de meubles et objets qu'il souhaitait conserver.

Mais Joanne s'opposa fermement à cette idée folle : son mari appartenait à cette île, c'était ici que sa descendance irait prier sur sa tombe. En anglais et en créole ! L'histoire française de JeeBeeVee était si lointaine, si ténue, son mari en parlait à peine...

— *Up to you, my dear...*

C'était à lui seul de continuer cette histoire-là, s'il le souhaitait. Jean-Baptiste fonctionnait à l'intuition : alors oui, il était toujours prêt malgré tout à investir, autant qu'il le faudrait, pour redonner un avenir au vieux château dont il portait le nom. Pour la beauté du geste, et pour rendre justice à son grand-père.

DEUXIÈME PARTIE

1

Cadeau

« Ne lisez pas comme les enfants lisent,
pour vous amuser, ni comme les ambitieux lisent,
pour vous instruire. Non. Lisez pour vivre. »
Gustave Flaubert

Le bout du bout est enfin en vue !

C'est-à-dire la signature définitive, et la remise des clés à l'Américain. Qui finalement avait changé d'avis, il viendrait lui-même, et voulait imposer le lieu, la date et l'heure.

— Rassurez-vous, ce sera juste une formalité, si le travail est bien fait avant. Et comptez sur nous pour bien le faire !

Du travail, il y en a eu tellement, pour établir des documents concernant une propriété qui n'avait jamais changé de main en mille ans. Avec de longues attentes et des coups de stress épuisants, ces derniers temps surtout.

Comme pour annoncer que la page se tourne vraiment à V, le soleil daigne se montrer. Tout d'un coup, là, au tournant de juillet, chaud et brillant, la nature explosant, et soulignant par contraste la tristesse du château aveugle, du parc à l'abandon.

— C'est le dernier jour ?

— Oui. Et on ne peut plus reculer, le commissaire-priseur est venu hier soir faire le point, notre catalogue est déjà en ligne ! Très bien référencé partout, impossible de le rater !

Pia, dans une robe d'été rose qui lui donne une allure de collégienne, est déjà scotchée à son téléphone, sa tablette, ses fichiers, organisant et ordonnant.

— Tout est OK, je viens d'en avoir confirmation. Demain matin huit heures, avec trois camions ; j'arriverai en même temps qu'eux.

La sonorité des pièces a déjà changé, avec le décrochage des tableaux, le déplacement des meubles, la livraison des cartons.

Une nouvelle couleur de Post-it, vert printemps, a fait son apparition pour signaler le mobilier préempté qui resterait sur place : peu de choses en somme, guère attirantes, rassemblées sur la table de la salle à manger emplastiquée : une vieille boîte à cigares, un ours en peluche mité, une canne dépassant de la douille d'obus, un rouleau enveloppé de papier journal, une caisse de vaisselle d'argent… La table à ouvrage et le guéridon marqueté sont glissés dessous, tandis que l'armure monte la garde à côté.

Il était entendu qu'ils seraient payés à la valeur atteinte par la dernière enchère, au cas où un autre acheteur se positionnait. Sinon, l'estimation ferait foi.

— Et hop…

La jeune femme en rose, satisfaite d'elle-même, prend encore un dernier cliché de ce drôle d'ensemble, et termine l'opération en enrubannant le tout d'une large bande rouge et blanc, du genre de celles qui défendent l'accès aux théâtres d'accidents. Fixe dessus un écriteau maison, qui se balance avec les courants d'air : « Attention, ne pas emporter ».

— Je me demande ce qu'il va faire de tout ça..., répète-t-elle encore une fois, en contemplant son rouleau vide.

— Ça m'est bien égal, répond Elina distraitement, dans un dialogue déjà écrit.

Elle se sent si légère, ce matin. Une étape est passée, tout cela est derrière elle.

Le téléphone de Pia émet sa musiquette de supermarché, les affaires reprennent.

— D'accord, d'accord, répond-elle. Attention au passage dans l'avenue, les arbres n'ont pas été taillés depuis longtemps. Oui, le terrain sera libre...

Puis se tournant vers Elina, Pia cherche ses mots :

— Cela va être violent, savez-vous, quand les déménageurs vont débarquer. Ils ont un temps limité et ne font pas dans la dentelle : ils raclent les murs et les parquets, laissent des déchets partout... Je pense que vous devriez partir avant...

Voilà, cette fois on y était ! Il fallait juste faire une fin, proprement.

— Ah, je ne tiens pas du tout à me trouver dans leurs pattes, les déménagements, ce n'est plus de mon âge ! Je m'en vais tout de suite, si vous n'avez plus besoin de moi ?

Et, désignant son annulaire à la jeune femme :

— La seule chose qui m'importe, je l'emporte, grâce à vous !

C'est la première fois qu'il est de nouveau question entre elles de la bague tank, qu'Elina n'a pas quittée depuis trois semaines.

Pia sourit, peut-être simplement parce que l'allitération lui plaît.

— Si vous n'y voyez pas d'inconvénient, je prendrais bien un petit caillou, moi aussi, en souvenir…

La voilà qui sort sur le perron et revient en montrant dans sa paume une pierre mordorée, traversée d'un bout de coquille sculptée.

Morceau d'une corniche tombée depuis longtemps de la façade, qu'Elina avait un jour repoussé contre le mur.

— Si cela vous fait plaisir, bien sûr !

Une bonne façon de se dire au revoir, Pia a l'air sincèrement heureuse.

Et farfouille un instant dans sa sacoche pour en tirer ce qu'elle cherchait.

— J'ai aussi un cadeau pour vous. Mais s'il vous plaît, ouvrez-le plus tard, quand vous serez rentrée chez vous.

— Oh !

Cela ressemble à un livre grand format, assez épais, enfermé dans une pochette de papier bien fermée.

— Merci, merci ! C'est promis…

L'émotion commence à monter, inutile d'en rajouter.

Dans le hall, sans regarder en arrière, Elina saisit sa petite valise à roulettes, qui l'accompagne depuis trois ans. Un signe de la main, une douleur au genou, et elle passe le perron pour la dernière fois. C'était fait, enfin !

Reste à déposer la 2 CV chez le garagiste, si content d'acheter une antiquité encore en état de marche, et avec si peu de kilomètres au compteur. La vieille voiture vaut bien plus que beaucoup de meubles ! Dans son enthousiasme, l'homme lui a promis de l'emmener ensuite jusqu'à la gare de Périgueux.

Ce n'est que bien installée dans le train qui la ramène à Paris, ses écouteurs vissés aux oreilles, et l'intégrale de Bach en fond sonore, qu'elle déchire la pochette.

C'est un livre, en effet ; plutôt un de ces albums photo de vacances que l'on fait imprimer sur internet : couverture cartonnée, papier glacé, doubles pages avec une photo à gauche, une légende à droite, une photo à gauche, une légende à droite, etc.

La couverture représente V dans sa splendeur d'hiver et ses lumières crues, dégagé de toute verdure. Une prise très réussie de l'ensemble du domaine, réalisée par l'agence avec son drone, qu'elle aime beaucoup. Pia l'a entendue le dire, et ne l'a pas oublié.

En regardant de près, au fil des pages, Elina retrouve la fameuse liste qui les a tant occupées ces dernières semaines. « Chapitre 1, le solitaire » ; « chapitre 2, le guéridon de marqueterie » ; « chapitre 3, la médaille de la Légion d'honneur » ; « chapitre 4, la canne à pommeau d'argent »... et ainsi de suite, elle la connaît par cœur.

Chaque meuble ou objet a droit à une photo en pleine page – Pia a pris assez de clichés sous tous les angles pour pouvoir choisir la meilleure – et à sa fiche technique et biographique. Mais des fiches tellement longues qu'elles courent sur des pages et des pages, entrecoupées de gros plans sur des détails, une ciselure, un graffiti. C'est, pour chacun, un véritable récit, rédigé comme un roman.

Il y a aussi, glissée à la première page, une petite lettre manuscrite de la donatrice, son écriture ronde si reconnaissable.

> *« Chère madame, ma chère tante, chère Elina…*
>
> *Je veux vous remercier de votre accueil à V, et d'avoir partagé avec tant de générosité vos souvenirs. J'étais tout à fait sincère lorsque je vous ai dit le bonheur que me procurait cette mission. Quand le commissaire-priseur de l'hôtel des ventes où je travaille a parlé d'une intervention urgente à V, la proposant à tous ses collaborateurs, c'est peu de dire que j'ai sauté sur l'occasion ! Je me serais battue pour l'obtenir…*
>
> *Je suis l'arrière-petite-fille d'Antoinette de V, la petite-fille d'Amélie, née Latour, et la fille de Solène, qui a écrit son mémoire de maîtrise sur les femmes décorées de la Légion d'honneur à titre militaire. Chacune m'a transmis une forme d'intérêt pour les objets et leur histoire.*
>
> *Mes grands-parents habitaient Javerzac, qui fut la maison d'Antoinette Latour après son mariage. Ils y accueillaient souvent leurs petits-enfants ; une tradition familiale, peut-être ? J'ai donc grandi dans les souvenirs de ce château de V, où mon arrière-grand-mère était née, s'était mariée, et où ma grand-mère avait passé les étés de son enfance et une partie de la Première Guerre mondiale. J'ai entendu raconter tant d'histoires, vu tant de photos de V, que j'arrivais presque en terrain connu ! Mais il y avait aussi une sorte de brume qui dansait sur cette partie de ma famille, un substrat de secrets et d'amertumes que je voulais dissiper.*

Alors, quelle aubaine de me voir confier ce catalogue, d'ouvrir largement le château ! J'ai ressenti la même fascination que les générations précédentes pour V : cette maison a une âme. Ce qui explique pourquoi c'est un paradis perdu pour ceux qui s'en sont sentis chassés.

Merci, merci de m'avoir laissée aller partout, tout regarder, ouvrir les armoires, fouiller, lire les lettres ; tant de lettres, dans la fabuleuse chambre des archives ! Je me suis immergée des journées entières dans cette masse de papiers, j'ai déplié, replié, interrogé des phrases attrapées au vol, cherché ce qu'elles pouvaient dire ou cacher. J'ai essayé de gratter sans cesse derrière tant d'apparences, tant de certitudes… Je n'ai pas tout compris, bien sûr ; et vous ne m'avez pas tout dit, je le sais bien. Dans ce gigantesque puzzle, il manque encore des pièces, mais je suis heureuse d'avoir pu en assembler quelques-unes. Heureuse de vous offrir mes trouvailles, pour vous remercier de ces semaines partagées. Dans quelques jours, les meubles et les objets qui ont fait l'esprit et la beauté des lieux seront dispersés et perdront leur histoire, ce qui est leur principale valeur. Que ce livre puisse en conserver l'essentiel !

Je vous souhaite, puisque c'est ce que vous espérez, de vivre longtemps heureuse, allégée de cette charge.

Avec mon admiration, et tout mon respect

Pia Autefort

PS : Vous me pardonnerez de n'avoir pas toujours laissé partir ces souvenirs familiaux de bon cœur ? Si finalement vous décidez d'assister à la vente aux enchères, prévenez-moi, vous y serez une invitée d'honneur, bien sûr ! Vous pouvez également vous connecter pour suivre la vente sur internet, je vous enverrai alors le lien. »

— Ah, non merci !

Passée l'exclamation, qui n'est qu'une défense contre les émotions qui la submergent, Elina se plonge dans le livre, dans l'ordre, page par page, tournant et retournant le chaton de sa bague. Les quatre heures du voyage s'écoulent presque en entier.

Déjà les voyageurs autour d'elle commencent à s'agiter, à se préparer. Elina ferme les yeux : réaliser, comprendre, réfléchir.

Elle qui n'a jamais eu de famille, et l'avait regretté dans les difficultés, s'en découvre une pléthorique. Si nombreuse qu'elle se perd entre les branches, les générations, les lieux : il lui faut rassembler les pièces du puzzle, comme dit Pia. L'arbre généalogique abandonné à l'acquéreur prend tout d'un coup sa valeur, ainsi reproduit en photographie ! Dans toute cette histoire, repérer les failles, les brouilles, les non-dits, les erreurs et les interprétations, comprendre comment on en est arrivé là. Une telle enquête, un tel travail de mémoire, qu'en faire, sinon marche arrière… Est-ce cela que désire Pia ? Non, merci !

Le jingle d'arrivée résonne. « Mesdames et Messieurs, assurez-vous de n'avoir rien oublié. Nous vous remercions d'avoir choisi le train… »

La voiture est vide. Au bout d'un moment, un contrôleur bienveillant se campe devant elle, toujours enfoncée dans son siège. Propose de descendre sa valise du rack.

— Ah oui, volontiers !

Sur le quai, déjà elle a la certitude que le livre ne change rien : les raisons de se séparer de V sont encore plus évidentes.

La signature définitive est fixée au 8 juillet, et se ferait à Paris. Ainsi en a décidé la société américaine, et cela l'arrange bien.

Ce n'est pas elle non plus qui a choisi le notaire en charge de la vente. Là encore, l'agence lui a tenu la main, pour éviter le « grain de sable ».

« Dans une opération aussi lourde, aussi technique, engageant les réglementations de plusieurs pays, n'est-ce pas, il faut faire appel à une structure outillée, ayant l'expérience de ce type de bien. Nous avons l'habitude de travailler avec une grosse étude parisienne… »

— Très bien, très bien !

Au téléphone, ces derniers mois, elle était passée par la voix de multiples collaborateurs et collaboratrices, tous plus aimables et professionnels les uns que les autres, mais qui changeaient sans cesse : il fallait alors reprendre le dossier, redonner des explications, renvoyer de nouveaux papiers.

— Très bien, très bien…

— Ensuite, il ne restera qu'à vous envoyer l'acte définitif pour relecture…

— Très bien, très bien !

La grosse enveloppe est arrivée avant Elina, déposée par la concierge entre des pubs et des journaux, sur des partitions de musique en pile. Elina soupèse le paquet, feuillette les documents et la liasse d'annexes, qu'elle a l'impression de connaître par cœur. Renonce intérieurement à passer une minute de plus sur ce dossier.

Et se met à ranger ; se réinstaller, enfin, chez elle ! Lance une bohémienne de Dvořák qui donne envie de danser, pendant qu'elle retrouve sa théière, ses pots de thé – voyons, lapsang souchong ou orange pekoe ? – pour fêter son retour.

En réalité, c'est surtout les pièces du puzzle familial qui dansent en elle. Pia lui a offert le cadre, et beaucoup de pièces disséminées ou déjà agrégées pour former un motif. Elle-même en possède quelques-unes, les dernières que l'on pose au moment de terminer. Cela donne déjà une vision d'ensemble ; le passé reconstitué peut maintenant disparaître. Vivement la signature !

2

Signature

« Dieu nous a vendu le paradis en viager sans nous avertir qu'il était immortel. »
Rose Celli

Jean-Baptiste adore l'Europe, la France, et Paris en particulier. Il y est souvent venu, à tous les âges de sa vie. La première, c'était à cinq ans, pour visiter Disneyland Paris. Sa grand-mère maternelle, en parfaite Américaine, n'imaginait rien de mieux pour le distraire des conflits entre ses parents. La seconde, c'était avec son père, l'année suivante, dans une sorte de surenchère : il s'était beaucoup plus ennuyé, à attendre la fin des rendez-vous paternels dans des halls d'hôtel, seul de son âge. Cet enfant-là, à la fois désorienté et curieux, il en avait fait le héros d'une de ses premières séries animées. Et encore une fois à l'adolescence, en voyage de classe pour visiter les châteaux de la Loire. Les séjours suivants se confondaient dans sa vie d'adulte : comme il maîtrisait assez bien la langue, grâce à ses vacances mauriciennes, ses premiers employeurs l'avaient abonné aux

« projets français » : un studio de création à évaluer, un salon professionnel, des présentations de produits… Il jouait volontiers de son accent créole, déroutant joyeusement ses interlocuteurs hexagonaux : Américain de la Louisiane passe encore, mais l'île Maurice, c'est où ?

— Vraiment, on y parle français depuis le XVIIIe siècle ? interrogeaient-ils.

Et puis, surnagent dans sa mémoire quelques expéditions à alibi documentaire : une nuit dans le quartier du Marais, meurtri par un attentat terroriste ; les quais glauques de la Seine du côté de Bercy ; le sauvetage de l'Opéra Garnier financé par des mécènes américains ; les piles de crânes humains, du sol au plafond des catacombes.

Mais ce voyage-là est tout à fait différent des autres. Éminemment privé, tout à fait personnel, presque de l'ordre de l'intime : il est bien décidé à faire un aller-retour pour signer lui-même l'achat de V. Et il dispose de moins de quarante-huit heures. Le rendez-vous du 8 juillet doit impérativement être fixé à Paris.

Après les obsèques de JeeBeeVee, le tourbillon des « jamais plus » et des pages à tourner s'est imposé : l'adieu au soleil couchant sur le lagon, le dernier tour de speedboat, les embrassades mouillées de Joanne, persuadée de ne jamais revoir le plus étrange de ses petits-fils, embarqué dans une aventure qu'elle ne comprend pas. Puis le retour à Los Angeles : des semaines de forçat à resserrer les boulons de la boîte, après sa longue absence.

Le 8 juillet se profile sans crier gare. Il entreprend d'organiser son voyage sans rien demander à Lina, l'assistante ; vraiment trop privé, trop personnel. Vols, horaires, compagnies… quelle affaire de réserver un siège qui permette d'être au centre de Paris le 8 à neuf heures du matin ! Plus difficile encore de trouver une chambre d'hôtel en dehors des usines à colloques, toutes situées en périphérie. Il finit par réserver à prix d'or dans un petit hôtel de la rue Saint-Roch, proche de la Seine et de l'étude notariale.

Mika lui a envoyé un lien vers un gros fichier qu'il a sciemment décidé de ne pas ouvrir avant d'être installé dans l'avion. C'est trop important, trop différent, trop lointain encore, pour mélanger l'émotion du français avec l'anglais du business, fait de court terme et de négociations.

— Ce qui compte, c'est le compromis que tu as déjà relu ; ensuite ça va tout seul.

Il fait toute confiance à son ami.

Mais c'était une erreur, de renoncer à la classe business, faute d'avoir retrouvé sa carte premium. Vol de nuit, dans un fauteuil qui ne s'allonge pas, coude à coude avec un ronfleur de compétition. Vérification par principe des programmes proposés aux voyageurs, et le pourcentage de productions DJiBi. Champagne français pas terrible et sommeil intermittent, dominé par l'impression de basculer en équilibre dans l'inconnu ; les trous d'air sont nombreux sur ce vol, impossible de se concentrer sur un contrat dans ces conditions. Enfin, gros retard à l'atterrissage.

Bien sûr, il a oublié de commander une voiture ! La queue glaciale devant la file des taxis (*si seulement j'avais laissé Lina s'en occuper…*) et des embouteillages monstres à l'entrée de Paris (*voilà pourquoi elle vise toujours des casernes luxueuses directement accessibles de l'aéroport*).

Enfin ! Ce minuscule hôtel niché à l'ombre de l'église Saint-Roch, personne d'autre que lui n'aurait osé le choisir. Délicieusement désuet, des croissants inoubliables. Jean-Baptiste s'affale sur le lit et ouvre le dossier V sur son ordinateur. Il a une heure pour l'avaler avant l'heure du rendez-vous.

Le nom de famille de la vendeuse est bien le même que le sien ; une transmission directe, donc, comme il l'espérait sans en être sûr. Elle coche toutes les cases : née à V en 1954, elle tient la propriété de son père, mort en 2005. L'acquéreur en face, DJiBi, société enregistrée à Los Angeles. Ces deux planètes si différentes et si bien alignées aujourd'hui lui donnent envie de raconter à la Terre entière l'histoire de son grand-père, de la tresser avec celle du château, de vérifier comment les pièces de son puzzle personnel s'emboîtent. Et il s'endort benoîtement sur cette idée.

À l'heure pile où il aurait dû se présenter rue des Pyramides, rasé-douché et l'esprit clair, il émerge tout juste de son jetlag. Arrive en retard, dans son survêtement de voyage siglé DJiBi et dévasté par la nuit.

On l'accueille comme si de rien n'était, ou comme s'il ne pouvait être que comme cela. Personne n'attend d'un encore jeune créatif américain, prêt à lâcher presque un million de dollars, qu'il soit propre et ponctuel. Ici il appartient à la catégorie des footballeurs et des rappeurs internationaux, qui méritent le respect dû aux caprices de l'argent. Respect n'excluant pas une certaine condescendance.

En lui proposant un café qu'il refuse bien à tort, on l'installe devant l'immense table d'un bureau aveugle, capitonné de cuir, où tout le monde l'attend dans un silence réprobateur. Une brochette de juristes, hommes et femmes tous encostumés de gris. Préoccupés de mener à son terme cette vente compliquée : ne pas s'écarter du sujet, éviter le grain de sable toujours possible : le temps, c'est de l'argent.

Tout cela est terriblement français. Au centre, un homme, que des tempes blanches désignent comme le patron, s'adresse à lui :

— Cher monsieur, on nous a prévenus que vous aviez un avion de retour cet après-midi, nous allons faire pour le mieux... Les fonds ont bien été versés à notre étude, nous vous en remercions. Vous n'avez pas souhaité de traduction, nous nous exprimerons donc en français.

Merci Mika ! Un document s'affiche sur grand écran, qu'un homme gris commence aussitôt à lire.

De l'autre côté de la table, très loin et de profil, les yeux baissés, une petite femme aux cheveux exubérants, très blancs ; habillée de rouge, pas de gris.

L'homme s'adresse à elle en parlant de la venderesse. C'est donc elle, Elina de V.

Jean-Baptiste la dévore des yeux. Avec elle, l'histoire de JeeBeeVee prend corps ! C'est une pièce de musée : elle est née et a vécu à V, après le départ du jeune bâtard. Pas le genre des seniors américaines qui fréquentent les salles de sport, ni des aïeules mauriciennes douces et sages. Le dos très droit, ce qui ne la grandit pas beaucoup, des lunettes rouges au bout du nez et un énorme bijou brillant au doigt, qu'elle tourne et retourne sans cesse, avec un air excessivement ennuyé.

Comme si elle s'en fichait, de ce qui se passe dans la pièce. Le lecteur décline maintenant la transmission : Charles, Jehan, Elina...

Charles, le père naturel de JeeBeeVee ! Il attrape le nom au vol, cherche en vain le regard de la dame, fixé sur ses doigts. On parle maintenant des tombes de la chapelle, où la loi exige de laisser un accès aux descendants... Oui, il avait lu et accepté cette clause. Elle ne lève même pas un sourcil.

L'homme gris traverse au pas de charge une succession d'articles, rédigés dans un vocabulaire juridique tout de même compliqué pour lui. Dans ce tunnel, quelques phrases concernant les biens meubles demandés par l'acquéreur : il lui est concédé une option préférentielle lors de la vente aux enchères qui aura lieu deux jours plus tard, à Bordeaux. Le procédé lui semble obscur, mais Mika a donné son accord, il est trop tard pour réagir.

Et surtout la venderesse, à ce moment-là, lève les yeux et lui décoche un sourire. Ni triomphant ni séducteur, ni rien ; juste gentil, peut-être même engageant. Il aurait juré qu'il y a dans ce sourire-là une ressemblance avec JeeBeeVee. Mais déjà elle a détourné le regard, repris son air de ne pas y toucher.

Arrive le moment des signatures, avec l'apparition de deux volumineux dossiers de papier. Heureusement que tout a été vérifié avant, il n'a décidément pas tout compris.

— Vos initiales, en bas à droite de chaque feuillet, s'il vous plaît.

La dame exécute, feuille à feuille, la collection de gris-gris qu'on lui demande. À toute allure, entourée d'un silence religieux. Comme si autour d'elle on avait encore peur qu'elle se rétracte.

Pendant qu'il en fait autant sur sa propre liasse, un trousseau de clés glisse cérémonieusement de main en main, en cliquetant tout au long de la table, jusqu'à s'arrêter devant lui. Quatre clés, de tailles et formats différents, assorties chacune d'une étiquette de plastique colorée. Jamais il ne s'est demandé à quoi ressemblaient les clés d'un château de France, mais il n'imaginait pas cela. Les regarde sans les toucher. C'est tout, vraiment ? Ces clés valent un million de dollars !

— Lu et approuvé, avec signature complète, s'il vous plaît.

La venderesse se lève brusquement, dès le dernier trait de la dernière page.

Jean noir, blouson de cuir rouge et baskets, rouges aussi. Salue à la ronde d'un signe de tête, et tourne les talons en direction de la sortie. L'un des collaborateurs se précipite pour la raccompagner.

— Il nous restera donc à apurer les comptes, après la vente aux enchères du mobilier de V la semaine prochaine ?

Un vague hochement de tête, et elle lui a déjà refermé la porte au nez.

Étonnement manifeste autour de la table. Certes, il faut que les choses aillent vite, mais en respectant les formes, tout de même ! On toussote, on ramasse ses dossiers, on lorgne vers lui, l'acquéreur. Le notaire aux tempes argentées prend sur lui de provoquer la poignée de main réglementaire, et lui tend la sienne.

— Félicitations ! Vous êtes désormais propriétaire en titre : l'enregistrement sera fait dans la journée, et vous recevrez tous les documents par e-mail d'ici à cet après-midi, peut-être même avant votre vol. Je vous souhaite le meilleur, cher monsieur, et beaucoup de bonheur en France ! N'oubliez pas vos clés !

Voilà, c'est vraiment tout.

Jean-Baptiste n'a plus rien d'autre à faire avant de repartir à l'aéroport, que de cuver son intense frustration. Si, prendre une douche !

3

Vente aux enchères

« C'est surtout dans les ventes aux enchères
que le silence est d'or. »
André Prévot

Une grande salle tendue de rouge rubis façon Grand Siècle, envahie par l'odeur tenace de poussière aigre qui s'en dégage. Même celle de la cire accumulée sur les bois ne peut pas lutter contre. Tout ici est un peu faux, artificiel, comme sur une scène de théâtre : les meubles et les objets ne servent à rien, ils ne sont que de passage, pour s'exhiber. Dans une salle des ventes, on passe de la bibliophilie aux vins, de la mode à la peinture moderne, des bijoux aux armes ou au mobilier Empire. Sur les côtés est alignée bêtement une succession d'imposant mobilier, avec des tableaux en rang d'oignon. Buffet contre buffet, portrait contre portrait, armoire contre armoire, pendule contre pendule, et ainsi de suite, ces meubles à touche-touche en perdent leur charme particulier, leur utilité. Même sans ouvrir une porte ou un tiroir, on sait déjà qu'ils sonnent vides.

Tout le monde semble attendre en chuchotant que commence la liturgie : sur la grande estrade un ballet de vestales élégantes, jolies jeunes femmes qui s'activent à déplacer des micros, transporter des dossiers et susurrer des consignes.

Elina les observe derrière son écran. Elle n'avait pas du tout l'intention de se connecter à la vente. Et pourtant quand Pia lui a envoyé un lien d'invitation, la curiosité a été la plus forte. L'appât du gain aussi, il lui faut rentrer dans ses frais ! Et puis, elle les a tant côtoyés, ces « lots » numérotés, elle les connaît si bien qu'elle s'est mise à les aimer un peu. N'en veut surtout pas pour elle, mais se demande ce qu'il va advenir d'eux, dans cette salle étrangère. Et aussi comment va se comporter « la liste » à option préférentielle.

— Tout ne sera pas dans la salle, bien sûr. Mais le public aura pu visiter les salles d'exposition auparavant. Pour la liste, il y aura des photos et des descriptions, il y a de quoi raconter, n'est-ce pas ? assurait Pia.

Les caméras connectées sont braquées sur l'estrade, sur le pupitre du commissaire-priseur. Mais parfois elles captent des morceaux de salle rouge, des mouvements incomplets, des silhouettes qui traversent, frôlent ces meubles guindés, comme intimidés, qu'elle s'amuse à reconnaître.

L'attrait de l'écran, voir sans être vue. Elina prépare une théière fumante pour tenir un siège, s'installe confortablement.

Comme dans une église, des rangées de chaises inconfortables, qui peu à peu se remplissent. Aux premiers rangs, des habitués, fidèles, respectueux, concentrés, portent leur catalogue comme un missel. Ils feuillettent encore une fois les pages cornées, les numéros entourés. Du coin de l'œil envisagent leurs voisins. De futurs adversaires, qui pourraient leur disputer des prises.

Au fond, tout autre ambiance : un groupe de femmes d'un certain âge, parfaitement détendues, joyeuses même, qui s'interpellent et rient en agitant leurs mains aux ongles vernis. Elles installent un camp de base en étalant vestes et sacs à main. Peut-être une sortie entre copines pour prendre un petit air de jolies choses anciennes, et terminer par des fruits de mer sur les quais de Garonne ? Entre les deux, des tas de gens de tous les genres, qu'elle n'aurait jamais imaginé fréquenter les salles de vente : des vieux et des jeunes, des maigres et des rondouillards, des gens des villes et des gens des champs, des looks d'étudiants, de mères de famille, d'artistes… Où se cachent les brocanteurs aux aguets que redoutait tant Pia ?

Le va-et-vient s'accélère et se multiplie. Sur l'estrade, certaines jeunes femmes se sont assises derrière des bureaux, coiffées de casques, le regard déjà tourné vers ailleurs. Car oui, disait Pia, le spectacle se joue autant dans la salle qu'en ligne. « Du monde entier » on suit les enchères, et on surenchérit. Tant de gens venus pour les meubles de V ?

Arrive le commissaire-priseur, en majesté. Ses acolytes pressés autour de lui, continuant à grappiller son attention pendant qu'il avance vers le pupitre. Pia est parmi eux, et pas la moins affairée. Elle porte sa tenue de bourgeoise sage, le tailleur-pantalon bleu marine de leur rencontre.

Il est dix heures, la « dispersion d'un mobilier complet de château périgourdin » peut commencer.

— Mesdames et messieurs…

Le silence se fait, dans lequel résonnent les essais de micro. Tout le monde est en place.

Sur son écran, Elina voit tout d'un coup s'afficher l'acquéreur américain, se pencher vers une chaise, occupant tout l'espace, puis disparaître hors de son angle de vision.

Depuis qu'elle a quitté l'étude du notaire, Elina s'est interdit de penser à lui, de l'imaginer à V. Le retrouver là, alors qu'il avait imposé ses horaires pour reprendre un avion dès la signature effectuée ?

Des manutentionnaires en gants de cuir, beaux comme des valets du Grand Siècle, viennent disposer des tableaux sur des chevalets, face au public.

— Nous commençons par des portraits. Ces peintures représentant des personnalités de toutes les époques ont été exécutées au XIXe siècle, pour démontrer la puissance de la lignée des V.

— Bonne facture, cadres abîmés, restaurations nécessaires…

Le commissaire-priseur se chauffe la voix et le cœur.

— Lot n° 1, Adhémar de V, magistrat au parlement de Bordeaux vers 1780.

— Lot n° 2, ecclésiastique inconnu.

— Numéro 9, Gaston de V, époque Restauration.

Des hommes d'Église, des hommes de guerre, des hommes à perruque, moustache ou cravate. Ici, ils ont perdu toute leur superbe : dans le hall de V, ils ne paraissaient pas si sinistres, se dit Elina. Parce qu'en alternance avec eux, il y avait leurs compagnes, gorges déployées sur des flots de dentelle, pommettes roses et énormes bijoux.

Quelques doigts se lèvent pour enchérir, à peine, lentement. Ne surtout pas montrer trop d'intérêt tant que les choses ne sont pas commencées !

Certains tableaux restent même collés au prix plancher, dans le silence. Peu importe, la voix bien élevée de Pia ou d'une autre retentit à chaque fois :

— C'est pris ! Au bout du fil, nous avons une offre… Pour 80, 120 ou 150 euros…

Trois coups de marteau rapides, dès la dernière syllabe. Comme s'il était complice des inconnus téléphoniques qui raflent tout.

— Lot nº 12… 15… 17…

Le spectacle se joue entre la salle, les téléphones et les écrans. Quand il s'agit de portraits de femmes, les prix montent joyeusement, doublant parfois l'estimation.

— Allons, allons, offrez-vous une de ces dames !

Des arguments de bonimenteur ; l'intérêt du commissaire-priseur est de faire monter les prix au maximum, on l'a bien compris. Peu importe le nom des personnages représentés, que personne ici ne connaît.

Elina se prend au jeu, chausse ses lunettes pour surveiller de près comment se comportent tous ces personnages familiers.

Divine surprise : pour la grand-mère, pas si jolie, il y a bataille serrée entre plusieurs personnes dans la salle, d'où se détachent un barbu, une très jeune femme aux yeux bleu clair, assis aux deux bouts dans la salle, et un inconnu sur internet. De 600 euros au départ, on monte à plus de 3 000 !

La victoire revient au barbu acharné, avec les félicitations de l'officiant.

— Bravo, monsieur, vous faites une très belle affaire !

La mine désolée de Pia ne dit pas du tout la même chose.

— Allons, nous continuons, lot n° 55, 56…

Les nombreux *Vierge à l'Enfant* et *Paysage de campagne* défilent sans beaucoup de succès. Les immenses *Ruines antiques* du salon suscitent un intérêt poli, chuchoté par les habitués.

Les voilà, les antiquaires, qui se fournissent en salles des ventes ! Ils ont la tête de monsieur et madame-tout-le-monde, le calme des vieilles troupes en plus.

— Lot n° 61 : en reproduction photographique sur l'écran, arbre généalogique fin XIXe, peinture d'amateur, nombreuses griffures et dépigmentations. Mise à prix, 400 euros.

Un véritable combat se déclenche alors, sur l'estrade et dans la salle.

En quelques minutes, dix personnes au moins surenchérissent, leurs voix ponctuées par celles plus aiguës de Pia ou ses consœurs, qui annoncent sans discontinuer de nouvelles offres sur internet, ou au téléphone.

La caméra se déplace, se fixe en gros plan sur l'Américain, qui calmement couvre chaque enchère. 500 euros, 600, 1 000, 1 500, 1 800…

— Allons, jusqu'où l'enchère va-t-elle monter, 2 000 ? jubile le commissaire.

Cette pauvre Clémence Daubenton n'en reviendrait pas, d'un pareil succès ! se dit Elina, qui, depuis la lecture du livre cadeau de Pia, éprouve beaucoup de compassion pour la maîtresse oubliée de son grand-père.

— Adjugé vendu !

L'Américain semble content d'avoir dépensé une fortune pour une croûte, et Pia avait tort : la généalogie atteint presque dix fois l'estimation de départ, sans compter les frais !

Mais elle avait raison pour les beaux meubles fragiles du grand salon.

— Lot n° 118, un salon Louis XV complet en bois doré, signé, comprenant cinq fauteuils, restauration à prévoir…

Des photos de l'ensemble défilent, tandis qu'on apporte avec précaution un fauteuil témoin.

— Voilà un très bel exemple de tapisseries reprenant les thèmes des *Fables* de La Fontaine.

Silence dans la salle.

— Les enchères commencent à 3 000 euros, ce qui est un prix très intéressant pour un ensemble de cette qualité-là.

Elina connaît maintenant l'histoire de ce mobilier, fabriqué à Versailles, offert par le roi lui-même à sa maîtresse, et transmis à sa bâtarde, aïeule des Raveilh. Elle sait la valeur qu'il pourrait prendre si ce *storytelling* était dévoilé. Mais Pia n'a pas jugé bon de le faire.

Le silence dure un moment, personne ne lève la main. Et Pia annonce :

— Couvert en ligne !

Le marteau résonne.

— Adjugé vendu, excellente affaire, monsieur ou madame sur internet ! Et maintenant, le lot n° 119 : table de salle à manger de dimensions non standards, tachée et atteinte par les xylophages. 200 euros.

De nouveau, la voix rassurante de Pia s'élève :

— J'ai une offre.

— 250 !

— *Bong!* adjugé vendu…

La jeune femme se mord la lèvre quand résonne le marteau. Jette un œil noir au vainqueur ; toujours l'Américain.

Cette fois-ci, le maître du marteau, nez sur son pupitre, n'a fait aucun effort pour laisser un peu monter les enchères.

— Lots nº 125, 126, 127…

Les secrétaires, les bonheurs-du-jour, les guéridons, les tables à ouvrage, les tables de nuit, les consoles et les dessertes partent plus ou moins aux prix indiqués par Pia.

Le rythme du marteau ne ralentit pas.

Il y a manifestement dans la salle des professionnels qui connaissent par cœur le marché, et ne se laissent pas entraîner : dès qu'un acheteur se montre un peu déterminé, ils abandonnent.

La caméra attrape par hasard ces acharnés, cinq ou six personnes dans la salle, le barbu en blouson de velours, une jolie brune, un jeune homme cravaté aux airs d'avocat… Et l'Américain évidemment, qui a l'air de bien s'amuser en se ruinant.

Arrivent, comme un entracte, les curiosités, les lots de bijoux cassés, de linge de métis, de vaisselle, comme les innombrables crucifix et bénitiers… la canne, l'ours en peluche « usagé » n'intéressent que l'Américain, emportés au prix plancher.

— Et maintenant, les lots nº 239 à 256, qui concernent l'argenterie gravée aux armes des V…

Ils sont convoités par le même barbu, plus une dame rondouillarde, un homme aux allures de médecin compatissant, et un étudiant.

Voilà qu'à force de se retrouver concurrents pour les mêmes ensembles de fourchettes à gâteau ou à huîtres, ils finissent par se faire des amabilités !

D'une mimique se partagent les lots, pour éviter de faire trop monter les enchères. Chacun renonçant tour à tour, après avoir obtenu qui un plat, qui une théière, qui des couverts armoriés.

— Mais qui sont-ils ?

Elina s'agace de ne pas les voir, quand l'œil de la caméra les abandonne.

La matinée s'étire, mais, captivée, elle ne quitte pas son écran, sauf pour se resservir du thé.

Viennent les albums photo, précautionneusement disposés par périodes, sur une table, par les hommes en gants blancs. Comme Pia l'avait fait à V.

— Lot n° 323, album XIXe siècle de très belle facture, nous commençons à 100 euros…

De nouveau les prix s'emballent, en ligne cette fois-ci.

— 220 euros, adjugé vendu !

Le même manège recommence avec le numéro 324, autre album de même fabrication, qui concerne les années suivantes. Seules Elina et Pia le savent.

— 120 euros, qui dit mieux ?

Une caméra nomade s'attarde sur les premiers rangs, où deux hommes et deux femmes se disputent l'album.

— 150, 180, 200…

Manifestement, pour le commissaire-priseur, la mécanique s'est enrayée. Il ne contrôle plus rien, et Pia non plus, qui répète, un rien affolée :

— Nous avons une offre en ligne…

— Adjugé vendu ! Lot n° 325…

Ce n'est pas non plus Pia qui l'emporte, mais un homme un peu enveloppé. Il s'est accroché jusqu'au bout, un peu maladroitement, hésitant puis continuant, puis hésitant de nouveau, les tempes luisantes de sueur. Prêt à mettre 210 euros pour un album photo qui en vaut 50.

La caméra est trop mal placée pour qu'Elina puisse voir la tête de son acquéreur américain, en bout de rangée. Et s'inquiète pour lui tout d'un coup : c'était à lui que les albums devraient revenir, à lui de surenchérir…

— Lot n° 348…

Les albums de l'entre-deux-guerres, dépareillés et sans aucune valeur artistique, elle le sait, prennent la suite. Et cela recommence, contre toute attente.

— 12 euros, 15 à ma droite, 25 en face, 40 en ligne ; allons, 50 pour madame, oui ! Vous dites 60 ?

— 80 !

— Adjugé. Lot n° 537…

Peu à peu, la salle s'est vidée. Elina voit partir ensuite pour quelques euros pièce les luminaires, globes, lampes à pétrole aux abat-jour brûlés, puis des paniers périgourdins en veux-tu en voilà, des marmites de toutes les tailles… Tout un fonds de maison accumulé durant des siècles, entretenu, réparé, qui se disperse, expédié en une centaine de lots.

À dix-huit heures, sur le lot n° 723, on clôt les enchères. La suite sera pour demain. Les portes se referment sur le public qui reflue en désordre, les caméras s'éteignent.

L'envie vient à Elina d'appeler Pia, pour comprendre les coulisses de la vente, ces envolées de prix sélectives.

Tout ce qu'elle ne voit pas à l'écran, tout ce qui se murmure hors micro.

Mais elle a suffisamment clamé qu'elle s'en fichait ! Enfin, à condition que les estimations tiennent leurs promesses.

Fermer les yeux, se laisser bercer par Tchaïkovski…

4

« Il n'est de richesse que par le savoir. »
Émile Zola

C'est Pia qui a téléphoné la première, au soir du dernier jour de la vente, quand tout était terminé. Manifestement épuisée, mais aussi excitée, pleine de mystères. Décidément, son nouveau statut familial lui permettait… des familiarités.

— Venir me voir, moi ? Mais je suis à Paris, tu sais bien…

Depuis le « cadeau », Elina, elle, a pris le parti de tutoyer cette nièce inconnue, qui a l'âge d'être sa petite-fille. Mais Pia refuse d'en faire autant et la voussoie toujours à tour de bras.

— Nous avons besoin de vous !

— Ah non, pas question de revenir dans le Sud-ouest ! Maintenant, je me donne le droit de rester chez moi, à écouter de la musique, et soigner mon arthrose.

— Alors c'est nous qui viendrons ! Nous aimerions vous poser des questions, vous écouter…

— Qui, nous ? Pourquoi ?

— Je préfère ne pas vous le dire tout de suite. C'est tellement étonnant... Dites-moi d'abord oui... Chez vous, au moment qui vous conviendra ?

— Je n'ai rien à te refuser...

Elina se doute bien que ce « nous » mystérieux a quelque chose à voir avec cette famille tentaculaire découverte dans le livre. Et c'est pour cela qu'elle a accepté.

— Bonjour ma tante, merci de nous recevoir...

— Je m'appelle Elina !

Là aussi les dialogues avec Pia sont écrits d'avance, teintés d'ironie.

— Voici Damien, Jean-Pierre, Clara... Et Jean-Baptiste de V, que vous connaissez déjà.

Elina écarquille les yeux.

— V comme V ? Vous êtes mon acquéreur ?

Un soupçon de raillerie chez le garçon à tête de rappeur, qui enlève galamment sa casquette, comme il soulèverait un chapeau à plumes.

— Nous nous sommes déjà rencontrés, chez le notaire, rappelez-vous... Ce jour-là j'ai beaucoup regretté, madame, de ne pas vous serrer la main, ni de pouvoir vous poser de questions...

Rire général. Il y avait une complicité évidente entre ces cinq-là, qui avaient grimpé ensemble la butte Montmartre sous le soleil, pour arriver jusque chez elle.

L'Américain regarde autour de lui en roulant des yeux. Le petit atelier d'artiste, la verrière avec vue sur la basilique, la nudité blanche, les tableaux abstraits sauf ce petit tableau naïf, là...

Un français impeccable, mais un drôle d'accent, qu'Elina ne sait pas situer.

— Je croyais que vous deviez repartir aussitôt aux États-Unis ?

— En effet, c'était prévu ainsi…

Ils se regardent. Rien d'une bande d'amis pourtant, avec leurs airs sérieux ; aussi disparates que possible d'âge et d'aspect. Mentalement, Elina attribue une étiquette à chacun : l'Américain est un musicien déjanté, il y a un agriculteur, une mère de famille débordée, un jeune cadre qui a oublié sa cravate.

Mais en les regardant de près, oui, bien sûr…

Le jeune cadre, en tendant la main, répond à son interrogation implicite :

— Nous avons tous fait connaissance récemment. À Bordeaux, lors de la vente aux enchères du mobilier de V.

— Je vous reconnais maintenant, j'étais derrière mon écran…

Tous la dévorent des yeux, au sens propre du terme, comme une pièce de musée. Cela pèse sur chaque mouvement, chaque mot.

— Venez vous asseoir…

L'acquéreur se carre au milieu du canapé tout en rondeurs, les deux autres serrés de part et d'autre ; et Pia juchée sur la pointe de l'accoudoir. La femme, elle, se tient droite au bord d'un pouf, croise et recroise les jambes.

Une sorte de tribunal. Elina s'assoit en surplomb dans le seul fauteuil confortable de l'atelier. Et les fameuses questions, d'emblée, frisent l'interrogatoire.

— Mais Pia, tu le sais bien, je n'ai que très peu de souvenirs à V ! J'y suis née, c'est vrai, mais j'en suis partie toute petite ; juste quelques semaines de vacances ensuite. Ma grand-mère y vivait seule, je n'ai connu qu'elle. C'est toi qui m'as appris l'histoire de sa famille. Vous avez tous dû lire le livre ?

Hochements de tête. Le silence qui s'installe est comminatoire, lui enjoignant de continuer, ou plutôt de se justifier.

Elina soupire. Décidément, il faut toujours y revenir...

— J'avais trois ans quand ma mère a quitté mon père. Je ne me rappelle rien, ni les disputes entre mes parents, ni le départ. Sans doute une forme d'amnésie traumatique : pour une petite fille habituée à être au centre de l'attention, à vivre dehors et à courir partout, le changement a dû être rude ! Ma mère, elle, avait trop de mauvais souvenirs pour en parler, et je n'ai jamais rien demandé...

Insensiblement, le silence se transforme en attention.

— Nous avons passé quelques mois à Paris dans un studio, chez le jeune frère de maman. Je me souviens des heures passées avec lui à l'attendre. Il devait être assez encombré de moi, et jouait de la guitare pour m'occuper ! Je n'avais jamais ou presque entendu de musique, cela ne se faisait pas à V. Mais maman a rapidement coupé les ponts avec lui aussi.

Le rythme est trouvé. Elina parle sans retenue, rebondit sur chaque esquisse de question.

— Quand et comment a-t-elle trouvé ce deux-pièces HLM dans une résidence neuve de la porte de Versailles ? Je ne sais plus, c'est là que j'ai passé toute mon enfance. Maman n'a pas essayé de retravailler dans une galerie d'art ; trop aléatoire, trop tard le soir. Mais heureusement, pendant les Trente Glorieuses, et pour une jeune femme douée comme elle, il y avait des opportunités. Elle a commencé dans un bureau de style. Ces petites agences recrutaient des filles pour imaginer et dessiner les « nouveautés », des articles de bazar, des vêtements... Vous savez, c'était les grandes années de Prisunic : un concept venu des États-Unis avant guerre, qui s'est développé de manière fulgurante à partir de 1960. Du chic et du pas cher pour tous, renouvelé sans cesse, à prix unique partout en France. Il fallait du monde derrière, maman et ses copines... Vous voyez, ma vie n'a rien à voir avec V !

— Vous voulez bien continuer quand même ?

C'est le rappeur américain qui parle, et cela ressemble à une injonction. Pia a sorti sa tablette pour prendre des notes, décidément une manie chez elle.

Elina a conscience de parler d'un monde « que les moins de vingt ans », etc. Il faut tout expliquer ! Elle choisit ses mots, étonnée d'entendre certains dérailler d'émotion dans sa bouche. Et les rythme d'un geste lent de la main, qui fait scintiller sa bague.

— Au début, le job de ma mère, c'était de décliner le « new-look » des grands couturiers dans la mode de tous les jours. Des jupes très larges, des ceintures très serrées, des décolletés pigeonnants... Les robes en vichy qui tournent, portées par toutes les femmes de cette époque, c'était un peu elle ! Ma mère se la jouait Sagan, la génération des jeunes adultes grandis pendant la guerre se rattrapait ! Il y avait des fêtes à la maison, des pétards et de l'alcool. Je devais l'appeler Zabeth, et personne ne m'envoyait au lit. Vous avez lu *Libres Enfants de Summerhill* ? Non ? Une apologie de l'autonomie des enfants, le mot à la mode en ce temps-là.

— Vous ne retourniez plus jamais à V? demande poliment la mère de famille.

— Si, justement! J'y suis revenue à huit ans, mais ce n'était pas vraiment un choix. Je vous l'ai dit, j'avais tout oublié de V, on ne parlait jamais de mon père, on ne le voyait jamais; je savais qu'il existait, puisque nous portions toutes les deux son nom. À l'époque, cela ne se faisait pas de divorcer. Et puis voilà: ma mère a décidé de se mettre à son compte. On ne disait pas encore « créer sa boîte ». Elle avait de bonnes idées de mobilier gain-de-place.

Elina mime ce qu'elle raconte, de tous les feux de son diamant.

— Des tabourets empilables, des modules d'étagères qui s'emboîtent pour s'adapter à de petites pièces, des tables pliables/dépliables… Des meubles pour les mini-appartements comme le nôtre, qu'elle avait déjà plus ou moins bricolés pour nous. Avec des lignes épurées, des matériaux accessibles à tout le monde. Son objectif, c'était de contrôler tout le processus, dessiner, fabriquer, vendre, pour tirer les prix au maximum… Au début, elle travaillait à son agence le jour, et la nuit à la maison sur son projet. Il y avait des échantillons et des prototypes empilés dans les deux pièces, jusque sur mon lit.

Encore un scintillement autour d'elle.

— J'ai grandi dans un univers de plastique orange, et vous voyez, j'en ai encore autour de moi. Mais maintenant on appelle cela du vintage!

Pia mime un haut-le-cœur, qui fait sourire les autres, et détend quelque chose entre eux tous.

— Maman courait toujours et partout, n'avait plus le temps de rien. Pour trouver des financements, visiter les usines, présenter ses créations… Alors, elle ne savait pas trop que faire de moi : je naviguais entre la loge de la concierge, la bibliothèque et le conservatoire municipal. Je venais de découvrir le violon, cela m'allait très bien ! Mais cet été-là, Zabeth m'a expliqué tout d'un coup que j'irais passer les vacances chez mon père, dans le Sud-Ouest. Bien, bien plus tard, j'ai appris que c'était le résultat d'un coup de fil de l'assistante sociale de la mairie : on s'inquiétait de me voir traîner, faire la fermeture avec les agents municipaux. Déjà, à l'école du quartier, les « familles bien » me regardaient de travers, à cause du style olé olé de ma mère, associé à un nom à particule. Ça, je m'en rendais bien compte, mais les enfants sont toujours solidaires de leurs parents, n'est-ce pas ?

« Alors, devant cet acte d'autorité tellement inattendu, je n'ai pas bronché ! Zabeth avait de bonnes intuitions, mais pas beaucoup de psychologie. Je reviens à V, c'est ce qui vous intéresse ! En m'envoyant là-bas, elle m'avait décrit un beau château, des fleurs autour, des domestiques aussi, avec au milieu mon père en châtelain.

— Tu le reconnaîtras tout de suite, tu lui ressembles tellement ! Regarde bien la couleur des pierres de V, surtout dans la lumière du soir…

Chacun se vautre un peu plus dans son siège, pour mieux écouter.

— Et voilà comment je me suis retrouvée dans le train, pas contente du tout, avec ma salopette mauve, mon sac à dos orange, et un papier d'explications pour changer de train à Limoges et Périgueux. Maman avait tout simplement oublié de me préparer un pique-nique, et je n'imaginais pas que ce serait si long ! Aucun souvenir d'être jamais allée là-bas, ce n'est que ces dernières années, en revenant à V, bien obligée, et surtout avec les questions de Pia que des détails de ma petite enfance me sont revenus.

Silence dans la pièce, la lumière devient orange aussi, en même temps que le globe du soleil dépasse lentement le Sacré-Cœur.

— J'y viens, j'y viens ! Mais voilà… à la gare du Buisson, ce n'était pas mon père qui m'attendait, mais une minuscule dame aux cheveux très blancs, comme les miens aujourd'hui, dans une robe noire à pois. On a oublié ces traditions-là, cela correspondait aux codes du demi-deuil : elle avait perdu son fils aîné quelques années auparavant ; et j'aurais dû le savoir, si on m'avait parlé d'elle. Toute sa vie tournait autour de cette perte. C'était Henriette, la dernière habitante de V.

« Bonjour madame…

— Je suis ta grand-mère, tu dois m'appeler grand-mère ! »

Cela me paraissait si bizarre que j'ai bredouillé un « Madame grand-mère » qui ressemblait à « Madamamère ». Cela l'a presque fait sourire.

« Cinq ans, cinq ans que tu es partie, ma chérie ! » répétait-elle.

Je ne comprenais pas bien son émotion, et j'étais incapable d'y répondre. Chez Zabeth, c'étaient de grandes embrassades, des larmes ou des colères. À V, on ne se touchait jamais, juste ses lèvres posées sur mon front ce jour-là, sur le quai de la gare. J'ignorais aussi que pendant ces cinq années-là elle n'avait cessé de demander poliment, doucement à me voir. Mais à qui ? Elle ne conduisait pas, ne sortait guère, ne voyageait jamais. Évidemment elle aurait pu, d'autorité, venir à Paris, m'emmener goûter, ou visiter le Jardin d'acclimatation… Toutes les filles de ma classe racontaient ce genre de choses, et j'aurais adoré ! Mais non, Madamamère m'attendait sans bouger au fond de son château, en tricotant…

Autour d'elle, on hoche la tête. Elina leur paraît tout d'un coup venue d'un autre monde, très ancien, très étrange.

— Elle avait un chauffeur qui s'appelait Urbain, portait un béret et s'éclaircissait la gorge tout le temps ; mais aucune parole ne venait jamais après. Il nous attendait devant la gare, avec la 2 CV. Il faut que je vous explique : une voiture d'après guerre, en tôle ondulée, qui se balançait en roulant. Avec une malle ronde à l'arrière, trois vitesses au volant, des clignotants extérieurs, comme des petites ailes sur les côtés. On est montées à l'arrière ; ma grand-mère n'arrêtait pas de me demander si je reconnaissais le paysage, la rivière, la route montant à V…

« Non, non, pas du tout… »

Elle m'a expliqué que mon père allait bientôt arriver, qu'il était aussi impatient de me voir ; et que Léonie m'attendait.

« Tu te souviens de Léonie ? »

Pas plus, bien sûr. Cette absence de souvenirs la déroutait, l'inquiétait. Un peu comme si j'avais subi un lavage de cerveau : je ne possédais pas la base de connaissances indispensables pour vivre « dans la famille ». Un vrai gimmick, chez elle : dans la famille on fait ainsi, on croit cela, on s'habille comme ceci…

Ce que je savais faire, beaucoup de choses pour mon âge – préparer un repas toute seule, me repérer dans Paris, déchiffrer une partition ou même traverser la France seule comme je venais de le faire –, tout cela ne comptait pas à V. Cela n'appartenait pas au corpus indispensable du « savoir-vivre » au sens premier du terme : faire la révérence aux dames, un signe de croix en entrant dans une église, couper la salade avec sa fourchette, écrire corr...

Elina s'interrompt brusquement, avec un petit rire gêné.

— Je ne vais pas vous imposer cela moi aussi, et j'en ai beaucoup oublié ! Bref, je n'avais pas les codes, et très vite je l'ai déçue... De là date sans doute une méconnaissance mutuelle, entre elle et moi, que nous n'avons jamais surmontée. Dommage, je crois que dans une autre vie nous aurions pu nous entendre... elle avait tant à donner.

La vanne est ouverte. Maintenant, Elina voudrait tout raconter, expliquer, disséquer, trop longuement. Elle continue avec la vague impression d'aller au-delà de ce qu'on lui demande.

— Toutes deux, Henriette et sa bonne, Léonie, vivaient immergées dans un passé où elles se complaisaient. En silence, puisque tout relevait de l'évidence. Madamamère n'exprimait jamais un sentiment ou un avis. Tandis que Léonie, au contraire, profitait de ma présence pour s'épancher :

« Quand tu étais bébé, tu dormais dans ce berceau, qui a servi aussi à ton père... »

« Tes premiers pas, c'était ici, sur l'avenue. »

— Moi, je ne comprenais pas bien ce qu'elle disait, à moitié en patois et avec quelques dents en moins. Surtout, je n'avais aucun souvenir de ces événements majeurs, et restais un peu interloquée devant ce monde merveilleux d'autrefois, qui ne me semblait pas très réel. Par cette adoration qu'elles portaient toutes deux à une petite fille étrangère, que, paraît-il, j'avais été. Mais plus du tout, à leur grand regret ! Cet été-là, mon père, sans cesse annoncé, n'est jamais venu. Pour rassurer ma grand-mère, de plus en plus contrariée, ou peut-être triste, j'affirmais haut et fort que cela m'était bien égal. Comme elle n'avait aucun humour, elle s'en désolait encore plus.

Elina mesure le silence attentif, et qu'elle a atteint le registre qui leur convient. Reprend son souffle.

— Pourtant, je suis revenue à V les deux années suivantes. Cela arrangeait tout le monde, on ne me demandait pas mon avis. J'aurais dû beaucoup m'embêter, mais il y avait les deux vieux chiens de la maison, Douky et Jugurtha : ils venaient poser la tête sur mes genoux, me regardaient avec des yeux... Ils m'offraient des bouts de bois, des mulots morts. Ils m'ont appris à jouer, j'étais priée de leur relancer ce qu'ils m'apportaient... et ils m'entraînaient, moi la petite Parisienne d'intérieur, à travers tout le coteau. Les vieilles dames trouvaient parfaitement normal que je disparaisse des heures sans prévenir. Pas d'assistante sociale là-bas pour s'inquiéter ! J'ai aussi lu tous les Jules Verne, puisque je n'avais rien d'autre à faire, et les comtesse de Ségur, et même, à la fin, les Virginia Woolf, un peu trop tôt pour mon âge...

Et s'adressant à Pia :

— Tout cela, je ne te l'ai pas raconté, n'est-ce pas ? Ce n'était pas le moment d'évoquer ces souvenirs, alors qu'on allait vendre à des Américains !

L'Américain ne semble pas se formaliser.

— Maman ne posait jamais de questions sur mes vacances, ni sur mon père ; et Madamamère faisait comme si ma vie à Paris n'existait pas, comme si j'étais un pur produit de V. Il fallait cliver les deux univers, et finalement toujours me taire. J'ai pris l'habitude.

— Votre père a fini par arriver ?

Elina répond à la question d'un balayement de la main, et de quelques feux de diamant.

— Mon père n'avait manifestement aucun désir de me voir : aujourd'hui, on dirait que le lien d'attachement n'avait pas pu se faire ; et comme ma mère ne lui réclamait rien pour moi... Après 1968, son affaire à elle s'est mise à très bien marcher : pile dans la tendance, au moment où la société de consommation explosait ! Elle jonglait entre des problèmes de recrutement, des salons internationaux, des campagnes de pub... le succès, quoi ! Surtout, elle multipliait les hommes dans sa vie. Jusqu'au moment où elle a décidé de déménager dans le centre de Paris, plus près de ses bureaux. Considérant que j'étais assez grande – j'avais seize ans –, elle m'a proposé de me laisser le logement de la Porte de Versailles : aucune raison de me plaindre !

Je me suis donc retrouvée seule dans mon appartement design, largement entretenue parce que l'argent n'était plus un problème.

Le rappeur lui sourit :

— *Me too...*

— Il faut croire que cela ne me suffisait pas, car je n'ai même pas attendu le bac, à la fin de l'année suivante, pour partir. Sans prévenir, à dix-huit ans, j'ai suivi mon amoureux du moment dans la brousse africaine. Il faisait son service militaire, vous ne savez peut-être pas en quoi cela consiste ?

Se tournant vers Pia, avec un petit rire :

— Le masque que tu as vu dans le couloir des archives date de cette époque. Une production moderne, sans valeur autre que décorative. Je l'avais acheté sur un marché Bamileké, un peu par provocation, parce que je lui trouvais une ressemblance avec Madamamère : un petit visage sculpté dans du bois très dur, avec un profil d'aigle. Je lui ai envoyé le cadeau par bateau, vers 1972 ou 1973, avec une petite explication, quelque chose comme « Un portrait qui permet à l'âme des ancêtres de perdurer... » Manifestement, elle l'a à peine ouvert. J'aurais dû me rappeler qu'elle n'avait aucune curiosité en dehors de son propre univers !

Le temps a passé, la lumière tombe, rosit. Elina s'en aperçoit peut-être, conclut son récit à toute allure.

— Ma grand-mère est morte en 1981. Elle était atteinte d'un genre de démence sénile, type alzheimer, et ne reconnaissait plus personne. Sauf Léonie peut-être, qui s'est occupée d'elle jusqu'au bout, toute seule. Et qui est morte ensuite, sa mission terminée ; ou bien parce qu'elle n'avait plus de place nulle part... Tu vois, Pia, exactement comme ce que tu as décrit pour « la fidèle Adèle » à la génération précédente.

Pia approuve, en profite pour oser revenir en arrière.

— Et votre père ?

— Je l'aurais peut-être rencontré si j'étais venue aux obsèques de ma grand-mère. Mais j'avais presque trente ans, je travaillais au Japon à ce moment-là, et j'étais bien trop loin, dans tous les sens du terme, pour penser à ma vieille Madamamère. Ensuite, l'occasion ne s'est plus présentée de revenir à V.

La réponse a claqué, ton sec, phrases courtes. Le temps des confidences est terminé, Elina s'est levée.

Un peu ankylosée par l'arthrose, après cette longue après-midi.

— C'est dommage, conclut l'Américain d'une voix rêveuse. Les enterrements sont toujours des scènes importantes, où tout se résume, les directions prises par chaque destin apparaissent. On comprend des choses, et cela influe sur la suite du scénario…

Le rond des invités s'ébroue, vaguement floué. Il y a eu abondance de détails, mais sans l'essentiel. Le jeune supposé avocat, finalement pas si jeune que cela, propose avec une assurance qui ressemble à un ordre :

— J'espère que nous pourrons organiser une nouvelle rencontre…

5

Rue du Bac

> *« J'ai rêvé l'autre nuit que je retournais à Manderley. J'étais debout près de la grille devant la grande allée, mais l'entrée m'était interdite, la grille fermée par une chaîne et un cadenas. »*
>
> Daphné du Maurier

Elina a accepté sans hésiter cette curieuse invitation, qui l'oblige à traverser Paris. Elle qui s'était bien juré, après une vie entière à parcourir le monde, puis ces allers-retours bien trop nombreux vers le Sud-Ouest, de ne plus quitter sa butte Montmartre, sa solitude et sa musique.

À cause des mines mystérieuses de ce groupe si étrange ? Pour ne pas rompre le lien avec Pia, à qui elle s'est attachée ? Ou avec V, maintenant que tous les comptes sont réglés ? Peut-être, ou pas…

Elle marche vers le lieu du rendez-vous, avec une allégresse inconnue depuis trois ans, qui emporte toutes les questions. Délivrée ! La vente aux enchères a tenu plus que ses promesses, les comptes sont enfin apurés : plus de dettes… Quel luxe, après tant d'angoisses.

Légère, si légère, dans ce faubourg Saint-Germain où elle a rarement l'occasion d'aller ; les immeubles sont cossus, elle avait oublié à quel point ! Celui-là ne déroge pas, porte cochère, laiton brillant, code d'entrée, tapis d'escalier et rideau discrètement soulevé à son passage, derrière la porte vitrée de la concierge.

Encore un code, et une cage de verre qui l'emporte, enfermée dans des volutes de fer forgé, assise sur le strapontin de velours carmin. Qui va fort bien avec ses baskets rouges.

— Je suis Damien.

Son hôte l'attend sur le palier, regardant ralentir la cage vitrée. Les lieux collent bien avec son look d'avocat, même s'il n'y a pas de plaque dorée sur le chambranle.

— Entrez… Nous avons regretté, l'autre jour, de ne pas nous être tous vraiment présentés !

Appartement PMC, pour parquet-moulures-cheminées, galerie d'entrée tout en miroirs, salon d'où proviennent des exclamations, des rires même.

Ils sont là de nouveau tous les cinq, autour d'une table basse, et Pia parmi eux qui bavarde, s'exclame. Chacun a dans les mains une assiette, avec un gâteau au chocolat déjà bien entamé.

— Ces fourchettes à dessert viennent de V, figurez-vous !

L'hôte avance un fauteuil.

— La place d'honneur…

— Hum, plutôt le privilège de l'âge !

Elina est prête à toutes les plaisanteries, mais celle-ci tombe à plat.

Son arrivée a ralenti les conversations ; éteint les complicités, peut-être.

Damien, aussitôt, prend la parole, comme au début d'une réunion, du ton de celui qui n'a pas de temps à perdre.

— Je suis le fils d'Olivier Merray, le petit-fils d'Hubert et Marie. Marie-Edmée de V, de son nom de jeune fille, est née et a grandi à V. Elle est morte à Paris, dans cet appartement.

Se tournant vers Elina :

— Je suis donc votre petit-neveu ; et aussi un cousin issu de germain de Pia Autefort : il y a des décalages de génération un peu difficiles à comprendre. Elle et moi n'avons pas le même âge, ne nous étions jamais vus, mais la mémoire familiale est longue, et large : je connaissais son existence et son nom, car nos mères se sont croisées ici, dans leur jeunesse. C'est ainsi que nous nous sommes reconnus à Bordeaux, lors de la vente. Car Marie s'est brouillée avec sa famille après son mariage, elle est rarement revenue à V ; et moi, je n'y suis jamais allé.

— Tu viendras ! coupe l'Américain dans un grand rire.

Damien sourit, allonge le bras devant lui, décidément comme dans une plaidoirie.

— Juste en face de vous, ce tableau qu'on appelle *La Tante bleue*. C'est le portrait de Marguerite de V, sœur de votre grand-père, qui a été tuée pendant la guerre de 1914. Vous êtes chez elle : elle s'est installée ici avec son mari autour de 1900. L'oncle Raoul, après sa mort, en avait fait un musée à la gloire de sa femme, en même temps qu'un lieu de rendez-vous familial. Nous n'avons pas tellement changé la distribution des lieux…

Pia précise, de cette manière professionnelle teintée de tendresse qu'Elina a appris à connaître :

— C'est le tableau original, une peinture à l'huile d'Octave Bust, qui a connu une certaine notoriété comme portraitiste dans le premier tiers du XXᵉ siècle. Il est en très bon état, car il n'a jamais bougé de ce mur. Ma grand-mère Antoinette, sœur de Charles, en possédait aussi une copie offerte par l'oncle Raoul. Je l'ai toujours vue dans sa chambre, à Javerzac.

Le paysan quinquagénaire et barbu est en train de déplier un minuscule mouchoir avec ses grandes mains. Le pose bien à plat sur la table basse : un mouchoir de batiste brodée, jaunie, presque transparente d'usure.

— Bon, voilà, c'est à moi de parler…

Un accent rocailleux à souhait.

— Jean-Pierre, cinquante-huit ans. J'habite Royère-de-Vassivière, où j'exploite une entreprise familiale de bois. Mes deux fils travaillent maintenant avec moi, et je peux commencer à ralentir le rythme, ce qui me donne du temps.

Raté pour l'agriculture, c'est un patron de PME. Ce gars n'a pas l'air commode, se dit Elina.

— Ce bout de tissu que vous voyez là, c'est ma grand-mère paternelle qui me l'a transmis. Parce que mon père est mort bien avant elle, d'un accident en forêt : un arbre lui est tombé sur la tête. Elle le tenait de son propre grand-père, qui était un enfant trouvé. Ce mouchoir appartenait au trousseau de l'arrière-arrière-grand-père, quand il a été adopté par des paysans creusois.

Il laisse passer un ange.

— Il faut savoir que jusqu'à la fin du XIXᵉ siècle c'était souvent la famine dans notre région. Quand une famille ne pouvait pas nourrir une bouche de plus, elle apportait le dernier-né au couvent, pour que les bonnes sœurs s'en occupent. Il y avait pour ça ce qu'on appelle un « tour », sorte de boîte pivotante pratiquée dans le mur du couvent.

« Tous les nourrissons ne survivaient pas, loin de là ! Mais quand c'était le cas, ils étaient placés, après quelques années au couvent, comme garçons ou filles de ferme ; une main-d'œuvre bon marché ! Mes ancêtres ont adopté un de ces orphelins, parce qu'ils avaient un peu de terre et pas d'héritier. Mais celui-là ne venait pas d'une famille pauvre : il était né au couvent même, bien nourri, bien soigné. À cause de l'histoire qui l'accompagnait : sa mère aurait été une jeune fille noble qui avait fauté, et dû se séparer de l'enfant du péché. On imagine…

« Du coup, ce garçon, qui s'appelait Pierre, comme moi – il y a un Pierre à chaque génération dans notre famille –, a été traité par les nonnes comme un petit prince. Et ensuite aussi, dans cette ferme où il a passé le reste de sa vie. On ne lui a pas caché ses origines, au contraire, on lui a donné plus de chances qu'à d'autres ; par exemple en l'envoyant à l'école. Le mouchoir a été conservé et transmis à ses descendants, avec le récit qui va avec. Regardez, il est brodé à la main, avec les initiales "HV" surmontées d'une couronne.

Le barbu s'arrête un moment, en secouant le mouchoir devant lui.

— Le gamin était travailleur ; il a bien réussi, et il a acheté peu à peu des bois sur tout le canton, que ses fils ont exploités après lui. Puis ses petits-fils, et ainsi de suite sans interruption, jusqu'à aujourd'hui cinq générations ! Il n'était sans doute pas plus intelligent que les autres parce qu'il avait du sang bleu, mais quand on donne leur chance aux enfants, et qu'on leur fait confiance, hein, voilà ce qui arrive !

« Ce n'était qu'une légende familiale. Jusqu'à ce que ma femme, passionnée de généalogie, commence des recherches sur notre famille. Elle a retrouvé le nom de la supérieure de Sainte-Sabine en 1834, l'année de naissance de mon aïeul : Charlotte de Tournac, un nom bien connu dans la région ; c'était une fille de la noblesse locale, probablement envoyée au couvent parce qu'on ne lui trouvait pas de mari à sa hauteur ! Sa sœur aînée, elle, avait épousé un comte de V ; et justement cette année-là, la comtesse a fait au couvent un don de cent vingt francs-or "en pieux remerciements". Une somme très importante pour l'époque. Il se trouve que dans le livre d'heures du couvent, un peu plus tard, la supérieure regrette que sa nièce Hortense de V, en séjour au couvent, renonce à prendre le voile. "HV", voilà comment on a fait le rapprochement avec le mouchoir…

Il replie soigneusement sa preuve, continue.

— Bien sûr, nous avons cherché ce qu'était devenue Hortense, après son départ de Sainte-Sabine. Rien ! il n'est question d'elle nulle part ; ni sur l'arbre généalogique de sa famille, ni dans les archives de la Dordogne, ni sur internet. Elle a complètement disparu. D'elle, il ne restait plus qu'une trace, ce mouchoir !

Le ton est acerbe. Du coup, Elina se sent un peu coupable du destin d'Hortense, et de n'en avoir jamais rien su.

Le colosse rocaille encore, avant de recouvrir le tissu de ses mains, dans un geste de propriétaire.

— Jusqu'à l'histoire de la table à ouvrage. Quand notre fille de Bordeaux nous a parlé de cette vente qui concernait les V, nous avons trouvé intéressant, ma femme et moi, d'aller y passer un œil, pour en savoir plus. Je ne le regrette vraiment pas, j'ai acheté pour rien du tout des albums photo que je vais regarder de près. Et je vous ai rencontrés, tous ! Merci surtout à Pia, qui nous a offert son livre : c'est grâce à toi que Brigitte, ma femme, est en train de récupérer la table d'Hortense chez l'antiquaire qui l'a achetée en salle des ventes !

La brune mère de famille, à sa droite, prend aussitôt le relais. Un visage très structuré, pommettes hautes, longue tresse noire striée de blanc, une voix pleine de nuances, qui raconte en parsemant son récit de sourires.

— Merci, Jean-Pierre ! Je suis Clara, et j'ai assisté à cette vente à peu près pour les mêmes raisons que vous tous. Je ne connaissais pas du tout Pia avant, mais nous avons pu comparer et assembler ce soir-là ce que nous savions chacune, et cela collait bien : ma grand-mère était la dernière fille de Maria-Luisa, je n'ai jamais su son nom de famille, et d'Auguste de V. Vous voyez, Auguste, le frère aîné de votre grand-père ?

Elle laisse passer un moment, pour qu'Elina repère de qui il s'agit. Un hochement négatif de la tête lui répond.

— Le fils d'Amédée et d'Angélina, disparu des radars lui aussi ; et guère de traces dans la généalogie des V. À une époque où les Européens émigraient en Argentine par familles entières, par paquebots entiers, Auguste est arrivé seul de France, très jeune. Il n'était certainement pas pauvre, car aussitôt il a acheté une grosse estancia au bord du Paraná, dans la pampa humide.

« Ses filles ne savaient pas pourquoi il avait quitté l'Europe : il n'avait vraiment pas le caractère d'un aventurier ! Une de mes grands-tantes du Canada dit que là-bas, dans sa jeunesse, on le traitait d'« inverti ». Ce qui veut dire homosexuel – le mot n'existait pas.

« Et pourtant, à plus de soixante ans, Auguste a épousé mon arrière-grand-mère, Maria-Luisa. Elle était peut-être servante à l'estancia : d'origine amérindienne, même pas dix-sept ans, elle a été en adoration devant Auguste toute sa vie, et lui a donné huit filles ! Si elles étaient vraiment de lui... En tout cas, elles avaient la nationalité française et portaient son nom, même si aucune ne parlait vraiment le français. Elles ont grandi dans cette immense propriété, dont les terres et les maisons portaient des noms français : c'est avec le livre de Pia que j'ai compris d'où ils venaient, La Faval, Malmussou, La Ladière, Fages... Après la crise de 1930, Auguste, déjà très âgé, a tout vendu ; il a dû mourir peu après, je n'ai pas de date précise.

Le temps de reprendre son souffle, et d'avouer son émotion.

— C'est la première fois que je raconte cette histoire en entier... Sous la dictature argentine, presque toutes les filles ont émigré, la plupart en Amérique : il y a maintenant là-bas des centaines de descendants des V. Certains sont célèbres, ou riches, ou les deux, et un certain nombre, avertis de la vente, y ont participé sur internet.

« Ma mère, Immaculada, était la plus jeune, elle est restée vivre avec Maria-Luisa à Buenos Aires. Plus que les autres, elle a vécu dans les souvenirs d'Auguste, qu'elle a à peine connu. Et puis au début des années 1970, maman a suivi un jeune routard français qui faisait le tour du monde. Au bout de quelque temps, mes parents sont rentrés en France et se sont par hasard installés à Bordeaux, où je suis née.

« Ma mère s'est toujours sentie très latina, révoltée contre les violences faites aux Indiens autochtones, contre la dictature des militaires... et contre les V ! Elle connaissait par cœur les aventures du grand-père Auguste, racontées par sa femme : il avait embarqué en 1899 au port de la Lune, celui-là même que nous avions sous nos fenêtres de Bordeaux. Son navire pour Valparaíso a passé cent trois jours en mer, croisant des requins, des poissons volants, des albatros. Auguste, selon la tradition, avait été « baptisé » nu et peinturluré en franchissant l'équateur, et n'avait pas du tout apprécié.

Clara pianote sur son téléphone en parlant.

— Vous m'avez demandé d'apporter un objet ayant appartenu à mon aïeul, puisque les objets disent quelque chose de ceux qui les ont possédés... Auguste était sans doute très joueur, car il a emporté dans ses malles des jeux de société inconnus en Argentine, qui sont maintenant des antiquités : des cartes à jouer coloriées, des dominos en ivoire et en ébène, des pièces d'échecs sculptés dans du buis, des plateaux de jeux, petits chevaux, dames et backgammon... Au moment de la vente de l'estancia, ses héritières se sont partagé ce qui en restait : moi, je tiens de ma mère un jeu de nain jaune peint à la main, avec ses pions et ses jetons d'ivoire. Mais il est trop abîmé pour être transporté, alors je l'ai pris en photo, voilà...

Le téléphone passe de main en main autour de la table, avec de petits commentaires polis. Mais tous restent pendus à son beau visage concentré.

— Ma mère a toujours refusé de prendre contact avec cette famille de V : je crois qu'il s'est passé des choses pendant la guerre ; mais là-dessus, motus, on n'en parlait jamais chez moi... Il y a prescription, tout le monde a disparu ! Et je me suis dit, en voyant l'annonce de cette vente près de chez moi, que ce serait l'occasion de comprendre un peu mieux cette histoire, qui est un peu la mienne. Alors, vous imaginez le plaisir de vous rencontrer tous, les... survivants. Pour moi qui suis fille unique, loin de mes racines argentines, c'est un cadeau d'offrir une grande famille à mes quatre enfants !

La voix de la jolie brune boucle la phrase comme une conclusion.

— Au suivant !

Bien vu ! se dit Elina, assez contente d'elle. De toute façon, depuis son passage par la banque, elle est désormais contente de tout.

On a franchi le demi-cercle, et le rappeur, juste en face d'elle, se redresse.

— Jean-Baptiste, nous nous connaissons déjà...

— Bien sûr, le nouveau propriétaire de V...

Autant la demi-Argentine parlait avec le bel accent rond du Sud-Ouest, autant la langue de ce garçon est roulée, modulée, pleine de formules vieille France qui ne correspondent guère au personnage. Il vient d'ailleurs, mais d'où ?

Elle a dû penser trop fort, car il enchaîne, avec un sourire de connivence envers sa voisine :

— Je suis Jean-Baptiste D de V, américain comme mes lointains cousins que je viens de découvrir grâce à Clara ! Et aussi un peu créole, de l'île Maurice. Mon grand-père était un bâtard de Charles de V, notre aïeul à tous ou presque. Un bâtard, cela fait désordre, n'est-ce pas ? Il a donc été très jeune éloigné de sa mère et du Périgord, je crois qu'il ne s'en est jamais remis. Mais il portait votre nom, et me l'a transmis, en même temps que son prénom. Je l'ai très bien connu, puisqu'il est mort à Maurice il y a moins de trois mois. C'est pour lui que j'ai acheté V, pour qu'il meure en paix avec son histoire ; mais c'était déjà trop tard…

Moins de trois mois ! Les visages se font compréhensifs autour de la table basse.

— Il faut connaître ses racines pour grandir, et c'est un peu ce que je viens faire ici, grâce à lui. Oui, en effet, je devais rentrer le soir même de la signature. Mais quand j'ai appris par le notaire qu'une vente aux enchères aurait lieu moins d'une semaine après, pour la « dispersion du mobilier entier d'un château périgourdin », j'ai décidé de rester en Europe. Et je ne regrette vraiment rien, c'est ainsi que j'ai fait votre connaissance à tous !

Un silence qu'il fait durer exprès, et savoure même d'un petit sourire narquois.

— Je suis par ailleurs producteur et scénariste de séries. *Whaoooo !* Je ne crois pas en avoir vu une aussi bien ficelée depuis longtemps, merci Pia !

Pi-lla-aaaaa… Il prononce le prénom en trois parties, dont la dernière s'assoupit en longueur.

— Et nous voilà au climax de l'action. Je résume : six personnes venues de partout dans le monde descendent d'un même couple, né et marié au XIXe siècle au fond du Périgord, dans un vieux château décati. Pardon, Elina, mais c'est vrai ! Leurs huit petits-enfants, sept chez Amédée et un chez Hortense, et leur innombrable descendance n'ont pas tous grandi à V, devenu au XXe siècle un château moderne ; mais tous en ont entendu parler, en ont été assez marqués pour rechercher des traces. Tous ont reçu en héritage, quelquefois des pierres mais surtout une histoire consciente ou inconsciente, un mélange de sentiments de toutes sortes, dosés différemment. Pour moi, il y a une fascination, des secrets, des regrets et des indignations, et... le désir d'en mettre au jour tous les ressorts. Pia a fait un formidable travail de mémoire, mais il reste quelques chapitres à écrire, importants pour chacun de nous.

Encore un suspense savamment distillé.

— Nous espérions, Elina, nous espérons toujours ! que vous, qui êtes la plus âgée d'entre nous, qui seule avez vécu à V, puissiez nous y aider... Que s'est-il donc passé pour que vous vous retrouviez ainsi seule, manifestement acculée à vendre une maison de famille que tous auraient désiré garder ? Nous avons besoin de rassembler les pièces manquantes de chacun de nos puzzles personnels.

Elina, dans la bienveillance confortable de ce rond de fauteuils, de ce délicieux gâteau et de cette attention courtoise de chacun, se tasse, assommée par un coup aussi direct.

Acculée, comme il dit ! Prise au piège, immobile sous les regards des cinq autres. Après une vie entière à éviter, fuir, oublier, faire des pas de côté, voyager, changer de vie, ne pas reproduire, ne pas se reproduire...

Minuscule soupir.

— Que s'est-il passé ? Je ne sais pas bien. Je vous ai raconté ma vie, en vous épargnant ses creux et ses manques. Pas grand-chose à dire de plus : j'aimais la musique, c'était sans doute ma manière, depuis l'enfance, de m'évader de cette histoire qui vous intéresse. J'ai appartenu d'abord à un quatuor baroque qui a eu un certain succès, et m'a permis de beaucoup voyager. Puis, pour continuer à travailler dans cet univers-là, en vivre, j'ai organisé des concerts à travers le monde. J'ai eu des amours, je n'en ai plus, je ne me suis pas mariée et je n'ai pas eu d'enfants. Pas envie de continuer cette histoire-là ; pas envie de reproduire, peut-être... Je suis passée par la case psy : les enfants ayant manqué d'amour et d'attention deviennent facilement des solitaires ; c'est ce qui a dû m'arriver, et puis voilà ! Je n'ai pas été malheureuse, jusqu'à ce que V s'écroule de tout son poids sur mes épaules...

Personne ne bouge autour de la table, ni ne détourne les yeux. On attend.

— Jehan, vous l'avez compris, je ne l'ai jamais rencontré. Quand je pense à lui, le moins souvent possible, c'est ainsi que je l'appelle, jamais « mon père », encore moins « papa ». On m'a dit que je lui ressemble, mais il n'y a de lui à V que quelques photos d'enfance et de son mariage. Pia m'en a fait découvrir d'autres, récemment, dans les albums photo : je n'en ai trouvé aucune de lui avec moi. C'est certainement un vide, une pièce manquante. Dans cette succession de générations, de personnalités que vous avez évoquées, je n'ai connu personne, sauf Henriette, ma Madamamère. Elle ne m'a jamais dit la vérité sur Jehan, et je crois finalement qu'elle était elle-même incapable de la cerner. Toute sa vie elle a cherché à préserver les apparences, ou à espérer l'impossible, peut-être les deux à la fois. Tandis que moi, j'ai préféré tourner la page, comme ma mère, pour gagner un avenir. Sans succès.

Elina se tait, regarde ses mains, ou plutôt sa bague. Jean-Baptiste ne la lâche pas.

— Quand on écrit des scénarios, on sait bien que l'histoire de chaque personnage se construit par ricochets. Il y a des faits dont on ne mesure pas la portée sur le moment, mais qui ont des conséquences à très long terme parfois. Comme la rencontre de la petite Maria-Luisa avec Auguste, par exemple. Ce sont des eaux souterraines qui se détournent tout d'un coup de leur cours, et sourdent ensuite ailleurs, très loin. Tout le monde croit avoir oublié, dépassé des souffrances, et voilà qu'elles reviennent à la surface des dizaines d'années plus tard, comme un bouchon ! Il y a aussi des idées, des personnalités qui façonnent leurs descendants pour longtemps, Angélina devait être de celles-là. Quand cet inconscient se transmet tel quel, sans passer au tamis de la réflexion, on risque d'en rester prisonnier. La voix des fantômes nous hante tous, n'est-ce pas ?...

Silence et chocolat. Pia prend le relais, juste pour relancer la machine à raconter, lui redonner un peu de carburant.

— Jehan, après la fuite de sa femme et de sa fille, a vécu encore à V quelques années, et continué à diriger l'exploitation agricole. Le tabac se vendait bien, dans ces années-là, il aurait pu réussir. Mais la succession n'ayant jamais été réglée, il devait rendre des comptes à sa mère, usufruitière, et à ses sœurs, propriétaires indivises des métairies. En s'y refusant, il ne pouvait rien mener au bout ni prendre aucune décision pérenne. Sa mère le protégeait de tout, lui pardonnait tout, y compris de façon illégale. Tandis que Pauline et Marie étaient furieuses, on comprend pourquoi. Je suis tombée sur des livres de comptes assez parlants : Jehan a plusieurs fois frôlé la faillite, il fallait sans cesse investir, dans des hangars, des machines agricoles... À chaque coup dur, un toit à refaire ou un tracteur à remplacer, il extorquait une signature à sa mère pour vendre un champ, une parcelle de bois... c'est une spirale qui s'emballe très vite. Et puis ce n'était pas son truc, il n'avait jamais appris le métier ! Peu à peu, tout a disparu, sauf le château où vivait sa mère. Lui la fuyait de plus en plus, disparaissait des semaines entières, puis des mois ; deux années entières même, sans que personne sache où, ni ce qu'il faisait.

Elina reprend les commandes, elle ne peut pas se défausser de sa propre histoire.

— Oui, Jehan a tout à fait disparu autour de mes dix ans ; Madamamère vivait dans le déni, espérant en vain que ma présence le ferait revenir à V.

Et, se tournant bravement vers sa voisine :

— Vous avez parlé, Clara, de la réputation des V pendant la guerre : je sais que Jehan était devenu très radical, après la mort de son frère. Il a appartenu à l'OAS, une organisation accusée de terrorisme, qui militait pour l'Algérie française, soutenue par une partie de l'armée. J'ai su aussi, par une indiscrétion de Léonie, qu'il a fait de la prison. Elle priait tout haut devant moi pour sa libération ! Activisme, trahison, torture ? Je n'ai jamais cherché à savoir. C'est surtout l'histoire d'un naufrage...

Elina, en prononçant les mots qu'elle a déjà tournés et retournés dans sa tête, éprouve ce serrement de la gorge qui lui signale que sa voix va flancher.

Une goulée d'air, un morceau de gâteau, et elle avance.

— Après la mort de ma grand-mère, puis de Léonie, dans les années 1980, Jehan est revenu à V, m'a-t-on dit. Par un tour de passe-passe que je n'explique pas, il était devenu l'unique propriétaire du château. Ses sœurs avaient coupé toute relation avec lui : elles ont dû lâcher l'affaire, en se débarrassant des miettes, des métairies ruinées, pour une bouchée de pain. En vous écoutant, d'ailleurs, je pense que Marie a tiré le bon numéro en investissant dans un appartement parisien : cela vaut bien plus cher qu'un château aujourd'hui, n'est-ce pas ?

Damien, carré dans son fauteuil, a un petit sourire qui ne dément rien.

— Moi, je vous l'ai dit, j'étais à l'étranger, très loin de tout cela. Jehan n'a jamais cherché à me revoir – pourtant mon adresse était écrite en évidence dans les papiers d'Henriette : elle voyait mal, donc elle écrivait très gros. Pas un signe de vie non plus à la mort de ma mère, d'un cancer du sein fulgurant, à la cinquantaine ; elle n'avait jamais divorcé. Et la vie a passé ainsi.

Encore une longue respiration.

— Il y a plus de trois ans maintenant, j'ai reçu d'un notaire inconnu l'avis de son décès. Jehan était déjà âgé, mais *a priori* pas malade : on l'a retrouvé mort au milieu des médicaments de sa mère. Par politesse, le notaire ne m'en a pas dit plus.

« Il a eu une expression que je n'ai pas oubliée : "Il faudra au plus vite créer des liquidités." Cela signifiait que mon père avait beaucoup de dettes, il était au bout du bout.

« Il fallait de toute urgence se séparer du château, le seul actif restant, pour les solder. J'aurais bien aimé, à ce moment-là, ne pas être la seule héritière ! Et je n'ai pas refusé l'héritage, allez savoir pourquoi... Car elle n'a pas été si facile à vendre, cette bicoque que vous trouvez fascinante et décatie. Heureusement qu'il y a eu Jean-Baptiste...

Whouff... comme un souffle, ledit Jean-Baptiste reçoit en plein visage le sourire d'Elina. Aussi fugace que lors de la signature. Et de nouveau y retrouve celui de JeeBeeVee.

Autour de la table basse, en même temps que le chocolat, des expressions s'échangent, se répercutent.

— OK, je suis le maillon faible, une femme en plus, celle qui a brisé la très longue chaîne des générations, bradé l'histoire familiale, et vous a privés, vous et vos descendants, de vos racines ! J'avais tellement envie d'en finir avec cette histoire, de ne pas en devenir prisonnière comme Jehan l'avait été !

Elina les regarde un à un dans les yeux, ces aimables juges du passé qui lui demandent des comptes.

— On m'a toujours dit que V était un trésor... Eh bien pas du tout : c'est un ogre qui réclame tout, l'énergie, le temps, l'argent disponible ! J'ai enfin repoussé cet ogre qui me dévorait : les dettes de Jehan sont apurées, depuis trois jours. Je peux vivre maintenant, dans tous les sens du terme ! Grâce à la vente aux enchères – grâce à vous tous, donc –, tout ce que j'ai engagé moi-même depuis trois ans pour réussir à vendre a été couvert...

C'est à ses auditeurs d'être assommés pour le coup. Clara, doucement, se lève pour poser sa main sur celle d'Elina, juste un instant.

Pia a une toute petite voix pour indiquer, comme en passant :

— La pub a bien fonctionné : une grande majorité du catalogue a été rachetée par la famille ; par nous qui sommes ici, et aussi beaucoup d'autres au téléphone, ou par internet. Le reste est chez les antiquaires.

— Tu me l'avais bien dit, Pia, que tous ces objets ne valent que par leur histoire !

Elina s'est redressée. Elle les tient tous sous son regard, sous ses mots, et elle a réfléchi. Elle a eu toutes ces années pour ça, pour réfléchir à ce qui était arrivé. Et devant ce garçon aussi fantaisiste qu'intelligent, tente sa chance :

— Jean-Baptiste, écoute-moi ! – tiens, je te tutoie maintenant. En vieillissant, on voit les choses de plus loin, et quelquefois on les comprend mieux. Et si Charles, ton arrière-grand-père, était plutôt un *good guy*, qui a fait ce qu'il a pu ? Il a survécu aux tranchées de Verdun après y avoir perdu la moitié de sa famille ; a souffert de ses blessures toute sa vie, et fini par y succomber. Aujourd'hui, on sait bien que les poilus, même après avoir sauvé leur peau, étaient polytraumatisés.

« Et puis sans rien dire, il a repris sa place, ou plutôt remplacé son frère au service du château. Alors que sa passion, rappelez-vous, c'étaient les opéras italiens ! Charles aurait pu partir, il avait l'exemple de son frère Auguste, qui a préféré disparaître que de se plier à un mariage arrangé. Je pense qu'il est resté pour ses enfants, tous ses enfants : rien ne dit que Charles et Clémence étaient encore amoureux, je pense même que non, mais il ne les a jamais lâchés, elle et son fils. Les a installés chez lui, a reconnu Jean-Baptiste et lui a même donné son nom, ce qui est tout à fait exceptionnel pour l'époque.

Un petit rire ironique pour la chute.

— Bon d'accord… Pendant dix ans, Henriette s'est épuisée en vain à pondre un héritier mâle : il est très possible que la vieille Angélina ait suggéré que le garçon en ferait bien un de rechange pour V, qu'il fallait le garder sous le coude ! Au fond, avec le retour au bercail de notre Jean-Baptiste, c'est ce qui s'est passé…

C'est un franc éclat de rire qui lui donne raison. Et le temps de reprendre son souffle :

— Et vous tous, que j'ai écoutés avec admiration… Ton grand-père était un bâtard, mais quelle chance il a eue ! Une vie passionnante : des études plus brillantes que celles des autres, des horizons lointains, une belle histoire d'amour ! Pia, ton arrière-grand-mère a été une formidable chef d'entreprise : elle est entrée dans la réalité du monde, l'a transmise à ses enfants : tout cela parce qu'elle a dû quitter V. Hortense aussi, si elle avait vécu, serait étonnée de tout ce que son fils a accompli. Et tous les descendants d'Auguste, dans le monde entier…

Jean-Baptiste écoute attentivement. Comme il soupèserait, analyserait le synopsis d'un film.

— Rappelez-vous cette phrase, dans le livre de Pia : « Plus qu'un égal partage, mon désir suprême est de maintenir après moi le patrimoine familial », c'est le testament de la grand-mère Elina. Le château de V et tout ce qu'il représente, histoire, gloire, meubles et gens, sont indivis. Pour moi qui viens d'une autre culture, plus pragmatique, c'est un système un peu… baroque, n'est-ce pas ? Où les humains sont juste un petit bout de ce tout, supérieur à eux. Un maillon, comme disait Elina, chargé de transmettre aux suivants.

Il a l'habitude d'être écouté, et le vérifie d'un œil circulaire.

— Alors, à chaque génération, une fois l'héritier déterminé, une stratégie se met en place pour « effeuiller » l'arbre généalogique, éviter la concurrence des autres. Selon les époques, on les envoyait au couvent, à la guerre, ailleurs ; parfois ils se sont retirés tout seuls, quand ils n'acceptaient pas la règle du jeu. L'histoire de V est pleine de tout cela, ces chagrins, ces jalousies, ces exclusions, qui ont parfois mené à des drames. C'est vrai pour Jehan, n'est-ce pas ? Les héritiers ne font pas que du bon boulot…

Elina a compris et lui coupe la parole.

— L'héritier sélectionné n'était pas mieux traité ! Porter la charge, supporter les sacrifices, honorer cette certitude d'être l'élu, d'une race différente du commun des mortels.

Jean-Baptiste approuve, assez content du déroulement de son intrigue. Dont Damien s'empare à son tour.

— Mais voilà, au XXe siècle, le système s'est sérieusement grippé. Deux guerres, beaucoup de précieux héritiers disparus, des crises économiques à répétition… Une idéologie plus égalitaire aussi depuis la Révolution, avec des impôts et des droits de succession qui augmentent. À V, personne n'a osé en tirer les conclusions. Une catastrophe.

L'Américain éclate de son grand rire de Yankee, un peu incongru dans ce salon bourgeois qui ne doit pas en avoir l'habitude.

— Jusqu'au retournement de situation dans la dernière scène, c'est-à-dire avec moi ! Un chevalier blanc venu de nulle part, les poches remplies d'écus, qui sauve le château !

Marque un temps de pause, comme tout bon scénariste.

— Nous sommes proches du dénouement de cette série... Hélas, le nombre de saisons se multiplie et je dois reprendre un vol ce soir pour Los Angeles. Mais Mika ira à V la semaine prochaine, pour lancer les travaux de remise en état : pas trop, juste ce qui permettra de bien y vivre ; et éventuellement de faire un beau décor.

« Dès le mois d'août, je m'installerai là-bas pour travailler. C'est une très ancienne tradition de s'y retrouver l'été entre cousins, n'est-ce pas ? Vous êtes tous attendus ! J'espère que vous viendrez m'aider à affiner le scénario, les décors, les personnages...

« On pourrait aussi fêter un anniversaire, le millénaire de la motte de V, par exemple ? Nous, les Américains, nous adorons cela ! Clara invitera les cousins du monde entier...

Ce garçon ne doute décidément de rien.

Exclamations et applaudissement général. Elina sourit, reprend une dernière bouchée de chocolat pour se donner du courage, et lâche :

— Ah non, très peu pour moi...

Elle se lève, embrasse chacun avec effusion, Jean-Baptiste, Pia, Clara, Damien, Jean-Marc...

— Grand merci d'avoir partagé vos histoires : cela démontre que la motte de V a engendré beaucoup d'autres destins, d'autres parcours, bien au-delà du Périgord et de ce que j'ai connu. De quoi lever la malédiction !

Encore un regard vers la Tante bleue dans son cadre doré, encore quelques phrases plus émues qu'elle ne voudrait, ce fameux dérapage dans la gorge qu'elle connaît, et Elina prend congé.

— Un concert à 18 heures. Je m'étais bien juré de ne plus jamais rien faire passer avant la musique !

Jean-Baptiste tient décidément à son happy end.

Se précipite derrière elle, qui enfile sa veste de cuir rouge.

— Dans toute bonne histoire, il y a un personnage qu'on appelle le sage, pour porter un regard plus profond sur ce qui se passe, éclairer l'ensemble des évènements en cours. Vous viendrez à V ?

Elina adresse à son chevalier blanc un sourire resplendissant, celui de la signature, avec peut-être aussi une once de coquetterie.

— Nous verrons ! Si je me sens douée pour le rôle de matriarche… passez tous une bonne soirée, la mienne sera excellente !

GÉNÉALOGIE

Léon (1819-1894) et Jeanne Hyvert (1824-1888)
Parents d'Angélina (1859-1941)

Gaston et Rose de V
Parents d'Hortense (1836-1857) et Amédée (1839-1899)

Angélina (née Hyvert) et Amédée de V, mariés en 1872
Parents de Robert (1873-1915), Thérèse (1874-1942), Auguste (1875-1931), Thaddée (1877), Antoinette (1879-1978), Marguerite (1880-1917) et Charles (1888-1938)

Antoinette (née de V) et Gustave, vicomte de Latour de Rocque (mort en 1915), mariés en 1898
Parents de Joseph (1899-1941), Antoine (1900), François (1901), Amélie (1907), Christine (1909), Pierre (1910, marié en 1950 avec Marie de Sugier, sans enfants) et Xavier (1912)

Marguerite (née de V) et Raoul, baron de Survigny (mort en 1951), mariés en 1898

Charles et Henriette de Raveilh, mariés en 1917
Parents de Marie-Louise (1917-1924), Marie-Paule (Pauline) (1918-1980), Marie-Edmée (Marie) (1919), Baudouin (1924-1953) et Jehan (1926-2005)

Amélie (née de Latour de Roque) et Xavier Lorgière, mariés en 1933
Parents de quatre enfants, dont Tiphaine, la mère de Pia

Marie-Edmée (née de Raveilh) et Hubert Merray, mariés en 1940
Parents de Caroline (1941), Hugues (1943) et Olivier (1948)

Jehan et Élisabeth Savary (1924-1979), mariés en 1952
Parents d'Elina (1953)

REMERCIEMENTS

Merci à tous ceux qui m'ont aidée à comprendre l'univers des agences immobilières de luxe et celui des ventes aux enchères, et introduite dans la communauté des Mauriciens d'origine européenne. Je ne veux pas citer leurs noms, ils se reconnaîtront !

Collection

TERRITOIRES

Jean ANGLADE
Une vie en rouge et bleu
Le Dernier de la paroisse
Le Choix d'Auguste
Le Sculpteur de nuages
Les Cousins Belloc
Le Grand Dérangement

Sylvie ANNE
Le Gantier de Jourgnac
La Maison du feuillardier

Sylvie BARON
Un été à Rochegonde
Les Ruchers de la colère
L'Auberge du pont de Tréboul
L'Héritière des Fajoux
Rendez-vous à Belinay
Terminus Garabit
Un coin de parapluie
Une Miss pas comme les autres
Des noces en or

Jean-François BAZIN
Les Raisins bleus
Le Clos des Monts-Luisants
Le Vin de Bonne-Espérance
Les Compagnons du grand flot
Le Maître de la lumière
Le Dernier Tonnelier

Sarah BELL
Le Chant des reines

Henriette BERNIER
Le Baron des champs

Jean-Baptiste BESTER
L'Homme de la Clarée
Plus près des anges
Les Amants de Sainte-Catherine
Meurtre au pont du Diable

Thomas BONTE
Passer

Françoise BOURDON
Le Moulin des Sources
Le Mas des Tilleuls
La Grange de Rochebrune
Retour au pays bleu
Le Fils maudit
Les Sentiers de l'exil
Les roses sont éternelles
Le Maître du Castellar
Le Secret de Belle Épine
Pour oublier la nuit

Édouard BRASEY
Les Lavandières de Brocéliande
Les Pardons de Locronan

La Sirène d'Ouessant
L'Affaire Cabre d'or
Le Domaine des oliviers
Les Fils du patriarche

Patrick Breuzé
Les Remèdes de nos campagnes
La Valse des nuages
L'Étoile immobile
Mon fils va venir me chercher
La Montagne pour refuge
Versant secret
Les Buveurs de ciel

Nathalie de Broc
La Vallée des ambitions
La Robe pourpre

Michel Caffier
Corne de brume
La Paille et l'Osier
Les Étincelles de l'espoir

Anne Courtillé
La Tentation d'Isabeau
Le Gaucher du diable
Les Damoiselles de Clermont

Annie Degroote
Les Racines du temps
D'infinies promesses

Jérôme Deliry
Une rivière trop tranquille
L'Héritage de Terrefondrée
La Maraude

Raphaël Delpard
L'Enfant sans étoile
Pour l'amour de ma terre
L'Enfant qui parlait avec les nuages
Le Courage de Louise

Alain Dubos
La Mémoire du vent
La Corne de Dieu
Le Dernier Combat du Dr Cassagne

Élise Fischer
Les Noces de Marie-Victoire
Je jouerai encore pour nous
Villa Sourire
L'Étrange Destin de Marie
Le Jardin de Pétronille
Aux deux hirondelles
Les Femmes des terres salées
La Promesse du sel
Le Vin de Pâques
Marionnettes d'amour
Là où renaît l'espoir
Tous au théâtre
Les Silences de Jeannette

Emmanuelle Friedmann
Le Rêveur des Halles
La Dynastie des Chevallier
L'Orphelinat
La Faute des autres

Alain Gandy
Les Cousins de Saintonge

Gérard GEORGES
Une terre pour demain
Le Destin des Renardias
Le Bal des conscrits
Mademoiselle Clarisse
Anatole, fils de personne
La Mésangère

Georges-Patrick GLEIZE
La Fille de la fabrique
Pas plus tard que l'aurore
Le Serment des oliviers
Le Vent de la jeunesse
Quelques pas dans la neige
Les Noisetiers du bout du monde
Le Crépuscule des Justes
Même les pierres ont une histoire
La Montagne des autres
Coupe rase
La Dernière Traque
Comme une odeur de gentiane
Quand fleurissent les magnolias

Yves HUGHES
Et meurent les marionnettes

Yves JACOB
Sous l'ombre des pommiers
Le Silence de Justine

Corinne JAVELAUD
L'Ombre de Rose-May
Les Petits-Papiers de Marie-Lou
L'Odyssée de Clarence
Les Fantômes de Marianne
Les Carnets de Laurel
Rosetta et Anaé

Guillemette de LA BORIE
La Dernière Héritière
Le Portrait disparu

Hélène LEGRAIS
L'Ermitage du soleil
Les Héros perdus de Gabrielle
Les Ailes de la tramontane
La Guerre des cousins Buscail
Les montagnes chantaient la liberté
Ceux du Château, ceux du Moulin
Trois Gouttes de sang grenat
Les Anges de Beau-Rivage
Le Bal des poupées
Le Front dans l'azur
Nous étions trois
Le Cabanon à l'étoile
L'Alchimiste de Sant-Vicens
La Ballade d'Amélie
D'une rive à l'autre
La Fascination Titaÿna

Philippe LEMAIRE
Rue de la Côte-Chaude
L'Enfant des silences
L'Oiseau de passage
La Mélancolie du renard

Alfred LENGLET
Du poison dans les veines
Jeux mortels en hiver
Temps de haine
Cœurs de glace

Éric LE NABOUR
Retour à Tinténiac
La Louve de Lorient
À l'ombre de nos larmes
La Frondeuse

Cécile et les Beaujour
Comme une aube fragile
La Ferveur

Jean-Paul MALAVAL
L'Or des Borderies
Soleil d'octobre
Les Noces de soie
La Villa des térébinthes
Rendez-vous à Fontbelair
La Folie des Bassompierre
Chronique des Strenquel
La Bastide aux chagrins
Les Sœurs Querelle
Les Larmes de la pinède
La Belle Étrangère
Adélaïde au bord de la falaise
Les Gens de Combeval
La Souveraine en son domaine
Un si joli mariage
Rue de la Fontaine-Bleue
Un cœur solitaire dans une maison trop grande
Un été sous les tilleuls
La Vallée des eaux amères
L'Héritière des sables fauves
Par un étrange été à Marteline
Sous une mauvaise étoile
La Cousine de Bordeaux

Antonin MALROUX
La Promesse des lilas
La Cascade des loups
La Pierre marquée
L'Homme aux ciseaux d'argent
Les prés refleuriront
Fenêtre sur village
Marie des Adrets
L'Espoir de belles aurores
Le Pain de paille
Le Cœur de mon père
Le Charpentier du paradis
Un soleil pour chaque jour
L'Académicien de juillet
Juste en dessous du ciel
Viens, le bonheur c'est par là

Charlotte MONÉGIER
Ne t'inquiète pas des tempêtes

Jean-Luc MOUSSET
L'Enfant des labours
Le Secret de Neige

Sophie MUFFAT-MÉRIDOL
L'Homme au bouquet
La Vérité qu'elle mérite

Sylvie PÉRENNE
Âge d'orage
Rouge tendresse

Michel PEYRAMAURE
La Terrasse

Brigite PIEDFERT
Deux Grains de sucre, un soupçon de secret
Tu seras princesse de Tarragone
La Dame d'Alvimare
Camille ou la vraie vie

Frédéric PONS
Les Pèlerins du diable

Agathe Portail
L'Année du gel
Piqûres de rappel
De la même veine

Nicole Provence
Le Secret d'Aiglantine

Joël Raguénès
La Maîtresse de Ker-Huella
La Dame de Roz Avel
La Sirène du port
Les Trois Saisons de la vie
L'Or du lin
Les Vies de Jeanne
Pêcheurs du bout du monde
Les Derniers Seigneurs de la mer
La Salamandre de Trévarez
Yann, saint-bernard de la mer
Lady Mond

Florence Roche
La Terre des Falgères
L'École du lac
La Réfugiée du domaine

Élisabeth Segard
Une certaine idée du paradis
Un futur presque parfait
Chou fatal

Geneviève Senger
La Maison Vogel
L'Enfant de la Cerisaie
La Dynastie des Weber
Les Jumeaux du val d'amour
La Promesse de Rose
Les Bellanger
La Dame des Genêts
L'Or de Salomé
La Terre originelle
Le bonheur est au fond des vallées
La terre était si bleue
Une maison à elles
Quand le merle chantera

Jean Siccardi
La Source de saint Germain
Le Maître du diamant noir
L'Ivresse des anges
L'Auberge du gué
Gaston des vignes
La Chapelle des Templiers
Le Dernier Faiseur d'or
Le Carnet Gris

Bernard Simonay
L'Or du Solognot
Le Marais des ombres
Meurtres d'outre-tombe

Valériane Taront
Fenêtre sur jardin
L'arbre aux chiffons

Jean-Michel Thibaux
L'Olivier du diable
Le Maître des bastides
Le Rappel du tambour

Katia Valère
Après la nuit vient l'aube

Brigitte Varel
Le Secret des pierres

Louis-Olivier VITTÉ
La Guérisseuse de Peyreforte
Là où coule une rivière
Le Secret de Tire-Lune
La Statue engloutie
La Dame des vignes hautes
La Femme qui voulait voir la mer
Petit Jean

Colette VLÉRICK
L'Enfant sur le pont
Un air de liberté
La Nacre des abers
Dans la lumière de Pont-Aven
Rêves d'indiennes

Composition et mise en pages
Soft Office
Achevé d'imprimer en octobre 2025
par CPI BUSSIÈRE (18200 Saint-Amand-Montrond)
pour le compte des éditions Calmann-Lévy
21, rue du Montparnasse 75006 Paris
commercial@calmann-levy.fr

PAPIER CERTIFIÉ

CALMANN LEVY s'engage pour l'environnement en réduisant l'empreinte carbone de ses livres.
Celle de cet exemplaire est de :
750 g éq. CO_2
Rendez-vous sur
www.calmann-levy-durable.fr

N° d'éditeur : 3038139/01
N° d'imprimeur :2085409
Dépôt légal : novembre 2025
Imprimé en France